疾走　上

重松 清

角川文庫 13802

疾走

上

第一章

I

小高い丘にのぼると、ふるさとが一望できた。

緑がまなざしからあふれ出る。水田だ。きちんと長方形に区分けされた升目が、無数に広がっている。平らな土地。水田の先は海。陸と海を、コンクリートの堤防が隔てる。

「昔は」

シュウイチが言った。ここだここ、と水田地帯に顎《あご》をしゃくる。

「俺たちの生まれるずっと前、ここはぜんぶ海だったんだ」

おまえは半信半疑の顔で、ふるさとを眺める。

「ほんとだぞ」シュウイチは言う。「国道から先は、昔はずうっと海だったんだ」

シュウイチはおまえの四つ年上で、おまえはまだ小学校に入ったばかりだった。

物知りな兄だった。おまえはシュウイチのことが大好きだった。

「どうして？」とおまえは訊《き》く。

「どうしてって、なにが？」とシュウイチは聞き返す。

「どうして海が田んぼになったの？」

物知りなシュウイチは、自分のわからない問いが出てくると、いつも聞こえないふりをする。しつこく尋ねると、ときどきおまえの膝《ひざ》をつねる。

だから、おまえはもうなにも言わない。草の上に膝を抱えて座り、広大な陸地を端から端まで、監視カメラのようにゆっくりと首を振って眺める。季節は夏。風が吹き渡る。そのたびに、稲の葉裏の少し色の淡い緑が、まるで波頭のように滑っていく。

シュウイチは、「帰ろう」と声をかけた。

だが、おまえは動かない。

まなざしを緑の水田から、午後の陽射しを浴びて色の白く抜けた海へ放る。

島の多い海だ。台風でも来ないかぎり荒れることはない、静かでおだやかな海でもある。おだやかすぎて潮の流れが滞ってしまい、十年に一度ぐらいの割合でひどい赤潮が発生する。牡蠣《かき》やハマチの養殖業者の一家心中のニュースが流れるのは、たいがい赤潮発生の三カ月後だ。

コンクリートの堤防はまっすぐに海を切り取っていて、それが左右の岬に行き当たるまで、数キロにわたってつづく。丘を下りて水田地帯を文字どおり縦横に走る直線道路にたたずむと、堤防のつくった地平線が見える。

シュウイチが口笛を吹いた。その頃流行《はや》っていた歌の、化粧品のコマーシャルに使われていたサビの部分。

おまえが口笛に少し遅れてメロディーを口ずさむと、弟に真似をされたのが嫌だったのだろう、シュウイチは前に突き出していた唇を引っ込めた。

「ごめんなさい」とおまえはしょげ返って言う。

シュウイチは従順な弟の態度に満足そうにうなずき、今度は歌の最初から口笛を吹きはじめた。

おまえは低くハミングして歌をなぞりながら、足元の雑草をむしる。おまえは草をむしるのが好きな子どもだった。むしったあと、草と土のにおいの混じり合った指を嗅《か》ぐのが癖だった。

口笛が終わる。シュウイチは「帰るぞ」と言った。うながしたのではなく命令だった。

おまえは立ち上がる。海と陸と、それから空を眺めて、もう一度、訊いた。

「どうして海を田んぼにしたの？」

シュウイチはへへっと笑うだけで、やはりなにも答えず、丘を下る小径《こみち》を歩きだした。

おまえはあわててあとを追う。

「おにいちゃん、おにいちゃん待って、おにいちゃん」

置いてけぼりをくうのが怖かった。おまえは臆病《おくびょう》で寂しがり屋で、少し甘えん坊なところのある子どもだった。

＊

おまえが生まれるずっと昔、腹いっぱい白い飯を食べることがなによりの夢だった時代があった。誰もが痩《や》せこけた体で、今日の命を明日へつなぐことだけを考えていた、そんな時代があった。

生きるために、ひとは海を陸地に変えた。

時がたてば、おまえは知る。この水田地帯は干拓によって生まれた土地だった。

ひとは長い長い時間をかけて泥を土に変え、長い長い時間をかけて土の中から塩分を抜いて、そこに稲の苗を植えた。風向きひとつで海の塩分が降りそそいでくる土地で、稲を育てた。

おまえのふるさとは、そういう町だったのだ。

＊

「どうして？」

おまえは訊くだろうか。

「どうして海を陸に変えなきゃいけなかったの？」

言葉を覚えてから、おまえは何度も、ほんとうに数えきれないほど何度も、「どうして？」を口にしてきた。おまえの小さな体と、後ろがほんの少しでっぱった頭の中には、いつだって疑問符がぎっしり詰まっていた。

すぐには答えられない質問をぶつけてくることも多かった。

たとえば、こんな——。


「どうして、にんげんは死ぬの？」


舌足らずなおまえの声が言う「にんげん」は、漢字の「人間」とも片仮名の「ニンゲン」とも違って、とてもやわらかだった。そのくせ「死ぬ」は輪郭がくっきりとして、おとなが言う「死ぬ」のような照れやごまかしなどいっさいなく、まっすぐに、耳なのか胸なのか、とにかくまっすぐに、奥深くまで、届く。

それに答えるおとなの声は、だから、妙にこわばってしまう。

腕のいい大工だった父親は、晩酌の冷やの日本酒に少し酔って、酔うと気が短くなってしまうのが悪いところで、難しいことは考えたくないのだというように吐き捨てる声で言った。


「最初からそう決まってるんだよ、死ぬことに決まってるんだ、生き物はみんな」

母親は笑う。いつも苦笑いを答えにしてしまおうとする。ずるいひとだ。

答えを待つおまえに、夕食の後片づけをしながら言った。

「シュウジ、お風呂《ふろ》に入りなさい」

シュウイチは幼い頃から頭のいい子で通っていた。実際、なにをやらせても要領がよく、なにを言わせても隙がなかった。おまえも認めるだろう、それは。四歳という年の差だけでなく、シュウイチはいつもおまえの前にいた。手を伸ばして届きそうで届かない、ぎりぎりのところに、いつも兄の背中があった。

シュウイチは人間が死ぬ理由について、両親の答えでは納得しなかったおまえに、一言だけ言った。

「そんなこと考えてたら、頭、壊れるぞ」

おまえは忘れてしまったかもしれない。

だが、おまえはシュウイチの答えに初めて得心した顔になり、大きくうなずいたのだ。そうだね、そうだね、ほんとだね、と嬉《うれ》しそうに何度もうなずいたのだった。

＊

おまえの生家は、代々の農家だった。広い田んぼと、一家の食い扶持《ぶち》ぐらいは楽に収穫できる野菜畑を持っていた。

干拓によって土地が五倍以上に増えたふるさとの町の、おまえの生家は干拓以前からの区域——地元の人間が「浜」と呼ぶ集落にあった。

その名前どおり、干拓事業が始まるまでは海沿いにあった集落だ。おまえの家も、かつては海のすぐそばだった。窓から海が見えた。洗濯物を海側に干すと塩がついてしまった。潮のかげんによって、家の土間まで蟹《かに》が上がってくるときもあった。山村から嫁に来た祖母は、嫁いでしばらくのうちは波の音が耳について一晩じゅう眠れなかったのだという。

「浜」のひとびとは、干拓以後にできたいくつかの集落をまとめて「沖」と呼んだ。

「浜」と「沖」の交流はほとんどない。

「沖」のできあがった過程を見てきた世代——たとえばおまえの祖父母が、「あそこの家は『沖』だから」と言うときには、いつも声が低く沈む。眉《まゆ》を寄せて口にするときもあったし、冷ややかに笑いながらのときもあった。

小学生のおまえにはわからなかった。

中学生になって、おぼろげに「浜」と「沖」の関係を知るようになる。

一足先に中学生になったシュウイチは「『沖』を通るときは息を止めなきゃだめなんだ」とよく笑っていた。父も母も、それを聞きとがめはしなかった。

＊

「沖」のはずれに、朽ちかけたバラック建ての家があった。おまえが小学校に入るか入らないかの頃、その家で若い男と女が一緒に暮らすようになった。

男は極道だ、と「浜」のひとびとは噂した。刑務所から出てきたばかりだ、と言うひともいた。背中に彫り物がある、とも。

男は大柄な体つきだった。いつもランニングシャツの上に作業服を羽織り、上着と揃いのネズミ色のニッカーボッカーの作業ズボンを穿《は》いて、昼間から町をぶらついていた。酒に酔っていることもあった。酔うと荒れた。国道沿いの一膳《いちぜん》飯屋で、長距離トラックの運転手と殴り合いの喧嘩《けんか》になり、拳《こぶし》よりも大きな石で運転手の鼻をへし折ったこともある。

男の名前は、これも噂で、ケンジといった。鬼のケンジ――略して「鬼ケン」というのが渡世での通り名だった、とこれもまた噂話で。

女の名前は、アカネという。この町の西隣にあるK市でホステスをしている、という噂だった。いや、あいつは東隣のO市のソープで働いているんだ、と別の噂も流れる。二筋の噂話は、途中で一つになる。

あの女、昔、この町にいたぞ――。

「沖」の集落だった。

父親がいなかった。母親もほとんど家に寄りつかず、祖母が育てていた。中学を卒業するとすぐ、家と町を出た。祖母はほどなく死んだ。葬式は町役場の福祉課が取り仕切った。アカネには、どんなに手をつくしても連絡が取れなかった、という。

鬼ケンの家には古い型の軽トラックがあった。ボディーのあちこちがへこみ、もともとは白い塗装が錆《さび》のせいで白と焦げ茶の斑《まだら》模様になった車だ。道を走るより解体業者の処分場に置くほうが似合う。

鬼ケンは、ときどきその車で干拓地を走りまわった。まっすぐに延びて直角に交差する水田地帯の道路を、狂ったようなスピードで走る。いや、実際、そういうときの鬼ケンは気がふれているのだと話す「浜」のひとも多かった。酒のせい、覚醒剤《かくせいざい》のせい、潮の満ち干のせい、はてはかつて自分が殺した極道の亡霊に追いかけられて……。


「アホどもが」


鬼ケンは酒に酔って町を歩くとき、よくその言葉を口にしていた。

誰に向かってというのではなく、ときには空を仰いで、「アホどもが」と毒づくのだった。

そういうときの鬼ケンとは、町の誰もが目を合わせなかった。田んぼや畑にいる者は身を縮め、幼い子どもを遊ばせていた母親は子どもを家の中に戻し、鬼ケンが通り過ぎるのを待つのだった。

2

おまえが鬼ケンと初めて言葉をかわしたのは、小学三年生の夏だった。

あれはもう学校が休みに入った時期だっただろうか、それとも授業が早じまいした日の放課後だっただろうか、いずれにしても強い陽射しの降りそそぐ、暑い午後だった。

その年、おまえは生まれて初めて、野球のグローブを母親に買ってもらった。シュウイチのお下がりではないのがよほど嬉しかったのだろう、友だちと野球をする約束のないときでも、おまえは自転車に——こちらはまだシュウイチのお下がりだったのだが、ギアを乱暴に切り替えるとすぐにチェーンがはずれてしまう自転車のハンドルに、いつもグローブをぶら下げていた。

堤防に小《こ》鯵《あじ》釣りに出かけた友だちの様子を見てこようと、おまえは家から自転車をとばした。陽射しをさえぎる樹の一本すらない干拓地を、あみだくじのように、交差点をでたらめに曲がりながら走った。

まっすぐ海まで抜けてから堤防沿いに走ったほうが効率よく仲間を見つけられるのはわかっていても、おまえには妙なところがあった、海に向かって一直線に延びた道路をそのまま進むのをなぜか怖がっていた。両親やシュウイチにあきれられ、笑われても、おまえは真顔で言うのだ。

「ブレーキが効かなくなって、堤防を跳び越えて海に突っ込んだらどうするの？」

臆病《おくびょう》といえば臆病な子どもだ。

だが、言葉とは裏腹に、おまえの自転車の運転は荒々しかった。ペダルを漕《こ》ぐ力やテンポを加減することを知らない。適当なスピードでのんびりと自転車を走らせることができない。どんなときでも全力で自転車を漕ぐ。カーブでもほとんどスピードをゆるめない。

いつか、シュウイチは母親に言った。

「シュウジは、ときどき目をつぶって自転車を漕いでるんだ」

その日も、おまえはTシャツの背中を汗でぐっしょり濡《ぬ》らして自転車を漕いだ。夢中で漕いだ。たぶん、ときどき目もつぶって。

だから、途中でグローブの手首の紐《ひも》がほどけてハンドルから落ちてしまったことにも、しばらく気づかなかった。

気づくとあわてて自転車をUターンさせて、来たときよりさらに勢いをつけてペダルを踏み込んだが、自分がどんな経路をたどってそこまで来たのか、まるで思いだせない。というより、自分がいま干拓地のどの位置にいるかもわからない。目印になる建物などなにもありはしないし、とにかく干拓地はあまりにも広い。

おまえはがむしゃらに自転車を漕ぎ、来たときよりももっとでたらめに四つ角を何度も折れ曲がり、道路の端で干からびた亀やカエルの死骸《しがい》を何度もグローブと見間違えたすえに、ギアを替えそこねて自転車のチェーンがはずれてしまった。

涙と汗と黒ずんだ油で顔をぐしょぐしょに濡らしてチェーンをはめていたら、通りの先のほうから軽トラックがものすごいスピードで近づいてきて、軋《きし》んだブレーキの音とともに目の前で停まった。

「どないしたんや」

運転席の窓から声をかけてきたのが——鬼ケンだった。

助手席には、アカネがいた。アカネを見たのは初めてだった。話に聞いていたより、きれいに見えた。

鬼ケンが車から降りて「どないしたんや、なに泣いとんねん」と大股《おおまた》におまえに歩み寄るのをよそに、アカネは助手席の窓に頬づえをつき、見渡すかぎりの水田をぼんやりと眺めていた。長い髪を後ろで束ねていた。茶色に染められた髪は、細かく波打っていた。ソバージュという髪形の呼び名を知ったのは、ずっとあとになってからのことだ。

鬼ケンはおまえの自転車を見て、すぐにチェーンがはずれていることに気づいた。

「ぼろぼろやな」

笑った。

おまえはうつむいて、洟《はな》を啜《すす》りあげる。

鬼ケンは自転車の横にかがみ込んでチェーンの具合を目と指で確かめた。節くれだった指先が黒い油で汚れると、作業ズボンの膝《ひざ》で拭《ぬぐ》い、色のほとんどない唇に指を含んで、またズボンの膝でこする。

「あかん、ギアがすり減っとるさかい、またすぐにはずれてまうで」

また笑う。

鬼ケンは関西の言葉でしゃべる。

この町から大阪までは、在来線と新幹線を乗り継いで、二時間足らず。何年か前に大きな抗争事件を起こした二つの暴力団の、鬼ケンは負けたほうの若い者だったと噂されていた。

おまえはうつむいたまま、自転車の影と重なった鬼ケンの影を見つめる。

「おまえ、『沖』の者と違うやろ」

おまえは黙ってうなずいた。

「『浜』か?」

もう一度うなずいた。顎《あご》を振ると、鼻の頭から汗のしずくが道路に落ちた。

「自転車押して帰るしかないで」

「……うん」

「遠いで」

「……うん」

クラクションの音に、おまえははじかれたように顔を上げた。アカネが急《せ》きたてるように鳴らしたのだった。

鬼ケンはしゃがんだまま「じゃかあしいわい!」と車に怒鳴り、それからおまえに向き直って、言った。

「うちまで送ってったろか」

おまえは初めて鬼ケンの顔を正面から見つめた。

「小学生やろ、おまえ。何年や」

黙って、指を三本立てた。

「三年やったら、もう、ちんぽ勃《た》つやろ」

鬼ケンはそう言って、おかしそうに笑った。

クラクションがまた鳴った。

鬼ケンは笑ったまま立ち上がり、立ち上がるついでにおまえの自転車を軽々と片手で肩に担ぎ、担ぐついでに「乗れや」とおまえに言った。

おまえは困惑して、その場に立ちつくしたまま動けずにいた。

「はよ乗れや」

自転車を軽トラックの荷台に載せた鬼ケンにうながされ、しかたなく、のろのろと歩きだす。

車の中のアカネと目が合った。

鬼ケンはなにも事情を話していなかったが、アカネはさして訝《いぶか》しむふうもなく、こっちおいで、とおまえを手招いた。

細い肩紐で留めたワンピースは、光沢のある黒い色だった。

あれはワンピースではなくキャミソールだったのかもしれない——何年かたって、性器が勃起《ぼっき》する意味と目的がわかってから、おまえはときどきそのことを思いだし、思いだすたびに、下着の中で性器は痛いほど固くなるのだった。

＊

運転席に鬼ケン、真ん中にアカネ、助手席側のドアに肩を押しつけるようにしておまえが座った。

鬼ケンは車にサイドブレーキをかけたまま、煙草をくわえた。煙草は安いエコーだったが、作業服の胸ポケットから取り出したライターは金色の高級品——に、おまえには見えた。

もっとも、ライターにはガスがあまり残っていないらしく、フリントを回しても小さな火花が散るだけだった。鬼ケンは何度か試したすえに「アホが」とくわえ煙草でつぶやき、ライターを惜しげもなく窓から田んぼに捨てた。

次に胸ポケットから出したのは、駅前の焼肉屋のマッチだった。

鬼ケンは煙草に火を点《つ》け、煙を勢いよく吐き出しながら、ダッシュボードに丸めて置いていたタオルで首筋の汗を拭《ふ》いた。

アカネは顔の前で大袈裟《おおげさ》に手を振って煙を払い、おまえに声をかけた。

「ボク、窓ぜんぶ開けてんか」

しわがれた低い声だった。

おまえは言われたとおりレバーを回して窓を全開にした。

「ボク、名前なんていうん？」

おまえはなにも答えない。緊張して喉《のど》がきゅっとすぼまり、舌が奥に巻き込まれてしまったようで、声どころか息をするのも苦しかった。

黙ったままのおまえに、アカネは露骨に不機嫌な顔になって「放り出したろか」と言った。

おまえは肩をきつくすくめ、首を縮める。みぞおちが喉のすぐ奥にまで持ち上がったような気がした。

「子どもになに脅しかけてんねや」

鬼ケンはあきれたように言って、タオルを丸めてダッシュボードの隅に放った。

「脅すんやったら親にせえ、て？」

アカネが笑いながら言う。

「アホ」

鬼ケンはそっけなく返し、「シュウジいうんや、こいつ」と言った。「さっき見たら、自転車にそない書いたった」

「ゼニにならんことやと目端が利くやん」

「……しばいたろかぁ？」

「おう、上等やんか、しばいたら刺したるさかい、なんぼなとしばいたり」

「なにつっかかってんねや」

「暑いんや言うてるやろ、はよ車出し。風入れんと茹《ゆ》だってまうわ」

関西の言葉が、男と女の区別もつかないようなやり取りが、おまえの頭の中で響きわたる。黙っていたからアカネを怒らせてしまったのかとあせりながら、喉はすぼまったまま、唾《つば》を何度呑《の》み込んでもゆるまない。

鬼ケンはエンジンを一度大きく空吹かししてから、サイドブレーキを解除した。溜《た》め込んだ力を一瞬にして吐き出すように、車は急発進した。おまえの軽い体は背もたれに押しつけられ、はずんで、尻《しり》がシートから浮き上がり、前のめりに倒れそうになる。

窓から吹き込んでくる風に頬や瞼《まぶた》を叩《たた》かれながら、おまえはまっすぐに前を見つめた。ボンネットのない軽トラックに乗るのは生まれて初めて——いや、我が家のカローラでドライブをするときも、おまえが助手席に座ったことはなかった。そこはいつも母親かシュウイチの席だった。

まなざしをさえぎるものはなにもない。風景と自分とを隔てるものは透明なフロントガラス一枚きりだった。

風景に車が突っ込んでいくのではなかった。風景のほうがこっちに押し寄せてくる。一本のアスファルト道路によって左右に分かれた田んぼの緑が、空の青が、堤防のコンクリートの白が、おまえを呑み込むように迫ってくる。

車が風を切る音と、甲高くあえぐようなエンジンの音と、四つ角を曲がるときにはタイヤの軋《きし》む音、それから、スピード超過を知らせるチンチンというチャイムが途切れることなく鳴り響く。

ふと横を見ると、アカネが煙草を吸っていた。鬼ケンの口には煙草がなかった。おまえの視線に気づいたアカネは、短くなった煙草を口からはずし、「あんたも吸いたいん？」と言った。黄土色のフィルターに、口紅の跡が赤くついていた。

あわててかぶりを振ると、「遠慮せんでええやん」と吸いかけの煙草を差し出してきて、窮屈な姿勢で身を退《ひ》くおまえのしぐさに、初めておかしそうに笑った。

「いらんのなら、わしに返せや」

鬼ケンが横を向いて言う。車のスピードはほとんどゆるめず、口づけをするように唇を突き出した。アカネが煙草をくわえさせると、煙たそうに目を瞬《しばた》いて、片手でハンドルを支えながら、「口紅で汚すな言うとるやろが」ともう一方の手でアカネの肩を軽く小突く。スピード超過のチャイムは、あいかわらず耳障りに鳴り響く。

鬼ケンは一口吸っただけの煙草を窓から捨て、からんだ痰《たん》を切るように「暑いのう、ほんま」と言って、両手を順にハンドルから離して作業服を脱いだ。

左腕の肩に近いところから背中にかけて、入れ墨があった。色はない。子どもの目にもはっきりと、それはまだ彫りかけの入れ墨だとわかった。

＊

しばらくしてスピードと音に体が慣れると、鬼ケンの声が聞こえてきた。

「アホどもが」

真夏の午後、田んぼにも道路にも人影はない。

それでも、鬼ケンは、ときどき思いだしたように吐き捨てるのだ。

「アホどもが」

アカネが、風に浮き上がる前髪を押さえながら「ほんまや、みーんなアホや」と応《こた》えるときもあった。

「みーんな」がどこの誰を指しているのか、おまえにはわからない。

もしかしたら、鬼ケンとアカネにもわかってはいなかったのかもしれない――ずっとあとになって、そう思った。

＊

「うちまで送ってったろか」と言ったくせに、鬼ケンは干拓地をでたらめな道順で走りまわるだけで、車はなかなか「浜」に近づかない。

運転の荒さには、もう慣れた。道路をはずれて田んぼに突っ込んでしまうのではないかという恐怖心も薄れ、逆に、自転車で走るよりも遥《はる》かに速いスピードに心地よささえ感じるようになった。

だが、鬼ケンがどこへ行こうとしているのか、なんのために車で走っているのか、それがわからない。

じつは誘拐されたのかもしれない。先に殺されて、海に捨てられてから、家に脅迫電話がかかってくるのかもしれない。

堤防沿いの道路を走ったとき、先のほうで釣りをする子どもたちの姿が見えた。友だちだ。グローブさえ落とさなければ、自転車のチェーンさえはずれなければ、おまえも誰かの釣り竿《ざお》を借りて、唐揚げや南蛮漬けにすると美味《うま》い小鯵《こあじ》を、うまくすればベラやメバルを釣っているはずだった。

気づいたときには豆粒ほどにしか見えなかった子どもたちの姿が、あっというまに近づいてくる。

向こうも気づいた――おまえにではなく、黒い排気ガスを舞い上がらせて疾走する車が鬼ケンの軽トラックだということに。

おまえは友だちを見つめた。

だが、鬼ケンの車にまともに目をやるような子どもなど、この町には一人もいない。うつむいたり、そっぽを向いたり、釣りに夢中のふりをしたりして、おまえのすがるまなざしは誰にも受け取ってもらえなかった。

車は右折して、また水田地帯に入った。おまえは窓の外を見つめたまま、泣きだしたくなる不安を懸命にこらえていた。

ふと気がつくと、鬼ケンの「アホどもが」の声がしばらく途絶えていた。どうしたんだろうと思った矢先、アカネの声が聞こえた。甘えるような鼻にかかった声だった。

おまえは顔の向きを元に戻す。

アカネの黒いワンピース——キャミソールだったかもしれないワンピースの、レース模様の入った裾《すそ》がたくし上げられ、鬼ケンの左手が、アカネの股間《こかん》をまさぐっていた。見てはいけない。とっさに思ったが、体が言うことを聞かない。おまえの目は、鬼ケンの分厚い手の甲と、太い指と、その下で見え隠れするアカネの赤い下着に吸い寄せられて、動かない。

「あかんて、子ども、見とる」

アカネの声は粘つくようなものになって、鬼ケンの手首をつかむしぐさも、むしろ自分のほうから鬼ケンに愛撫《あいぶ》を返しているようだった。

「勉強や」

鬼ケンは前を見たまま言って、「小学三年生やったら、もうちんぽ勃《た》つんやさかいな」と、アクセルをさらに踏み込んだ。

指が、下着の中に入る。アカネは「あかんて……」と寝言のように言って、体を鬼ケンの側に傾けた。

＊

車は「浜」に入る少し手前で停まった。

鬼ケンはサイドブレーキをかけるとハンドルから手を離し、両肩の力を抜いた。

どれくらいの時間干拓地を走りまわっていただろう、夕陽の赤が少し混じった空にトビが舞っているのが見えた。車が停まると、風もやむ。エンジンの熱気とアスファルトの照り返しが陽炎《かげろう》をつくってたちのぼってくるのがわかる。夏の夕方、海は油を溶かし込んだように重たげになる。波がほとんどなくなり、海からの風、山からの風、どちらもぴたりと止んで、夕立でも来ないかぎりうだるような蒸し暑さが夜半過ぎまでつづくのだ。

雨が欲しい、とおまえは思う。雷もつけて。冷たさというよりも、どしゃ降りの雨粒の重さと痛さを浴びたい。

鬼ケンはダッシュボードのタオルを取って、顔と首筋、胸のあたりまでごしごしとこすった。拭《ぬぐ》っても拭っても新しい汗が噴き出てくる。「ほんま、蒸すなあ」と舌打ちして、左肩にもたれかかったままのアカネを不機嫌そうな顔で見やった。

「暑いやんけ、離れや」

揺すった肩で、アカネの頭を小突く。

「ええやん……」アカネは眠たげな声で言う。「うち、起きるんしんどいわ、このまま帰ろ」

「アホ、汗がぬるぬるして気色悪いさかい、はよ離れ言うとんねや」

肩をさらに強く揺すると、アカネは意地を張るように、逆に体をべったりと鬼ケンにもたれかからせた。

太股《ふともも》が——半分は尻《しり》だ、やわらかい尻が、おまえの腰の横に触れる。白い肌と、赤い下着、縁取りは紫。

わざと、だった。

アカネはほとんど寝そべるように体を倒し、鬼ケンの左腕に両手をからませて、紙の裏を透かし見るような目つきでおまえを見る。厚ぼったい唇がかすかに笑っていた。

目をそらしたおまえを、しわがれた声が追いかける。

「ボク、学校で好きな女の子おるん？」

答えられずにいたら、アカネは「性悪な女につかまったらあかんよ」と、今度ははっきりと笑った。「こンひとみたいになってもうたら、男もしまいやで」

鬼ケンは「わりゃ、なめたこと言うとったらいてまうど」と本気で嫌そうな顔になって、肘《ひじ》打ちをくらわすようにアカネの手を振りほどいた。

タオルを首に掛けたまま運転席のドアを開け、おまえに声をかける。

「ここからなら自転車押して帰れるやろ」

「……うん」

「自転車降ろしたるさかい、おまえも降りとけ」

黙ってうなずくと、アカネが「いちまんえーん」と手のひらを差し出してきた。本気にした。

アカネは本気だったのかもしれない。

鬼ケンは「アホ」と短く言い捨てて車を降りた。アカネの体はつっかい棒をなくしたようにシートに完全に倒れ込み、ここから先はわざと、倒れたはずみに両脚を大きく開き、さっきまで鬼ケンの指がまさぐっていた脚の付け根をおまえに見せた。

おまえは逃げるようにドアを開け、地面に飛び下りた。足首を挫《くじ》きかけたが、かまわず荷台のほうに回った。ふわふわと浮き上がったような頼りない歩き方になった。体の重みがどこにあるのかわからない。耳のずっと奥のほうでは、スピード超過のチャイムが、音は消えても響きだけ残っている。皮膚はもうひとの歩く速度に戻っていても、体の芯《しん》はまだ時速百キロ近くで走りつづけているような気がする。

鬼ケンは荷台に上がる前に「汗拭《ふ》けや」とタオルをおまえに放った。鬼ケンの汗でじっとりと湿ったタオルは、ぜんたいが黒ずみ、饐《す》えたようなにおいもしたが、しかたなく鼻から遠いところの汗だけ拭った。

「怖かったか？」

「せやけど、泣かんかったやんけ。おとなしそうな顔しとっても、意外と肚据《はら》わっとるん違うか」

「……ちょっと」

そんなことはない。自分が臆病《おくびょう》な性格だということは、自分がいちばんよく知っている。

それでも、車を降りてしまってから、狂ったように干拓地を走りまわっていた、あの猛々《たけだけ》しいスピードが恋しくなる。目に映るまるごとの風景がすさまじい勢いで自分の中に飛び込んでくる、あの感覚が、いまはもうはっきりとは思いだせないからよけいに、いとおしい。

そして——糸をひくようなか細く粘っこいアカネの声が、耳とは違う、腹の奥、内臓のどこか、深い深いどこかでいまもこだまする。

鬼ケンが指で触っていたのは、子どもたちの言い方をすれば、めんちょ。おんなのいちばん大事な、恥ずかしいところ。しばらく触っているうちに、アカネは肩で息をするようになった。途切れがちに何度か繰り返された「あかん……あかんて……」の声は、やがて泣き声に変わった。だが、アカネは泣いていなかった。眉《まゆ》を寄せて、鼻から上は苦しそうな顔をしているのに、唇と頬は笑っていた。だから、あの泣き声は、笑い声だと思えば思えた。アカネは自分の指を嚙《か》んだ。鼻の横が、そこだけ別の生き物のように大きくふくらんだりしぼんだりした。シートの上で尻の位置をずらし、脚を開いて、自分から鬼ケンの指を迎えるような姿勢をとった。「アホが」と鬼ケンは笑いながら言って、指をさらに深くめんちょに沈め、かき回すように動かした。その瞬間、アカネは腰をぐいと前に突き出して、最後の声をあげる……。

自転車を荷台から降ろしながら、鬼ケンがなにか言った。聞き取りそこねた。半ズボンの前が、痛い。

きょとんとするおまえに、鬼ケンはもう一度言った。

「わしの車に乗ったいうんは、黙っとけよ」

最初から誰にも話す気はなかった。

アカネがクラクションを鳴らす。自転車と引き替えにタオルを返すと、鬼ケンはまた首筋を拭いた。彫りかけの入れ墨の、灰色と緑色の混ざったような輪郭は、最初見たときには指でこすればすぐに消えそうだったのに、肌が汗で濡《ぬ》れると、くっきりと浮かび上がっていた。

「ほな、気ぃつけて帰りや。また車に乗せたるわ」

鬼ケンはタオルを首に掛け直して言って、「今度はアレのおらんときや」と、おとなうしで冗談を言い合うときのような顔と声で付け加えた。

車に戻る鬼ケンの背中を、おまえは黙って見送った。

「ありがとう」と言いたかった。だが、喉元《のどもと》まで出かかっていたその言葉は、下着を内側から突き上げる性器の固さと熱さをどうやりすごそうか戸惑っているうちに、また腹のほうに沈んでいった。

車が走り去る。黒い排気ガスが一瞬視界をふさぐほどの勢いでたちこめて、すぐに散って薄くなっていった。だが、それは消えてなくなってしまうことはなく、風のない夕凪《ゆうなぎ》のなか、小学三年生のおまえが跳び上がって手を伸ばしてもぎりぎりで届かない高さの中空に、いつまでも漂っていた。

3

干拓地で落としたグローブは、何日か捜したが結局見つからなかった。おまえは母親にひどく叱られ、もうシュウジにはなにも買ってやらないとまで言われた。まるでそのタイミングを狙っていたかのようにシュウイチが、野球部の一年生で揃って新しいグローブを買うことになったと言いだした。

新品のグローブはシュウイチに、シュウイチの古いグローブが、おまえに。

自転車も古いまま。駅前の自転車屋でチェーンを短く詰めてもらっただけだ。すり減ったギアのことを話しても、母親はまったく取り合ってくれなかった。

おまえはギアをトップに固定して、決して動かすまいと決めた。登り坂のときにはペダルが重くなるが、その代わり一度スピードに乗ればどんどん加速できる。

鬼ケンの車に乗せられてから、いままでにも増して自転車をがむしゃらに漕《こ》ぐようになった。

どこかへ向かうという目的も忘れ、ただひたすら速く、速く、速く、走った。目をつぶる回数も増えた。耳の奥では、スピード超過のチャイムがずっと響いていた。

だが、どんなに必死にペダルを踏み込んでも、風景が自分の中に飛び込んでくる感覚はよみがえってこなかった。

＊

鬼ケンとは、その後何度か行き合った。干拓地を軽トラックで走りまわっているときや、駅前や「浜」を酒に酔ってぶらついているとき。アカネの姿はあったりなかったり、だった。

鬼ケンはおまえに気づくと、おう、と手を振ってきた。軽トラックを停めて「勉強しとるか？　色気づいとったらあかんで」と笑いながら言うこともあった。

おかげで友だちからは一目置かれるようになり、それはそれで気分のいいものだったのだが、鬼ケンと短い立ち話をして別れるときにはいつも寂しさともどかしさに包まれた。

鬼ケンは、ただの一度も「車に乗れや」と誘ってくれなかった。

おまえは「ありがとう」を言えないままだった。

＊

おまえは干拓地を自転車で走りながら、ぶつぶつとつぶやくようになった。

「アホどもが」

「アホどもが」

「アホどもが」

ぶつける相手も「誰のこと？」と尋ねる相手もいない言葉を二十四インチのタイヤの少し前に転がして、それを踏みしめて、自転車は海に近づいたり遠ざかったりする。

＊

鬼ケンの死体がK市郊外の山中から発見されたのは、稲刈りが終わり、稲穂を失った干拓地の広大な風景が、すとん、と道路の高さにまで沈んだ頃だった。

鬼ケンは胎児のような丸まった姿で穴に埋められていた。致命傷を与えたのは腹に撃ち込まれた何発かの銃弾だったが、両手両足の爪はすべて剝《は》がされ、右目も釘《くぎ》のようなものでつぶされていた。いや、つぶされたのは右目ではなくて右の睾丸《こうがん》だったと言うひともいた。

いずれにしても、なぶり殺しだったことは確かだ。

犯人は捕まっていない。死体の発見される前夜、黒塗りの外車が家の前に停まっていたと「浜」では噂された。極道の抗争事件で殺《や》られたのだと駅前の焼肉屋に入りびたる誰かが言う。違う、おんなをめぐるトラブルだ、とK市の工場に勤める別の誰かが言う。借金が返せなかった、覚醒剤《かくせいざい》の横流しをした、鉄砲玉の仕事にしくじって返り討ちにされた、上納金を搾り取られていた暴走族が殺った……。

鬼ケンは「浜」のひとびとの噂話の中で生きて、死んだ。最初から最後まで噂話の外に出ることはなかった。

あのひとは死んで初めて生身のにんげんになったんだ——。

いつか、おまえはそう思うようになる。

中学生の頃。その頃もまだ——最後までずっと、おまえのつかう「にんげん」という言葉は、ひらがなのやわらかい響きだった。

鬼ケンの葬儀は「沖」の家では営まれなかった。アカネは鬼ケンが殺されたあと、町から姿を消した。

あの女も殺されたんだ。逃げたんだ。家にあった金目のものや預金通帳を持ち出して逃げたらしい。じつは鬼ケンをやくざに売ったのはあいつだったんだ。「沖」の男たちの何人かは、アカネと寝たことがあるらしい。いや、どうも「浜」の中にもそんな男がいるらしい。あいつか？　こいつか？　どいつだ？——

＊

二月のある日、台風並みの低気圧がこの地方を通過して、夜中に激しい風が吹いた。

干拓地の電線がヒュウヒュウと鳴る音が、おまえの部屋にまで届いた。

おまえは布団から起き出して、そっと雨戸を開ける。吹き込んでくる風に思わず目をつぶり、瞼《まぶた》に力を入れてもう一度外を眺めると――。

雪が降っていた。真っ暗な空のどこから湧いてくるのか、無数の白い粒が、強い風に乗って一直線に町とおまえに突き刺さる。まだ降りだしたばかりなのだろう、地面は闇に溶けていた。もともと温暖な地方だ、一面の雪景色にはならないだろう。

それでも、雪は降る。いつ果てるともしれず、おまえに向かって降りしきる。

ああ、これだ、とおまえは思う。まるごとの風景が自分の中に飛び込んでくる、あのときの、あの感覚と同じだ。

鬼ケンの顔が浮かんだ。アカネの顔と、赤い下着に包まれた尻《しり》が、浮かんだ。

おまえは数えることのかなわない雪をまなざしいっぱいに受けながら、少しだけ泣いた。

シュウジ。

おまえの物語は、「にんげん」のために初めて流した、その涙で始まる。

第二章

I

「沖」に教会ができた。二束三文の値で売りに出ていた古い農家を買い取って、屋根に小さな十字架を掲げ、畳敷きの広間を板張りに改装しただけの教会だ。キリスト教であることは確かだったが、宗派はわからない。看板も出ていない。広間にもキリストやマリアの像はなかった。

もぐりの教会だ——と「浜」のひとびとは工事中から噂していた。神父を務める男は昔ひとを殺して刑務所に入っていた。服役中に聖書を読みふけっているうちに、ある日突然「神が降りてきた」と言いだした。この町に来る前は県庁のあるO市の街なかで教会を開いていたが、一年前にお祈りに来た若い人妻を乱暴して、また刑務所にぶちこまれた。いや違う、二度目に警察に捕まったのは教会でこっそり賭場《とば》を開いていたからだ。そうではない、教会は暴力団の覚醒剤密売の連絡所になっていたのだ。なにを言う、あの神父は正真正銘、頭のネジが二、三本ゆるんでいて、小学生の男の子を教会に連れ込んではいたずらをしていて、それで捕まったのだ……。

「鬼ケンのときと、ちょっと似てるよな」

おまえは工事のつづく教会のそばで自転車を停め、徹夫に言った。

「似てるって、なにが？」

徹夫はおまえのすぐ後ろに停まって聞き返す。

「よそ者は誰でもムショ帰りになるんだよな、噂話だと」

おまえが笑いながら言うと、最初はきょとんとしていた徹夫も、すぐに笑い返した。意味が通じたのかどうかはわからない。なんでも話を合わせる奴だ、徹夫は。そこが付き合っていて楽なところだし、おもしろくないところでもある。

「ムショ帰りの、極道の、ひとごろしの、強姦魔《ごうかんま》」

おまえは節をつけるように言って徹夫をまた笑わせ、こっちの顔色をちらちら窺《うかが》うような徹夫の笑い方が気に入らず、ぷい、とそっぽを向いた。

徹夫の母親は、駅前で『みよし』という小さなお好み焼き屋を開いている。そのせいで、徹夫は学校でいちばん「浜」の噂話に詳しい。この教会が買い取った家の元の持ち主が競艇で借金まみれになったすえに夜逃げしたことも、おまえは徹夫から聞いたのだった。

「鬼ケン」徹夫はつぶやく。「名前、聞いたことあるけど」

「いたんだよ、昔」

「すごい怖かったって？」

「うん……」

鬼ケンが殺されてから、もうすぐ丸三年になる。鬼ケンの腹に銃弾を撃ち込み、死体を山に埋めた犯人は、まだ捕まっていない。捕まったのかもしれないが、新聞には載っていなかったし、「浜」の噂話にも出てこなかった。

床板に釘《くぎ》を打ちつける音が、晴れ渡った秋の空に響く。屋根の十字架に、名前は知らない、小さな焦げ茶色の鳥が一羽止まっていた。

教会の工事現場を訪れるのは、おまえは初めてだったが、徹夫は六度目だと言っていた。「運がよかったら餅貰《もちもら》えるかもしれない」と徹夫は楽しみにしていて、「今日ぐらい、あるんじゃないか」とおまえを誘ったのだった。

もちろん、餅まきは新築の棟上げのときだけの習わしで、おまえもそのことは知っていたが、徹夫には黙っていた。それがクラスで自分だけを誘ってくれた徹夫に対する友情の証《あかし》だった。

おまえは自転車を揺するように前後させながら、教会の隣の家の、ようやく色づきはじめた柿の実をぼんやり見つめる。

鬼ケンのことを話したせいで、アカネを思いだした。黒いワンピースと白い肌が浮かぶ。アカネがいまどこにいるのか、誰も知らない。生きているのか死んでしまったのかさえも。去年の暮れにK市のスナックで見かけたという噂もあったが、徹夫によると、どうもそれはアル中気味の安本のおやじがフイただけのようで、だから噂話も『みよし』の外に広がることはなかった。

「シュウちゃん」徹夫が言った。「ここ、クリスマスパーティー、やると思う？」

「はあ？」

「だから、教会だとキリスト教だし、クリスマスって派手にやるんじゃないの？」

「やるかなあ……」

屋根の上の十字架は、白いペンキで塗った角材を組み合わせただけのものだ。

「やればいいと思わない？　シュウちゃん」

「思うけど」

「やれば、行く？」

よくわからない。

教会に行くのはもちろん、見ることも、これが生まれて初めてだ。

「にわとりの血とか飲まされたりして」と徹夫は言って、自分の言葉に「ひえーっ」とおどけて身震いした。

徹夫は陽気だ。いつも冗談ばかり言って、笑ってもらえると思ったら、まだ毛の生えていない性器も見せる。おとなの前でもよくしゃべる。六年生にもなって、たとえばおまえの母親の顔を見るなり「おばちゃん、おばちゃん」と自分から話しかけてくるのは、仲間内では徹夫だけだ。

「やっぱり、商売してるウチの子だから」とおまえの母親は言う。「商売」の「しょ」を息をこするように発音する、その口調は、笑いかけたのを途中で止めたようにも聞こえて、おまえはあまり好きではない。母親はおまえが徹夫と二人で遊んでいると、あとで必ず言う――「ほかの子も入れて、みんなで遊べば？」

徹夫の家に父親はいない。母親と徹夫と小学二年生の妹の三人暮らしだ。小学五年生に進級する春、引っ越してきた。それまでは同じ県のずっと北のほう――山に囲まれた町にいたのだという。

徹夫の一家は「浜」のはずれにある県営住宅に住んでいる。同じ形の平屋建ての小さな建物が十数軒並んでいるうちの一軒だった。「浜」のおとなたちは、だからおまえの母親も、「県営」を省いて、ただ「住宅」と、そこを呼ぶ。息と唾液《だえき》を歯の裏にこすりつけるように、「住宅」の「じゅ」をことさら濁らせて。

「住宅」にクラスの仲間が遊びに行ったことはない。徹夫は誰かに家に来られることをひどく嫌がる。理由は言わない。いつかおまえと二人でいるとき、「俺んち、便所の汲《く》み取り口が台所の窓の真下にあるんだ。だから、飯がぜんぶウンコ臭くなる」と笑っていた。それが友だちを家に呼ばない理由なのかはわからないし、その話を頭から信じているわけでもない。陽気な剽軽者《ひょうきんもの》の徹夫は、ときどき嘘もつくからだ。

「シュウちゃん」

徹夫が言った。

おまえは振り向いて顎《あご》をしゃくり、話をうながしたが、徹夫は目をそらし、ど忘れした漢字を思いだそうとするような顔になって、横を向いたままへへっと笑い、「やっぱりいいや」と言った。

いつものことだ。徹夫はひとを呼んでから、なにを話すかを探す。話題を見つけられなかったら、思わせぶりな態度でごまかす。かまってほしいだけなのだ、とおまえは思う。

おまえは知らん顔をしてまた教会に目をやった。十字架に止まっていた鳥は、もうどこかに飛び去ってしまった。

背中に車のクラクションをぶつけられた。

「シュウちゃん、危ない」と徹夫の声も。

あわてて脇にどくと、工務店のライトバンが黒い排気ガスを撒《ま》き散らしながら二人の前を通り過ぎて、庭にボンネットを突っ込むようなかたちで停まった。

運転席から、剃《そ》り上げた頭をタオルで覆った工務店の親方が降りてくる。

助手席からは、ひょろりと背の高い男。長い髪をひっつめて、後ろで束ねていた。おまえと徹夫のほうを見て、道の脇に追いやったのを詫《わ》びるように笑う。垂れ下がった目尻《めじり》に皺《しわ》が何本も寄る、いかにもひとの良さそうな笑顔だった。

親方が、男になにか言った。濁声《だみごえ》を精一杯まるくして、愛想笑いを浮かべて。

男は二度三度とうなずきながら、親方の話を聞いていた。

「シュウちゃん」徹夫が小声で言う。「あいつが、神父さん。こないだもいたから」

「ふつうのひとみたい」とおまえも息だけの声で返す。

「うん、見た目、ふつう」

「でも、殺人犯?」

「噂だから」

「頭、狂ってるって?」

「噂話って、いいかげんだし」

なんだよそれ、とおまえは笑った。声はあげなかったが気配が伝わったのか、ライトバンの脇で話をつづけていた男と親方が、ほとんど同時に振り向いた。

危ないからあっちに行け、と親方は邪険に言ったが、神父はとりなすように親方に一声かけて、それから二人に、さっきよりもさらに深い笑みを送った。

「小学生?」――よく通る、甲高い声だった。

おまえと徹夫は顔を見合わせ、べつにおかしくもなかったが互いに頬をゆるめ、神父に向き直って無言でうなずいた。

「何年生?」

ろくねん、とおまえは口の動きだけで答え、横で徹夫が右手を開き、人差し指だけ立てた左手を添えた。

「学校おもしろい?」

また、無言でうなずく。

「いつも、なにして遊んでるの?」

いろいろ、とおまえは口を動かす。

神父は「いっぱい遊んどかないとな、子どものうちに」と言って踵《きびす》を返し、親方を追って歩きだした。

「あの、すみません、あの……」徹夫が、もう我慢できない、というふうに呼び止める。「餅まき、いつやるんですか?」

神父は質問の意味がよくわからなかったのか、かたちだけ短く笑って、家の中に入っていった。

その場に残されたおまえと徹夫は、また顔を見合わせる。徹夫はおとなと話したことが得意そうだった。それが少し腹立たしい。

おまえは自転車の向きを変えるついでに徹夫の自転車の後輪を蹴《け》った。徹夫はあわてて片足を地面について体と自転車を支え、「怒ってる?」と訊《き》いた。

「怒ってない」

「でも、蹴った」

「蝿がいたから蹴ったんだ」

「シュウちゃん」

「うん?」

「……やっぱ……いい、なんでもない」

おまえは徹夫にかまわずペダルを一漕《ひとこ》ぎした。

「シュウちゃん、どこに行く？」

「学校。鉄棒で遊ぶ」

「じゃ、俺も」

「テツが来るなら行かない。帰れよ」

「なんで？」

とたんに、徹夫の声は不安で揺れる。

おまえは自転車を停めて、追いかけてきた徹夫が隣に並ぶと、また自転車のタイヤを蹴った。今度は前輪。距離がありすぎて空振り同然だったが、徹夫は大袈裟《おおげさ》に片足をつき、サドルから尻をはずして、「あっぶねえーっ」と笑う。

「学校、来てもいいから」とおまえは言って、体勢を立て直す徹夫にかまわず自転車を走らせた。

＊

翌週、教会の工事は終わった。餅《もち》まきは、やはり、なかった。

代わりに玄関の前に立て札が掲げられた。白い紙に、筆ペンの、あまりうまくない文字で、こんな言葉が書いてあった。

〈父は子のゆえに殺さるべきではない。
子は父のゆえに殺さるべきではない。
おのおの自分の罪のゆえに殺さるべきである。
申命記二四ノ一六〉

だから――と「浜」のひとびとは噂する。
だから、あいつはやっぱりひとごろしだったんだ。

＊

神父はめったに出歩かない。たいがい教会の中にいて、そうでないときは庭の草をむしっている。

町へ出て誰かとすれ違うと目尻に皺を寄せた笑顔で「こんにちは」と挨拶《あいさつ》をするが、「浜」のひとびとは黙って小さく頭を下げるだけで、そそくさと通り過ぎる。噂話は得意でも――得意だからこそ、よく知らない相手と挨拶をするのが苦手なひとたちなのだ。

教会には、教会としての看板や表札は出ていなかった。代わりに、立て札の文字と同じように筆ペンで〈宮原〉と書いた白い小さな紙が、玄関の郵便受けに貼ってある。

六年前にK市で起きた一家四人惨殺事件の犯人が、宮原という名前だった――らしい。

「でも、誰も信じてないけど」

徹夫は笑う。

安本のおやじの話だったからだ。

一家四人惨殺事件の話は、『みよし』にいりびたる「浜」のおとなたちの間だけで流れていたのではなかった。

＊

「決定。決まりだよ、絶対」

夕食のとき、シュウイチが言った。十月の終わり。教会ができて、半月ほどたった頃のことだ。

シュウイチは、K市にある県立高校の一年生だった。同級生の中に、事件の現場近くに住む生徒が何人かいるのだという。

「犯人の名前は宮原だったって言ってた。歳もその頃二十歳くらいだったっていうから、計算合うんじゃないか?」――言葉の後半は、両親からおまえに目を移して。

おまえは黙って、あいまいにうなずいた。

「でも」母親がシュウイチに言う。「そんな事件の犯人が、もう刑務所から出てるの? ふつう死刑なんじゃないの?」

「そんなことないよ」

シュウイチはそっけなく言った。それくらいわからないのか、と少しあきれたように。

「無期懲役だったら、いまごろ仮出所でもおかしくないから」

「四人も殺して死刑にならないの？」

「そういう場合もあるよ。情状酌量っていうんだ。最近は、なるべく死刑にしないようにっていう流れになってるし」

母親は、なるほど、とうなずく。

「それに、もし十八歳や十九歳で事件を起こしてたら、未成年だし、死刑になんかならないと思う」

シュウイチの言葉に、父親が「だったら名前もわからないだろう」と口を挟む。晩酌の冷や酒に酔って、呂律《ろれつ》が少しあやしくなっていた。

母親は眉《まゆ》をひそめる。シュウイチの顔を盗み見て、父親に「お父さん、もうお酒、このへんにしといて」と一声かけた。

シュウイチはあっさりと言った。

「べつに報道されなくたって、近所の奴らには名前くらいわかるでしょ」

母親は、今度はシュウイチに向き直って、ああそうかそうねえほんとねえさすがお兄ちゃんだねえ、と感心した顔になる。

シュウイチは茶碗《ちゃわん》に残った飯を頬張って、「図書館で古い新聞記事調べてみるから」と言った。「もし未成年じゃなかったら、犯人の写真も載ってると思うんだ」

そんなの、どうでもいいのに——おまえは思い、思うだけで口には出さない。おかずの皿に残った、苦手な塩もみキュウリを箸《はし》でつつきながら、テレビをちらりと見る。画面にはしかつめらしい顔をしたアナウンサーが映っている。夕食時のテレビは、いつもNHKのニュースが流れている。シュウイチの受験勉強が追い込みに入った頃から、ずっと。新聞も長年とっていた地方紙をやめて、朝日新聞に変えた。テレビも新聞も、シュウイチがそうしてくれと母親に頼んだのだった。

「シュウジ」

シュウイチが言った。

「もし犯人の写真があったら、おまえにも見せてやるから。顔、同じかどうか教えろよ」

とつづけ、おまえの返事を待たずに「殺人犯だもんな、すげえよ」と自分の言葉にうなずいた。

シュウイチはまだ神父の顔を見ていない。教会というより「沖」には決して行かない。中学二年生の夏、「沖」の若い衆に駅前で殴られた。シュウイチ本人は「なにもしていないのに急に駅の便所に連れ込まれた」と話していたが、どうせ若い衆を見てばかにしたような薄笑いを浮かべていたんだろう、とおまえは思う。

シュウイチにはそういうところがある。「沖」を見下す。「浜」の連中でも背広を着ないおとなを毛嫌いする──たとえ、それが自分の父親であっても。

「もし、ほんとに殺人犯だったら、どうするの?」

おまえが訊《き》くと、シュウイチは「どうもしないよ」と返した。「どうもしないけど、まあ、いかにもって感じだよな」

「いかにも、って？」

「『沖』だもん」

父親が不機嫌そうな咳《せき》払いをした。

母親は、また眉をひそめる。

だが、シュウイチは両親のそんな反応を最初からわかっていて、だから冷ややかに「外では言わないけど」と笑う。

なぜ「沖」だから殺人犯が「いかにも」になるのか、おまえはもうなにも知らない歳ではない。

「浜」と「沖」の小学校が、それぞれ学年で二クラスずつしかない規模なのに統合されない理由も、二つの小学校の卒業生が一緒になる中学校で、クラス替えをめぐって数年前に校長が辞表を出した理由も、なんとなく。

＊

食事を終えたシュウイチは、二階の自分の部屋に向かった。

母親はシュウイチがテーブルに残した食器を片づけはじめ、父親はシュウイチがいなくなるのを待ちかねていたようにテレビのチャンネルを民放に替えた。

父親は暑がりだ。家にいるときは、冬場以外はたいがい下着の半袖《はんそで》シャツとステテコだけで過ごす。大工の仕事で現場に行くときは長袖の作業服を着ているので、手首から先と首から上だけが陽に灼《や》けて、顔の浅黒さは一年中消えることがない。髪を角刈りにした頭に、汗が乾いたあとの塩気が粉をふいているときもある。

シュウイチの中学の卒業式、父親は一張羅の背広を着て出席した。おまえの目から見ても背広やネクタイは似合っていなかったが、それは父親一人というわけではなかった。「沖」のおとなのほとんどと「浜」のおとなの半分ほどは、作業服やダボシャツでふだんの日々を過ごす。

式の何日かあと、親子揃った卒業式の集合写真をおまえに見せて「みんな薄汚れてるよ」と吐き捨てるように言ったシュウイチは、高校の入学式には父親に出席してほしくない、と母親にしつこく訴えていた。

母親がそれをどんなふうに父親に伝えたのか、おまえは知らない。

ただ、入学式の日、駅までタクシーを奮発して出かけたのは、朝早く美容院で髪をセットした母親一人だった。

父親は入学式に出席する代わりに、おまえを誘って干拓地の堤防へ釣りに出かけた。潮の具合がよかったせいか、ベラやメバルが何尾も釣れたが、父親はあまり嬉《うれ》しそうではなかった。

「ぼく、大きくなったら大工になるから」

おまえは、ぽつりと、唐突に言った。

なぜそんなことを口にしたのか、自分でもよくわからなかった。

父親はカップ入りの日本酒をごくんと飲んで、声をあげずに笑った。反応はそれだけだった。

釣りを終えて家に帰ると、母親とシュウイチは一足先に帰っていた。母親は沈んだ顔でよそゆきのツーピースを洋服ダンスにしまっているところだった。帰宅するなり、シュウイチに叱られたのだという。ほかの新入生の母親に比べて、服がみすぼらしい、髪形が古くさい、化粧がやぼったい、太っている……。

「シュウイチは負けず嫌いな子だから」

母親は申し訳なさそうに言う。

父親は黙ってそれを聞いていた。二階の部屋にいるシュウイチを居間に呼びつけることも、シュウイチの部屋に乗り込むこともなく、釣った魚の入ったバケツを持って庭に出て、勝手口の脇の水道で顔を洗った。分厚い手のひらを浅黒い頰に叩《たた》きつけるようにして、ばしゃばしゃと水を散らして。

その日の夕食には、母親の炊いた赤飯が出た。尾頭付きの鯛の塩焼きもあった。食卓にはベラとメバルの煮付けも並んでいたが、磯くさい魚と小骨の多い魚が嫌いなシュウイチは箸をつけなかった。

おまえは煮付けをたくさん食べた。シュウイチのぶんも食べた。あせって食べたのでベラの小骨が喉《のど》にひっかかってしまい、ひどく痛くて涙が出た。そのときの喉の痛みは、半年以上たったいまもまだ覚えている。

中学時代、シュウイチは入学から卒業まで学年トップの座を守りつづけた。この地域ではいちばんレベルの高い高校へも、一人だけ進んだ。過去にさかのぼっても五年ぶりだという。

＊

だが、地域のトップクラスの生徒が集まる高校に入ってしまうと、シュウイチは学年の真ん中から少し下のランクの生徒にすぎなかった。

一学期の通知表には、十段階評価の5と6が並んだ。それがよほど悔しかったのだろう、シュウイチは夏休みに入るとO市の予備校の夏期講習に通った。高校のあるK市の予備校を選ばなかったところが、つまり「負けず嫌い」なのだった。

しかし、二学期の中間試験の成績は、一学期より下がった。

シュウイチは成績表を両親に渡す前に、ひとしきり言い訳を並べ立てた。家が遠いから通学に時間がかかって勉強時間が少ない、成績のいい同級生はみんな通信添削をやっている、家庭教師をつけている同級生もいる、試験の日に腹をこわした、消化の悪いおかずを出した母親が無神経だ、父親の飲む酒のにおいが居間に染みついて気持ち悪くなる、シュウジが邪魔で勉強に集中できない……。

両親は一言も言い返さなかった。「浜」では、シュウイチはいまでも自慢の息子だった。

高校の成績表さえ見せなければ、シュウイチは秀才のままだった。

両親は二人とも大学に行っていない。父親は工業高校を、母親は農業高校の家政科を出たきりだ。

両親はシュウイチの高校での成績を「浜」の誰にも話していないし、シュウイチは両親の学歴や父親の職業を高校の同級生の誰にも話していない。

お互いさま、だった。

2

十一月に入ると、教会の立て札の紙が新しいものに変わった。

〈わたしのほかに神はない。
わたしは殺し、また生かし、
傷つけ、またいやす
申命記三二ノ三九〉

「ああいうのって、聖書の中に書いてあるんだろ」

放課後の学校のグラウンドで、ソフトボールの打順が回るのを待ちながら、徹夫が確認するように訊《き》いた。

「だろ?」と、おまえは語尾を上げて返す。

「怖いよな、聖書って」徹夫が言う。「殺すとか、そんなのばっかり」

「うん……」

「あそこに書いてる『わたし』って、キリストのこと?」

「じゃ、ないの?」

「キリストって、ひとを殺したりするんだっけ」

「知らない」

「怖いよなあ、キリスト」

「でも、もう死んでるんだし」

「死んで復活したんじゃないの? マンガで読んだことあるけど」

さあ、とおまえは首をひねる。そんな話を聞いたり読んだりしたことがあるような気もするし、キリストの復活は結局嘘だったんだという話もどこかで目や耳にしたようにも思う。

ずっとあとになって、おまえは知る。あそこに書いてあった「わたし」は、イエス・キリストではなかった。

立て札に掲げられていたのは、『旧約聖書』の中の一節――預言者モーセの最期の歌からの引用だった。歌は「主は言われる」と始まっているので、「わたし」とは、つまり主

——万物の創造主である神のことだ。

神はひとを殺し、また生かす。神はひとを傷つけ、また癒す。

矛盾だ、とは思わなかった。

超越的な存在の神をうらやんだわけでもない。

おまえはただ、殺されて生かされ、傷つけられて癒される「にんげん」を、憐《あわ》れんだ。

「にんげん」とは、自らの力のおよばない大きなものに翻弄《ほんろう》されるだけなのだと、そんな哀しい、ちっぽけな存在なのだと、嚙《か》みしめた。

明かりのない我が家で、眠れない夜を過ごしていた、十五歳の頃のことだ。

＊

おまえは歴史に興味を持つようになった。学校の図書館に置いてあるマンガ版の『日本の歴史』を縄文時代の巻から順に読みふけった。

ある日、おまえは夕食の支度をしていた母親のもとに来て、なにかとんでもない大発見をしたような顔で「ねえ、すごいんだよ」と言った。

「すごいって？　どうしたの？」

「見つけた」

「なにが？」

「ひと殺しばっかり」

「はあ？」

「『日本の歴史』に出てくるひとって、みんなひと殺しだった」

きょとんとする母親に少しいらだって、おまえは「だって、ほんとだもん」と床を踏み鳴らした。「戦争したり、家に火を点《つ》けて焼き殺したり、毒を飲ませたり、切腹させたり、ひと殺しばっかり」

母親も、やっと話の流れを呑《の》み込んで、困った顔で笑った。

「ねえ、ふつうなら死刑だよね、ひと殺しなんて。織田信長も豊臣秀吉も、みんな死刑だよね」

「まあねえ、そうなるよねえ」

「なんで死刑にならないの？　あと、無期懲役とか」

「そんなの、なるわけないじゃない」

「なんで？」

「信長も秀吉も、その世の中でいちばん偉いんだから」

「いちばん偉かったら死刑にならないの？」

「そう。だって、死刑になるかならないかなんて、いちばん偉いひとが決めることなんだから」

「そうなの？」

おまえは不服そうに返す。そんなのおかしいじゃないか、と思う。

だが、母親は、江戸時代には武士が町人や百姓を殺しても罪にはならなかったんだと言った。

「なんで?」

「なんでも。そう決まってたんだからしょうがないでしょ」

「だったら、もし町人が武士を殺したらどうなるの?」

「死刑でしょ、それは」

「……町人、すごく損じゃない?」

母親は「まあね」とあきれたふうに笑って、「でも、しょうがないのよ、その頃はそう決まってたんだから」と言った。

「いまは?」

「いまは違うに決まってるでしょう。誰が誰を殺しても捕まっちゃうわよ」

「こいつだったら殺してもいいっていうような奴、いないの?」

「いない」

「絶対にいない?」

「いないいない、みんな平等なんだから、世の中」

母親はそれで話を切り上げるつもりで、「まあ、そういうこと」とまとめて、調理台に向き直った。

だが、おまえはまだ納得しきらない顔で、「なんで昔は平等じゃなかったの?」と訊いた。

母親は茹《ゆ》であがった野菜を鍋《なべ》からザルにあけながら、「さあ……」と気のない声で言った。もともと理屈っぽいことを考えるのは嫌いな質《たち》だし、その日の夕食の支度はふだんより少し遅れていた。

シュウイチは、駅に七時十五分前に着く電車で帰ってくる。駅から自転車で五、六分も走れば我が家に帰り着く。そのときに夕食の皿がテーブルに並んでいないと、たちまちシュウイチは機嫌が悪くなる。無駄な待ち時間ができると、勉強の時間が削られてしまうから。

といって、あまり早く並べて、おかずや汁が冷めてしまうと、シュウイチはやはり怒る。ちょうどいまテーブルに置いたばかり、というのでなければいけない。特に今夜のように父親が遠くの現場に出かけて帰りの遅いときは、母親が頭を深々と下げて詫《わ》びるまで怒りは収まらない。

「シュウジ、早く宿題やっちゃいなさい」

豚肉に小麦粉をまぶしながら、母親が言った。

「ねえ、なんで昔は平等じゃなかったの？」

「さあ……」

「平等のほうがいいって、あたりまえだよね、なんで昔はそうじゃなかったの？」

「お母さんね、難しいことはよくわからないから、あとはお兄ちゃんに訊きなさい」

「お兄ちゃん、知ってる?」

「知ってるわよ、お兄ちゃんはなんでも」

「うん……」

「その代わり、お兄ちゃんの勉強の邪魔になるようなときに訊いたらだめよ。お兄ちゃんが暇そうなときに訊きなさい」

　母親は油を敷いたフライパンに豚肉を入れた。どしゃ降りの雨が屋根を叩《たた》くような音が、台所に響く。

　おまえは黙って台所を出ていった。「テレビ、NHKにしといて」と母親の声が背中に聞こえ、黙ってリモコンを手に取り、チャンネルを替えた。

　あと五、六分でシュウイチが帰ってくる。我が家でいちばん偉いひとが、たぶんまたいつものようにむすっとした顔で、帰ってくる。我が家でいちばん偉いひとは、我が家をいちばん嫌っているひとでもあった。

*

　昼休み。徹夫は男子数人に取り囲まれていた。朝から雨だった。グラウンドで遊べない。みんな退屈していた。

「クイズ、スタート!」

　野島が甲高い声で言った。徹夫を囲んだグループがいっせいに笑い、その真ん中で、徹夫も、ぎごちなく頬をゆるめた。

おまえは自分の席についたまま、それをぼんやりと見つめる。ばかだな、と思う。徹夫はばかだ。野島たちに「ちょっと来いよ」と呼ばれたら断れない。なにをされるのかわかっていないはずがないのに、ときには媚《こ》びたような笑みさえ浮かべて席を立つ。

「第一問!」野島の腰巾着《こしぎんちゃく》の岡本が言う。「テツくんは八百屋に買い物に行きました。白菜は百円で、キュウリは五十円でした。さて、カボチャはいくらだったでしょう」

すかさず、山崎が「チッ、チッ、チッ……」とカウントして、「ブーッ、残念でしたあ」と笑う。

野島が徹夫の腕をつかんで引き寄せ、肘《ひじ》の内側の少し下——肉のやわらかいところを、親指と人差し指の爪の先でつまんで、ひねる。

「不正解のひとには、罰があります」

痛みに顔をゆがめる徹夫を見て、にやにや笑う。野島は六年生の男子の中でいちばん体が大きい。力も強い。K市にある柔道の道場に通っていて、声変わりもすでに始まって、陰毛も茂みになっている。O市とこの町とK市をつなぐ国道沿いにある自動車の解体工場は、野島の父親が経営している。山崎や岡本の父親もそこで働いていて、三人は『みよし』でしょっちゅう酒を飲む。

野島が徹夫の腕を放すと、すぐに岡本が「第二問!」と言った。

「テツくんは、本屋に買い物に行きました。『ジャンプ』は百九十円で、エロ本は五百円でした。さて、本屋の店員は何人いたでしょう」

第二問の不正解の罰は、額を指ではじく、でこぴんだった。

野島のでこぴんは、へたなパンチより痛い、という評判だった。五年生でいちばん生意気な奴も、でこぴん一発で泣きだしてしまったのだという。

「第三問！　おっと、この問題はラッキーチャンスです。正解すれば得点が二倍ですが、不正解の場合は罰が二倍になります。テツくんはソフトボールをやっています。打順は八番で、ポジションはライトです。九回の裏、ツーアウト満塁で打順が回ってきました。さて、それは何時何分何秒だったでしょう」

　徹夫はでこぴんで赤く腫《は》れた眉間《みけん》を指で押さえながら、「四時五十分二十秒！」と半べそに近い声を張り上げた。

　ばかだ。おまえはひらべったいまなざしに徹夫を収めたまま、あーあ、と息をつく。

　野島たちは腹を抱えて笑った。

「ブーッ、残念でしたあ」と山崎が言った。

「惜しいですねえ、正解は四時五十分二十一秒でした」

　岡本の言葉に、肩を揺すって笑った野島は、指を鉤《かぎ》の形に曲げて徹夫を呼び寄せた。

「テツ、ハンコ捺《お》してやろうか」

　徹夫の顔色が変わる。かぶりを振り、顔の前で手を横に振って、一歩、二歩とあとずさる。

だが、岡本と山崎が壁になって逃げ道をふさぎ、「遠慮するなよ」と野島の太い腕が伸びて徹夫のセーターの襟をつかむ。

「ハンコ、背中がいいか？　腹がいいか？」

「……背中」

徹夫はか細い声で答え、野島に背中を向けてセーターとシャツをめくり上げた。剝《む》き出しになった背中は、骨が浮くぐらい痩《や》せている。斜めに浮いている赤黒いミミズ腫れは、たぶん、昨日の放課後、野島が捺したハンコの痕《あと》だ。

山崎が野島にプラスチックの三十センチ定規を手渡した。

「ラッキーチャンスで間違えたんだから、ハンコ二回な」

野島が定規を弓のようにしならせながら言った。

うそ、と徹夫が振り向きかけた瞬間、野島はしならせた定規から指を離した。定規は勢いよく徹夫の背中を打つ。バチッ、という音が聞こえた——と同時に、徹夫の体は跳ねるように伸び上がり、喉《のど》の奥からうめき声が漏れた。

「テッ、二発目はグリコもやれよ」岡本が言う。「教室一周な」

徹夫はゆがんだ笑顔を岡本に向けた。

「こっち向くな」岡本の横から、山崎が言う。「汚えよ、おまえの顔」

徹夫は自分の頰をごしごしとこすり、手のひらを鼻にあてて、「くっせーっ」としかめつらをつくる。もう泣き顔と呼んだほうが近かったが、やはり、それは笑顔だった。

おまえはまた息をついて、窓の外に目をやった。

三階建ての最上階の教室からは、干拓地が見渡せる。稲刈りの終わった田んぼには刈り取ったあとの稲の切り株が規則正しく散っている。ところどころ、土の色が見えない区画もある。枯れ草に覆われたそこは、耕すひとのいなくなった田んぼだ。年ごとに、そんな田んぼが増えている。

定規が背中を打つ音が聞こえた。押し殺したうめき声を、三人ぶん重なった笑い声がかき消した。

徹夫はグリコのマークのようなバンザイのポーズで走りだした。女子の誰かが「やめなさいよお」と本気ではない声で野島に言う。「かわいそう」と別の女子の声も、かたちだけ。

徹夫は教室を走る。セーターとシャツを胸までたくし上げたまま、腹をさらし、腫れた背中を見せつけて、グリコのマークと同じ笑顔を浮かべて、走る。

おまえは窓の外を見つめたまま、徹夫には目を向けない。

いまの世の中が平等だなんて嘘だ、と思う。

3

K市の一家四人惨殺事件の話をシュウイチが再び持ち出したのは、十二月に入って間もない頃だった。

市立図書館で期末試験の勉強をしているとき、気分転換に新聞の縮刷版をめくって事件の記事を探したのだという。

「犯人、十九歳だった」

自分の部屋から、襖《ふすま》を隔てたおまえの部屋に入ってきたシュウイチは、少し残念そうに言った。

「未成年だから、名前、出てなかったけど、絶対に『宮原』っていうんだ。こういうのって、近所の話がいちばん正確なんだから」

おまえをどかして勉強机の椅子に座る。

「すごい事件だった。信じられないぞ。知りたいか」

どっちでもよかった。

「教えてやろうか」

宿題が、まだ終わっていない。

「教えてやるから、『気をつけ』で立って聞けよ。大事な話なんだから」

おまえは言われたとおりにした。

幼い頃のようにシュウイチのことが好きで好きでたまらないというわけではない。「好き」と「嫌い」を比べれば、きっと「嫌い」のほうが多い。それでも、シュウイチには逆らえない。「好き」が多かった頃よりも、いまのほうが、おまえはシュウイチに従順だった。

「鬼のような奴なんだよ、宮原ってのは」

シュウイチは声をひそめて話しだした。

殺された一家は、両親と娘二人だった。上の娘は宮原と同い歳の十九歳で、下は十六歳。父親は工場の建ち並ぶK市の中でもいちばん大きな製鉄会社に勤めるサラリーマンだった。新聞に載っていた肩書は支店長代理。「エリートだよなあ」とシュウイチは言う。「東大か京大出てるんじゃないか、たぶん」とつづけ、「O大なんかじゃ一生下っ端だもんな」と地元の国立大学を笑う。

宮原は、その家の長女と高校時代から付き合っていた。卒業後、長女はK市にある、地元では名門として知られるカトリック系の女子短大に入り、宮原は就職した。

高校時代は、宮原は何度も彼女の家に遊びに行っていた。両親も公認の交際で、近所のひとの話では、一家四人に宮原も入れてドライブに出かけることもあったのだという。

ところが、高校卒業後しばらくして、彼女が別れ話を切り出した。

「なんで?」——おまえは思わず訊《き》いた。

シュウイチはいったん首をかしげたが、「まあ、なんとなく俺にはわかるけどな」と含みのある言い方をして、「シュウジはガキだから、知らなくていいよ、そんなの」と話を先に進めた。

宮原は別れ話を受け容《い》れなかった。何度も彼女の家を訪ね、そのたびに門前払いをくったり居留守を使われたりした。

そして、ついに彼は包丁を隠し持って、彼女の家に忍び込んだのだった。

最初に、母親。

次に、学校から帰ってきた長女。

持っていた包丁はそこで刃が使いものにならなくなり、少し遅れて帰宅した次女は家にあった包丁で殺された。

最後に、父親。

リビングルームは血の海だったという。

「一家四人で、合計百ヵ所以上刺してたって。もう、狂ってるんだよ」

宮原は返り血を全身に浴びたまま家を出て、ふらふらと住宅街を歩いた。通行人が警察に通報して捕まった。抵抗も逃走もしなかった。パトカーが駆けつけたとき、彼は自動販売機で買ったウーロン茶を飲んでいたのだという。

「すごいよ、ほんと、すごい……」

シュウイチは頬を上気させ、肩でゆっくりと息を継いだ。

おまえは「気をつけ」の姿勢のまま、シュウイチをぼんやりと見つめる。

「教会にあいつ、まだいるんだろ?」

「と、思うけど」

「なんだ、行ってないのか」

「うん……」

「今度会ったら訊いてみろよ。包丁で刺したときの気分ってどうでした？　って」

シュウイチは立ち上がり、歩きだすついでに、おまえの腹を殴った。それほど力の入ったパンチではなかったが、拳《こぶし》はみぞおちにめり込んだ。

腹を押さえ、目に涙を浮かべて、苦しそうに咳《せ》き込むおまえに、シュウイチは言った。

「こんなふうに刺したんだよなあ、腹を」

ひゃはははっと笑いながら、自分の部屋に戻っていく。

後ろ手に襖を閉めたあとも、シュウイチは笑いつづけていた。

ひゃはははっ、ひゃはははっ、ひゃはははははっ……。

一家四人が殺された話よりも、その笑い声のほうにぞっとして、おまえは勉強机に戻ってからも、しばらくの間、宿題が手につかなかった。

＊

教会の立て札にクリスマス会のお知らせが出ていた、と徹夫が教えてくれた。

小学生なら誰でも参加できる。

「五百円ぐらいのプレゼントを持っていって、みんなで交換するんだって。おもしろそうだと思わない？」

「うん、まあ……」

殺人事件のことは、まだ徹夫には話していない。『みよし』の噂話でも、殺人事件と神父の関係は、安本のおやじがちらっと口にしただけで、それ以上は取り沙汰《ざた》されていないようだ。

「ケーキも出るって。夕方の三時からだから、ケーキだけ食って帰れば晩飯にも間に合うし」

「ほかの奴、誘った？」

「シュウちゃんだけ」

徹夫は、そんなのあたりまえだろ、というふうに頬をゆるめた。

おまえは照れくささ半分、わずらわしさ半分で、そっぽを向く。どこが気に入られたのかはわからないが、徹夫は最近目立って、おまえを特別扱いするようになっていた。親友――そんな言葉を口にすることも多い。

「行こうよ、シュウちゃん」

「うん……」

「クリスマス会は二十四日だけど、二十三日って保護者会だから午前中で学校終わるだろ。プレゼント、電車に乗って買いに行こう」

「そんなの、近所でいいんじゃないの？」

「だめだって。母ちゃん言ってたけど、プレゼントって、どんなの選ぶかでそのひとのセンスがわかるんだって」

徹夫は張り切っている。教会のクリスマス会を楽しみにしているというより、二人でなにかをするのが嬉《うれ》しくてたまらないようだ。

「『沖』の奴らも来るんじゃないの？」とおまえは言った。

「うん、来ると思うよ」徹夫はあっさり返す。「どうせ中学に入ったら一緒になるんだし、友だちになればおもしろいよ」

徹夫は「浜」と「沖」の区別をあまりつけない。引っ越してきてまだ二年足らずのせいかもしれないし、家が商売をしているせいかもしれないし、もっと別の理由があるのかもしれないけれど、徹夫のそういうところは悪くないなとおまえは思い、そういうところがあるから野島たちがいじめるのかもしれないなとも思う。

「行こうよ、シュウちゃん」

小遣いならある。母親に話すと嫌な顔をされるだろうが、黙って出かけて黙って帰れば、たぶん、ばれずにすむだろう。

徹夫はしつこく誘ってきて、しまいにはK市に買い物に行く電車代とプレゼント代をおごるとまで言いだした。

「そんなことといいよ、やめろよ」

おまえは不機嫌な顔と声で断り、「わかったよ、じゃあ行くよ」と言った。

「さすが親友だよなあ」

徹夫は顔をくしゃくしゃにして笑った。

＊

K市に出かけて、文房具店でクリスマス会のプレゼントを買った。

おまえが選んだのは、ラメ入りの蛍光ボールペンを三本。

ノートとシールを買った徹夫は、プレゼント交換の意味がよくわかっていないのか、

「俺、シール欲しかったんだよなあ」と満足げに小さな包みをバッグにしまった。

帰りの電車はK駅始発の各駅停車だった。早めに乗り込んでボックスシートに二人で向き合って座った。

おまえは窓の外、ホームのフェンス越しに少しだけ見える街並みをぼんやりと見つめた。駅の裏手の、小さな飲み屋が窮屈そうに並ぶ一角だった。夕方が近づいて、看板に明かりの灯《とも》った店も多い。派手な服を着たホステスが出勤してくる店も。

アカネのことを、思う。会いたいのかそうでないのかわからないまま、ただ、彼女のことがむしょうに懐かしくなるときがある。

ホームに発車のベルが鳴り響いた。

電車のドアが閉まる間際、詰め襟の制服を着た高校生が四人、駆け込んできた。制帽のラインで、シュウイチの通う高校の生徒だと知った。

空いている席を探して通路を進む四人組の先頭に立っていた男が、「ラッキー」と歌うように言って、おまえの——だから、シュウイチの苗字を口にした。

「悪い悪い、席、とってくれたんだよなあ、サンキュー」

　中腰になって通路に顔を出すと、車両の端のボックスから、四人組と入れ替わりに立ち上がる男がいた。

　シュウイチだった。

　四人組は席につくと、シュウイチにかまわずおしゃべりを始めた。

　シュウイチは四人組の席と通路を隔てたボックス——一人ぶんだけ空いていた席に座り、顔を四人組に向けて、おしゃべりに加わった。

　いや、違う、四人組はシュウイチを仲間に入れてはいない。シュウイチもおしゃべりを笑いながら聞くだけで、自分からはなにも話さない。話せない。相槌《あいづち》を打ったり冗談に笑ったりするだけ——徹夫が浮かべるのと同じ笑顔で。

　おまえは通路から顔を引っ込めて、窓に抱きつくような恰好《かっこう》で外を見た。少しずつスピードを上げて流れる風景に、ガラスにうっすらと映り込む自分の顔が重なる。

　一つ目の駅で、四人組は降りた。シュウイチは「バーイ」と声をかけたが、四人組はおしゃべりをやめることなく、誰もシュウイチに返事はしなかった。

　電車が動きだす。元の自分の席に戻るシュウイチの姿が、視界の端をよぎる。乱暴に座ったのが、気配でわかる。

　おまえは窓枠に沿って伸ばした腕に顎《あご》を載せた。「浜」の駅までは、あと七つ。二十分以上。駅が近づいたら、シュウイチが立ち上がる前にデッキに出よう、と決めた。

ウォークマンで音楽を聴いていた徹夫が、どうしたの？　と顔を覗《のぞ》き込んだ。

おまえは黙って体を起こし、徹夫の臑《すね》を軽く蹴《け》った。徹夫は「痛っ」と声をあげて臑を両手でかばったが、顔はいつものように笑っていた。その笑顔を、おまえは初めて、哀しいと感じた。

第三章

1

クリスマスの日、徹夫と二人で教会を訪ねたおまえは、少女に迎えられた。

少女はおまえより少し背が高かったが、長い髪をポニーテールにしていたので、小学生だろうと見当がついた。中学生なら、校則で女子の髪はショートカットと決められている。見覚えのない顔――だから、きっと、「沖」の子ども。

玄関を開けた少女は警戒心をあらわに、「誰？」と訊《き》いた。「なにか用？」

「……クリスマス会」

うわずった声で言った徹夫は、おまえに場所を譲るように引き戸の脇にどいた。しかたなく「ここでいいの？」とつづけて訊くと、少女は訝《いぶか》しげにうなずいて、おまえの後ろに誰かいないか確かめるようなしぐさをした。

「二人？」

「うん」

「あとで誰か来る？」

「来ない。俺たちだけ」

それを聞いて、少女は初めて笑みを浮かべた。「どうぞ」とおまえたちを招き入れ、

「入ってすぐ右が広間だから」と場所を教えると、スリッパを鳴らして廊下の奥へ引っ込んだ。

おまえは徹夫と顔を見合わせ、ズックを脱いだ。遊園地のお化け屋敷に足を踏み入れるような気分で、背中に貼りつく徹夫をうっとうしく感じながら、広間の襖《ふすま》を開けた。がらん、としていた。八畳間を二つつなげた部屋に、人影はなかった。

「シュウちゃん」徹夫が震える声で言う。「俺たちしかいないの？」

「だろ……」

広間は、畳が板の間になり、床の間が祭壇になっただけで、教会になる前の農家のたたずまいをほとんどそのまま残していた。祭壇を背にして、一人用の座り机がある。机の上には燭台《しょくだい》が一つ。火の点《つ》いていない、ちびた蠟燭《ろうそく》が立っていた。

あとは、なにもない。机も、座布団も、とにかくなにもない。

「ここでお祈りするのかなあ」と徹夫が訊く。

「知らないよ、そんなの」

おまえがそっけなく返すと、見捨てられたと思ったのか、徹夫は半べその顔になって

「シュウちゃん、怒るなよお」と言った。

「怒ってないよ」

「でも、いま、怒ってた」

「いいから黙ってろよ、ちょっと」

「さっきの女の子、すっごい、かわいかったよな」

徹夫の足を踏みつけたとき、座り机の近くの襖が開き、少女が入ってきた。

「もうすぐ始まるから」

徹夫はかすれた声で「うん……」と答えたが、おまえは黙ったままだった。返事をしようと思い、しなければならないとも思ったが、喉《のど》の奥で息がつっかえていた。胸がどきどきする。「沖」の学校に、こんな子がいるとは知らなかった。「浜」の学校で男子にいちばん人気のある松下香奈恵よりもきれいだし、おとなっぽい。大きなサイズのトレーナーで体の線はほとんど隠れていたが、黒いスパッツを穿《は》いた脚はすらりと長く、お尻《しり》のところが、ぷくん、と丸い。

女の子は、広間の真ん中に座った。膝《ひざ》を揃えて両手で抱く、体育座りだった。

おまえと徹夫は、広間の隅――座り机からなるべく遠く、廊下に出る戸口になるべく近いところに腰を下ろす。

「つまんないかもな」

おまえは息だけの声で、徹夫にささやいた。「つまんなかったら、すぐ帰ろう」とつづけると、徹夫は黙ってうなずいた。

「つまんないよなあ、絶対」

あーあ、とっくりもののため息をついた。

襖が、また開いた。神父があらわれた。分厚い本を三冊小脇に抱え、黒いセーターに、洗いざらしたジーンズを穿いていた。教会の工事中に一度会ったときと同じように長い髪をひっつめて後ろで束ね、広間を見渡して目を細めて笑う、そのときの目尻の皺《しわ》も同じだった。

「メリー、クリスマス」

歌うような声で言って、神父はまた笑った。目が合いそうになって、おまえはあわててうつむく。

こいつが――と、思う。こいつが、一家四人を包丁で刺し殺した「宮原」なのだろうか、ほんとうに。

神父は座り机の前にあぐらをかいて座り、おまえたちと向き合った。

「男の子二人とは、前に一度会いましたね。まだここを工事してるときに立ち話をしたのを覚えていますか？　たしか、六年生でしたね」

神父はそう言って、視線をおまえたちからはずし、少女に声をかけた。

「エリと同い歳ですね。学校は違うの？」

少女――エリはちらりと後ろを見て、すぐに前に向き直り、「『浜』の子です、あの子たち」と神父に言った。突き放したような、トゲのある口調だった。

「『浜』というのは、駅のほうのことですか？」

　神父が、今度はおまえたちに訊く。おまえは黙ってうなずき、徹夫は「ひゃいっ」と裏返った甲高い声で答えた。

「『沖』は干拓地ですね」と神父がつづけ、「そう、昔は海だったんだって、このへん」とエリが返す。

「『浜』と『沖』は仲が悪いのですか？」

「仲が悪いんじゃないの。『浜』が勝手に『沖』のことサベツしてるだけ」

「どうして？」

「知らない」

「どうして？」──おまえたちに。

　おまえも、徹夫も、なにも答えられない。深くうつむいて、床板の継ぎ目をじっと見つめる。

　よそから来た神父は、まだこの町のことをなにも知らないのだろうか。知らないふりをしているのだろうか。

　サベツ。エリは確かにそう言った。

　おまえも言葉は知っている。漢字で「差別」と書くことも知っている。それがよくないことも知っている。六年生になったばかりの頃、小学校の講堂で映画を観せられた。どぶのような汚れた川のほとりに住む少年が主人公だった。学校で給食費がなくなったとき、その少年が犯人だと決めつけられたのだった。差別をされていた。偏見の目で見られていた。そういうことはよくないからやめるように、と映画のナレーターはお話の最後に言った。おまえも、もっともだと思った。世の中にはひどい奴らもいるものだと、かわいそうな少年に代わって憤った。サベッとヘンケンは、その後しばらく教室の流行語になった。なにかあったら「サベッするな」「そんなのヘンケンだぞ」と、笑いながら言い交わした。友だち以外の相手からそれをぶつけられたのは初めてのことだった。

神父は静かに言った。

「にんげんのいのちは、みんな同じです」

やわらかい声だった。

「にんげん」も「いのち」も、漢字でも片仮名でもない、ひらがなのまま、耳に届いた。

おまえはそっと、様子を窺《うかが》うように顔を上げる。神父と目が合った。笑っていた。

「聖書を差し上げます。取りにおいで」

分厚い本を、両手に一冊ずつ持って、ほらこれ、というふうに軽く掲げた。

徹夫はためらいがちに腰を浮かせたが、おまえは動かなかった。動けなかった。母の顔が浮かんだ。聖書を家に持って帰れば、絶対にどこで貰《もら》ったのか訊《き》かれる。答えたら叱られる。といって、聖書は神さまのことが書いてある本で、それを捨ててしまうとバチが当たるかもしれない。

「さあ、早くおいで」

神父にうながされて、徹夫は前に進みかけたが、座ったままのおまえに気づくと困惑した顔で足を止めた。

エリも振り向いてこっちを見ていた。

「聖書を少し読んで、賛美歌を歌って、それからケーキを食べましょう。イチゴの載った、美味《お》しいケーキがありますよ」

神父の言葉に、徹夫はまた一歩前に進み、それでも、そこから先へは行けない。一人ではなにもできない。二人でいたら子分になる。三人以上集まったらいじめられる。そういう奴だ。

おまえはうつむいたまま立ち上がった。

「おなか痛いから、帰ります」

誰の顔も見ずに言って、自分の声を自分で聞くのと同時に襖を開けて外に出た。

走って逃げた。追いかけてきたのは徹夫だけで、神父の呼び止める声は聞こえなかった。

教会の前に停めた自転車に飛び乗って、「沖」の集落を一目散に駆け抜けた。サベツされている町は、しんと静まり返っていた。誰かが家の中から見つめているかもしれない。その「誰」の顔も思い浮かばないまま、ただぞっとする怖さだけ、どんなにスピードを上げて自転車を漕《こ》いでも頰にまとわりついて離れなかった。

＊

その後、教会へは一度も行っていない。エリの顔も見かけない。

おまえは徹夫に言う。

「聖書を貰ったら、もう逃げられなかったぞ。家にも死ぬまで帰れなかったかもしれない。エリみたいに、一生、教会に監禁されたらどうする？」

子どもじみた脅し文句を、徹夫は真に受けて「やっべーっ」と身震いする。

真に受けたふりをしているんだということぐらい、おまえにもわかっている。徹夫にはそれしかできないんだ、ということも。野島たちが徹夫をしつこくいじめる理由は、ほかの連中が徹夫をいじめないい理由よりも、もしかしたらずっと筋が通っているのかもしれない。

＊

そして、おまえは中学生になる。

2

昇降口の脇の人垣から出てきた徹夫は、おまえに気づくと笑いながら手を振った。

「シュウちゃん、また同じクラス。一年二組」

駆けてきて、嬉《うれ》しそうに言う。真新しい学生帽が上下に揺れて、いまにも脱げ落ちてしまいそうだった。坊主刈りにする前、ふさふさした髪の毛だった頃のサイズに合わせて帽子を買ってしまったのだろう。

案の定、すぐに脱げた。うっすらと青い坊主頭が見えた。あわてて帽子を拾い上げた徹夫は、へへっとおまえに笑いかけて、「頭、すーすーして、風邪ひきそう」と言った。

「テツ、いつ床屋行ったの？」

「おとつい」

「遅いよ、そんなの」

上のきょうだいがいれば、教えてもらえる。髪を刈るのが遅くなると、新学期を青い頭で迎えなければならない。おまえは小学校の卒業式の翌日、床屋に行った。最初はスポーツ刈りで慣らして、昨日、前髪を落とし、あらためて頭ぜんたいにバリカンをかけてもらった。

シュウイチが教えてくれた――わけではない。逆だ。シュウイチは床屋に行くのは入学式の前日でいいと言っていた。年子の兄貴がいる同級生のサブが「ぎりぎりで坊主にすると青ハゲになるんだって」と教えてくれなかったら危なかった。

冷ややかに笑うシュウイチの顔が浮かび、それをすぐに消してしまいたくて、徹夫の帽子を取って、頭を軽くはたいた。

徹夫は「痛っ」と頭を抱え、それでも怒りはしない、「びっくりしたぁ」と媚《こ》びた顔でおまえを見るだけだ。

「テツと俺、ほんとに同級生だった？」

「うん、一年二組」

「ほかの奴らはどうだった？」

「……野島、四組だった。山崎は三組で、岡本は一組だったから、あいつらみんなバラバラ」

「よかったな」と言ってやった。徹夫も、へへっと笑う。

中学生活の始まりの朝、まず最初にそんな笑顔を浮かべる徹夫を、悲しいと思い、哀れだとも思う。

「クラスが違っても、関係ないだろ」

おまえは言った。「休み時間に来るよ、野島」とつづけ、「山崎や岡本も来ると思う」と付け足すと、徹夫の顔はとたんにゆがんでしまう。

中学には「沖」の奴らだっているんだぞ——そこまで脅すのはさすがにかわいそうになって、徹夫をその場に残して掲示板に向かって歩きだした。

「シュウちゃん、二組だって」

「わかってるよ」

「二組の教室、行こう」

背中に追いすがる声を聞いて、なるほどな、とわかった。徹夫はずっと待っていたのだろう。一人で教室に入るのが怖いから。わかりやすい奴だ、ほんとうに。

知らん顔をして、足を速めた。徹夫も「ちょっと待って、俺も行く」とあとにつづく。確かめておきたいことが、あった。もしかしたら徹夫はすでに知っているのかもしれないが、口に出して訊きたくはない。

掲示板の前の人垣をざっと眺めた。知っている顔と初めての顔が、ほぼ半分ずつ。探している顔は——なかった。

人垣の後ろについて、掲示板に記されたクラス別の名簿を見ていった。

一組には、いない。二組はわざと素通りして三組と四組を確かめたが、そこにも目当ての名前はなかった。

おまえは、ゆっくりと息をつく。ゆるみかけた頰を引き締めて、二組の名簿を出席番号一番の〈相田雄一〉から順に目でたどる。

いた。三十七人のクラスの、ちょうど真ん中。出席番号十八番——〈南波恵利〉。苗字は、いま初めて知った。それでも、間違いない。エリという名前の同級生は、ほかにいなかった。

「シュウちゃん、教室入ろう」

徹夫が肘《ひじ》を引いた。

「ちょっと待ってろよ」

「早く入ろう」

「なんなんだよ」

舌打ちして振り返ると、徹夫のまなざしは造花のアーチで飾られた正門のほうに向いていた。野島がいる。いつものように山崎と岡本を引き連れて、肩をことさらに揺すって、いま、門をくぐったところだった。

徹夫は逃げ腰になって、またおまえの肘を引く。

「テッ」

「……早く行こう」

「エリ、同じクラスだった」

早口の、ぼそぼそした言い方になった。徹夫の耳には届かなかった。

「ほら、シュウちゃん、早く」

しかたなく、おまえは徹夫のあとについて歩きだす。髪を刈り上げたあとが青々とした徹夫のうなじを、ぼんやりと見つめる。これからもずっと、徹夫はこんなふうに野島たちから逃げ回るのだろうか。それはひどく哀しい光景のようにも、滑稽《こっけい》でとぼけた光景のようにも思える。

一年二組の教室は真ん中がぽっかり空いていた。廊下側では「浜」の小学校から来た生徒が集まっておしゃべりをしていて、窓際には「沖」の生徒が集まっている。

おまえは徹夫と一緒に「浜」のグループに合流して、入学式が始まるのを待ちながら、ちらちらと「沖」の連中のほうを見た。

エリは、まだ来ていない。何人か似たような後ろ姿の女の子はいたが、男子が坊主刈りになるのと同じように、中学では、女子は髪が肩に触れてはいけない校則になっている。誰の髪も同じショートカット——それだけで、後ろ姿で見分けをつけるのが難しくなる。

エリと会って、なにを言うかは決めていない。なにも言えないかもしれない。逃げだしたおまえをエリは許さないかもしれない。おまえが「浜」の住民だということだけで、憎んでいるのかもしれない。

チャイムが鳴った。小走りに教室に入ってくるひとの気配に振り向くと、エリがいた。長い髪を、あの日と同じ、ポニーテールにしていた。

*

校則に従わないエリの髪形は、その日のうちに学校中の話題に——問題に、なった。入学式の始まる前に担任教師が教室に顔を出さなかったのが悪かった。校内放送に従って出席番号順に廊下に並び、体育館に入場して、そのとき初めて、父母席や教職員席からざわめきが上がったのだった。

「あの子、どうなったの？」

午前中で下校して家に帰ると、母親は昼食の支度も放って訊《き》いてきた。

「職員室に連れていかれた」

そう答えるには答えたが、「連れていかれた」というのはちょっと違うかもしれない、とおまえは思う。

体育館での式が終わると、それぞれの教室に戻り、担任教師の挨拶《あいさつ》と連絡事項の伝達、教科書の配布などの短いホームルームをおこない、解散となった。クラス担任は石倉という四十過ぎの体育教師だった。ホームルームの間、石倉はエリのほうを一度も見なかった。無視するというより、見てしまうと腹立たしくなるから、というふうなそっぽの向き方だった。

ホームルームが終わり、生徒が席を立って教室が騒がしくなると、その隙をつくように石倉は初めてエリに目をやった。すでに体育館から教室に戻るまでのどこかで話がついていたのだろう、黙ってドアのほうに顎《あご》をしゃくる。

エリも無言で従った。席を立つしぐさも、教室の外に出る足取りも、いまから叱られに行くという感じではなかった。悪びれた様子はまるでない。堂々として、廊下に出る間際、まるでほかの生徒や父母に見せつけるようにポニーテールのリボンを後ろ手に結び直していたのだった。

「お父さんやお母さん、来てなかったの？」

「うん……わからないけど、いなかったと思う」

「入学式なのにねえ」

母親はため息をつく。言いたいことをぜんぶ言いきったあとの締めくくりではなかった。

喉《のど》の奥に残った言葉が溶けているから、ため息は、肩にしなだれかかるように重い。

「『沖』の奴だろ?」

横から、シュウイチが言った。母親の代わりに、冷ややかな口調も母親の本音どおりに、言った。

「そういう言い方しないの」と母親はかたちだけシュウイチをたしなめたが、「まあねえ、やっぱりねえ」と一人で納得顔になって何度かうなずいた。

「あいつら、常識が通じないから」シュウイチはさらに冷ややかにつづける。「学校でなにかやろうとしても、ぜんぶ『沖』がつぶすんだ。いつもなんだ」

中学生の頃、シュウイチは生徒会長を務めていた。生徒会の行事のたびに、ちっとも協力しない「沖」の生徒の扱いに苦労したのだと、いまでもしょっちゅう愚痴る。

勢力――という言葉を、シュウイチはよくつかう。「浜」の小学校は二クラス、「沖」の小学校も二クラス。同じ勢力が中学校で一つになるから、衝突する。

「あいつらは邪魔したり迷惑かけたりすることしか考えてないんだ。将来のことなんて考えてないから、その場が楽しければそれでいいんだから、ひとを困らせて喜んでるだけだよ。生きてる価値なんて、ないね」

シュウイチの口調はしだいに熱を帯びてきた。内にこもる、濁った熱だ。

「あんな奴らは……」

シュウイチは食卓の上にあった朝刊を鷲摑《わしづか》みにして、ゴキブリを殺すように新聞で食卓を叩《たた》いた。

「死ねばいいんだ」

何度も叩いた。新聞紙がちぎれても、やめなかった。はじけるような音が蛍光灯の笠《かさ》に響き、それを聞いていると、耳よりも背筋がじんと痺《しび》れる。

母親は一瞬顔をゆがめかけたが、それを隠すように流し台に立って昼食の支度に戻った。おまえも「ごはんできたら、呼んで」と言って、二階の自分の部屋に向かう。

春休みに入ってから、シュウイチの様子がおかしい。いや、三学期からすでに変だった。ささいな——自分には無関係なことにも、すぐにカッとなる。物に当たる。癇癪《かんしゃく》を起こして終わるのではなく、それをしつこくつづける。息を切らし、なにかに憑《つ》かれたような目をして、たぶん今日も、朝刊がぼろぼろになるまでやめないだろう。

シュウイチの成績は三学期に入って、さらに落ちた。学年順位は四百人中三百番を下回り、数学と化学は追試になった。高校に入学するときに母親が期待していた東大合格は、まず無理だろう。地元の国立のO大学も、このままなら危ないと学年末の三者面談で担任教師に言われたらしい。

春休みは、夏や冬の休みと同じようにO市の予備校に通うことになっていた。春期講習のコースだけでなく、数学と化学の単科講座にも申し込んでいた。

だが、いざ春休みが始まると、頭が痛いだの吐き気がするだのと理由をつけて、結局一日も予備校には行かなかった。朝からずっと家の中に閉じこもって、テレビゲームばかりしている。ゲームの好みも変わった。以前はロールプレイングゲームを毎日少しずつ進めるのが好きだったのに、いまは単純なシューティングゲームしかやらない。難易度も最も簡単なレベルに設定して、ただひたすら、敵を撃ち殺していく。

母親は、勉強がうまくいかないのでいらだって、落ち込んでいるのだと考えている。父親も、母親と違って口には出さないが、似たようなことを思っているのだろう、「大学なんてどこでもいいんだから」と居間で母親に話しているのを、おまえはいつか聞いたことがある。

なにもわかっていない――おまえは思う。

「最近、怖いのよ。家庭内暴力なんてことになったら……」

心配そうに父親に訴える母親は、なにもわかっていない。

「一時的なものだろ。しばらくそっとしとけば、また元気になる」と言う父親も、いちばん肝心なことは、たぶんまだわかっていない。

「じゃあ、なに?」と訊かれたら、うまく答えられる自信は、おまえにはない。両親と話して、自分の考えを筋道立てて説明できたことなど一度もない。

＊

二階に上がってからも、シュウイチが新聞で食卓を叩く音はしばらく聞こえていた。母親は止めない。なにも言わない。もちろん、いまのシュウイチの様子をよその誰かに話す

こと も、ない。

音が消えた。おまえは読みかけのマンガを閉じて、身を固くする。

階段を上る足音。「シュウジ、昼飯できたぞ」——シュウイチの声。おまえは黙って、全身をさらにきつくこわばらせる。

両親はなにも知らない。

シュウイチが部屋に入ってきた。

「シュウジ、昼飯」

「うん……」

「さっきの『沖』の女の話だけど、そいつ、かわいいの?」

「べつに……」

「『沖』の女って、すぐやらせるぞ」

シュウイチは笑いながら、おまえのすぐそばまで来た。

「嘘じゃないって。『沖』の女は、中学に入るとみんな売春するんだ。売春しない奴も、ゴウカンされるんだ、ゴウカンって知らないか? 無理やり、やられるんだ」

シュウイチの息が顔にかかる。臭い。高校に入ってから、息がどんどん臭くなってきた。饐《す》えたにおいがする。まるで、干拓地の道路でトラクターに踏みつぶされ、腐りながら干からびていくカエルの死骸《しがい》のように。

「『沖』の奴らは、親子やきょうだいでも、やるんだ。誰とでもセックスするから、あんながキしか生まれないんだ」

両親はなにも知らない。おまえと二人きりでいるとき、シュウイチはすぐにセックスの話をする。女を痛めつけたり汚したりするようなセックスの話ばかり。

そして。

「シュウジ、腹筋、鍛えてやろうか」

返事をする前に、みぞおちに拳《こぶし》がめり込む。腹を押さえてうずくまると、シュウイチは嬉《うれ》しそうに笑う。

両親はなにも知らない。

「筋肉ついたか？　見てやるよ」

シュウイチはおまえの右腕をとってシャツの袖《そで》をめくり上げる。二の腕の肉をつまんで、ひねる。外から見えない場所しか、狙わない。おまえが泣きだす前に、やめる。

両親はなにも知らない。

もしも自分が逃げたり抵抗したりしたら、今度はシュウイチの暴力は母親に向かうかもしれない。おまえがそう思って耐えていることなど、両親は、なにも知らない。

3

エリは次の日もポニーテールのまま学校に来た。次の日も、その次の日も……変わらない。

石倉は毎朝ホームルームで教室に入ってくるときにエリをちらりと見て、おまえにもわかるぐらい嫌な顔をするが、なにも注意はせず、再びエリに目を向けることもなく、放課後のホームルームのときはもう最初からエリを見ない。

石倉は剣道部の顧問で、怒ると学校で二番目に怖いという評判だった。入学式の日には背広姿だったが、あとはいつも黒のジャージの上下を着て、角刈りにした頭には深い角度の剃《そ》り込みが入っている。

入学式の翌日、班分けのくじ引きの最中に私語をしていた「沖」の男子が三人、教壇に呼び出されて、びんたを張られた。体罰禁止――などという理屈が通るような土地柄ではないことは、「浜」の生徒も「沖」の生徒も、子どもの頃から身に染みて知っている。

そんな石倉が、エリに対しては無視を決め込んでいた。

「今週いっぱいはオリエンテーションだから大目に見てるんじゃないの?」と徹夫は言うが、おまえは、エリが「沖」の人間で、もしかしたら「沖」の中でもかなりヤバい種類の家の娘だからなんじゃないかと考えていた。

いずれにしても、このままなら、週が明けてふつうの授業が始まってからもエリの髪は変わらないだろう。

「シュウちゃん、あいつともう話した?」

「……まだ」

「覚えてると思う？　俺たちのこと」

わからない。教室や廊下ですれ違うことは何度もあったが、そのたびに目を伏せてしまった。向こうから「あれ？」と呼び止められることもない。

忘れていてくれたほうがいい。エリのことが、いまは怖い。不良を恐れるのとは別の意味で、なにか自分たちとは違うものを彼女は見ているような、そんな気がする。

「あいつ、悪いことしてるってぜんぜん思ってないみたいだよな」——「浜」の同級生は、声をひそめ、遠くからエリを眺めながら言い交わす。

エリはいつも「沖」のグループと一緒にいる。「浜」から来た生徒とは一言も口をきかない。もっとも、エリと同じ班の川村によると、「沖」の連中ともそれほど仲が良いわけではないらしい。「沖」どうしでおしゃべりをしていても、話題が自分の興味のないものに変わると、すっと離れていく。「沖」のグループも、エリのことを、どこか敬遠しているように見える。

「なんでだろうなあ」と首をひねる川村に、おまえは『沖』の奴に訊《き》いてみろよ」と言った。

すると、川村は困ったように笑って、「そんなのなあ……」と言葉を濁した。一緒におしゃべりをしていた「浜」の仲間も皆、川村の気持ちはわかるというような表情を浮かべていた。

おまえだって、そうだ。月曜日の入学式から四日たった金曜日のいまもまだ、「沖」の同級生としゃべったことはない。いがみ合っているというのではないが、プリントを後ろの席に配るときも、なるべく振り向かないように、そそくさとしたしぐさになってしまう。それを受け取る「沖」のほうにも、似たようなぎごちなさがある。

「俺、今度訊いてみようか？」

徹夫が屈託なく言った。

徹夫は「浜」から来たなかで唯一、「沖」のグループにも自分から話しかけている。知らない友だちと話をして親しくなるのが嬉しくてしかたないみたいに、いまではクラス一のおしゃべりだ。剽軽《ひょうきん》でおもしろい奴だと「沖」の連中からは思われているらしい。

徹夫はサベツをするような奴ではない。けれど、きっと、他人のサベツを止めるような奴でもない。じゃあ、もしも他人から「サベツをしろ」と命令されたら、徹夫はどうするのだろう……。

＊

オリエンテーション最後の日——土曜日の朝も、エリはやはりポニーテールのままだった。

朝のホームルームに来た石倉は、初めて教壇からエリをじっとにらみつけた。

「校則、守る気、ないのか」

念を押すように言葉を区切って言う。

教室中の視線を浴びたエリは、平然とした様子で「ポニーテールが好きだから」と答えた。

「学校の、決まりは、個人の好き嫌いとは、関係、ないんだぞ」

言葉が細切れになった理由が変わった。怒りをこらえている。こめかみに血管が浮き上がる。

「好き嫌いのほうが大事です」

エリは、さらりと言う。

「学校に来るんなら、学校の、ルールを、守れ」

「守らなくても義務教育だから」

「……おまえ、おとなをなめてるのか」

「べつに」

「なめてるだろう！　ふざけるな！」

教卓を両手で叩《たた》いた。生徒がいっせいに――エリ以外の全員、ビクッと肩を跳ね上げる。

おまえは跳ねた肩をきつくすぼめた。胸が痛い。鼓動が高まって、喉《のど》の奥で息が詰まる。教卓を叩いて怒る石倉の姿が、瞬きひとつで、シュウイチの姿に変わる。ゆうべもシュウイチに腹を殴られた。うずくまると、頭を踏みつけられた。

石倉は肩で息をつきながら、エリをにらみつけるまなざしを教壇の横の出入り口に移した。閉じきっていなかった引き戸が、乱暴に開く。太った体をねじ込むように教室に入ってきたのは、生活指導の高山だった。

「放課後まで待ってやる」

低い濁声《だみごえ》で、高山は言う。石倉と同じ体育教師の高山は、柔道部の顧問を務め、怒ると学校でいちばん怖いという話だった。

「髪を切る気になったら、職員室に来い。そうしたら、女の先生に切ってもらわせてやる」

おかしな日本語に噴き出す生徒は、もちろん誰もいない。立ち聞きしていたのをずるいと責める生徒も、もちろん。

「放課後のホームルームのときにも、このままだったら……」

勢いづいて言う石倉の言葉を引き取って、高山がつづけた。

「教室で切るからな。俺が切る。いいな」

エリは黙っていた。ポニーテールのふさふさした髪を誇るようにまっすぐに背筋を伸ばし、前を向いていた。

「もう家のひとにも、ゆうべ電話して了解は得てるんだし……」

石倉はそこで言葉を切り、少しためらう顔になったが、それを振り切って――頬をゆるめた。

「叔父《おじ》さんも叔母《おば》さんも、困ってたぞ。学校で切ってくれるんなら、それでいいって言ってたからな。よろしくお願いしますって頼まれたんだぞ」

冷たい笑みになっていた。シュウイチも、いつもそんなふうに笑ってから、おまえを殴りつけるのだった。

「俺に切られるのが嫌だったら、放課後までに職員室に来い。いいな」

高山がそう言って教室から出ていくと、石倉は「まあ、そういうことだから」と誰にともなく言って、もうエリを見ようとはしなかった。

*

チャイムが鳴ったあとも、その日は一時限目をつぶしてホームルームをつづけることになっていた。

「もう学校やクラスにもだいぶ慣れたと思うので、いまから学級委員を決めます。男女一名ずつですが、誰か立候補はいますか」

まるで本を棒読みするように言った石倉は、教室の反応を待つ時間はほとんどつくらず、「じゃあ、まあ、一学期は先生の推薦ということにしましょう」と話の主導権を引き戻した。

黒板に、おまえの名前が記される。

「お兄さんもおととし生徒会長だったんだし、弟も負けてられないだろう」

ふざけるな——と、おまえは言えない。頬を赤くしてうつむくだけだ。面映《おもは》ゆさは、ある。うっとうしさは、もっと、ある。

それでも、断れない。嫌だけどしかたなく我慢した——と、おまえは自分を納得させる。だが、おまえは胸の片隅で、学級委員になったことを知って喜ぶ母親の顔を思い浮かべてもいる。母親の喜ぶ顔を見て喜ぶ、おまえの笑顔も、おまえは確かに見ている。

石倉は、女子の委員には「浜」から来たなかでいちばん真面目な女の子を選んだ。

「はい、じゃあ二人とも前に出て」

うながされて、うつむいたまま教壇に立った。最前列に座る徹夫が、やったな、というふうにVサインをこっそり送ってきた。

石倉は、信任投票について簡単に説明した。反対意見が過半数になれば、そのひとは落選になってしまうのだという。

「いちおう、これから信任投票をしますが、まあ、先生が自信を持って推薦した二人ですから、問題はないと思いますが……」

胸が痛い。喉の奥で、また息が詰まってしまう。

女子の委員は、反対ゼロだった。

「はい、じゃあ、次は男子の委員……反対のひと、いますか？」

エリの右手が——まっすぐに。

手が挙がった。

教室がざわめき、石倉はむっとした顔になった。

「反対です」とエリは静かに言った。

「……なんで？　理由はあるの？」

無理をして冷静に訊《き》こうとするから、石倉の声は裏返りそうになった。

エリはおまえを見据え、すっと目をそらして、無表情に言った。

「嫌いだから」

教室のざわめきが、さらに増した。

だが、おまえにはなにも聞こえない。泣きだしそうになった徹夫の顔も、輪郭がぼやけていた。胸が痛い。締めつけられるように、痛い。

返す言葉に詰まった石倉は、何度も甲高い咳《せき》払いをしたすえに、さっきと変わらないうわずった声で言った。

「……多数決で、当選です」

＊

放課後のホームルーム前の休憩時間、徹夫に「シュウちゃん、ちょっといい？」と廊下に呼び出された。

「朝のあれ……気にすることないよな」

徹夫はへたくそなつくり笑いを浮かべ、目をせわしなく瞬かせた。

気を遣われた——というより同情された気がして、おまえはそっけなく「関係ないよ、あんなの」と返す。

「そうだよな、あいつ、屁理屈《へりくつ》言ってるんだよな」

勉強のできない徹夫は、よく言葉の意味を間違えてしまう。

おまえは「それで、なに？」と話をうながした。

徹夫はうなずいて、表情を引き締めた。

「さっき上田さんに訊いたんだけど……」

「上田って？」

「ほら、俺の隣の席の女子」

ああ、とおまえはあいまいにうなずく。顔は浮かばないが、「沖」の女子だ。

「上田さん、南波さんとけっこう仲いいんだって」

「南波さん」がエリにつながるまで、少し時間がかかった。つながると、今度は胸が、地震の揺り返しのように、かすかに痛む。

「用事だけでいいから早く言えよ」

「だから、南波さんのことだけど」

「早くしろよ」

これ以上前置きがつづいたら臑《すね》を蹴《け》ってやってもいい。右足に力を込めると、やっと徹夫は話を先に進めた。

「あいつ、父ちゃんも母ちゃんもいないんだって」

「みたいだな」

「なんで親がいないか、シュウちゃん知ってる？」

「……知らない」

「父ちゃんと母ちゃん、自殺した、って」

思わず振り向いた。

徹夫は、少し得意げな顔になってつづける。

「一家心中だったの。だから、あいつ、生き残りなの」

「いつ？」

「ガキの頃。小学二年生のときに転校してきたっていうから、その前なんじゃない？」

徹夫は「すごいだろ、怖いよなあ」と笑って、つづけた。

「それで……転校してきたときから、ずっとあの髪形なんだって、あいつ」

「なんで？」

さあ、と徹夫はかぶりを振って、話は終わった。

おまえは開け放した廊下の窓から教室の中を覗《のぞ》き込んだ。エリは自分の席について、分厚い本を読んでいる。もしかしたら、とおまえは思う。聖書なのかもしれない。

結局放課後まで、エリは職員室へ行かなかった。仮病で早退するだろうかと思っていたが、そんなそぶりも見せない。チャイムが鳴っても、あせったりおびえたりする様子はない。

えた。

「シュウちゃん、来た」

徹夫に肩をつかれた。長い廊下の向こうから、石倉と高山が並んで歩いてくるのが見えた。

おまえは教室に入る。

ホームルームの号令をかけるのは、男子の学級委員の仕事だった。

*

エリは教壇に置いた椅子に座った。

抵抗も反論もしなかった。

最初は大きな裁ち鋏《ばさみ》を手に持って「約束だからな」と脅すように言っていた石倉も、エリが思いのほか素直に従うと、逆に気おされた顔になって、「反省して、月曜までに必ず切ってくると約束するんなら、今日はいいぞ」と言った。

だが、エリはかすかに笑っただけだった。

石倉は鋏を高山に渡した。押しつけたように、おまえには見えた。

高山も、朝のホームルームのときのような高圧的な態度は消えて、「校則は守らないといけないんだ、それが生徒の義務なんだ」と弁解するように繰り返した。

そんな二人の教師を嘲笑《あざわら》うように、エリは落ち着き払っていた。胸を張り、背筋を伸ばして、ポニーテールに鋏の入る瞬間を待っていた。

教室は水を打ったように静まり返る。「浜」と「沖」の区別はなかった。誰もがエリを見つめ、誰もが教師たちに無言の怒りをぶつけていた。

「校則を守らないのが悪いんだ」と高山が言い、「放課後までに職員室に来いって言っただろう」と石倉がつづけた。

誰もうなずかない。おまえは制服の胸を片手で鷲摑《わしづか》みにした。胸が痛い。息が詰まって、みぞおちが迫《せ》り上がる。我慢できない。これ以上黙っていたら、窒息してしまいそうだった。エリをかばうのではない。ただ、楽になりたかった。

「先生」

中腰になって、言った。振り向く二人の教師と目が合う前に、「もうやめてください、お願いします」と胸に残ったわずかな息をすべて使って早口に言った。

腰から力が抜け、尻餅《しりもち》をつくように椅子に座ると、息がすうっと通った。

「誰だ、おまえは」と声を荒らげる高山に、石倉がなにごとか耳打ちした。声は聞こえなかったが、しかめつらの高山が返す「弟なのか」の声で、すべてがわかった。

高山は鋏を教卓に置いて、あらためておまえを見た。ふうん、そうか、というふうに小刻みにうなずいた。表情が変わる。朝の顔に戻った。

「兄弟なのに、ぜんぜん違うな、ものの考え方が。お兄ちゃんに訊いてみろ。校則を守るのは生徒の義務なんだ。それを守れないんだったら、学校に来る資格がないんだ。お兄ちゃんはそういうところ、ちゃんとよくわかってたぞ。だからリーダーだったんだ、おまえも学級委員なんだったら、家に帰って、お兄ちゃんによく教わって……」

言葉の途中で、教室の前のほうにいた女子が「きゃあっ」と金切り声をあげた。エリが教卓の鋏を手に取って、自分でポニーテールを切ったのだ。

教室は、また沈黙に包まれる。さっきとは違う、啞然《あぜん》として声も出ない沈黙だった。

エリの髪は、リボンから先がきれいになくなった。それを惜しみもせず、エリはゆっくりと立ち上がって、自分の席に戻る。

石倉は困惑しきって、口を何度かわななかせたすえに消え入りそうな声で「終わります」と言って、目でおまえに号令をうながした。早くしろ、早くしろ、とまた口がわななく。

「起立」の声はかすれて、ほとんど息だけになった。「気をつけ」も「礼」も同じ。

生徒のしぐさはばらばらになってしまったが、石倉はそれを見とがめる余裕もなく、高山と先を争うように教室を出ていった。

教壇には、エリの切った長い髪だけが残された。

＊

おまえは、ふらふらとした足取りで「沖」を歩いた。

よけいなことをした——結果は、そうなる。いや、その結果は、エリが自ら選び取ったものだった。まるでおせっかいをしたおまえにしっぺ返しをくらわすように。

シュウイチの話になるとは思わなかったのだ。シュウイチが出てくるとは思ってもみなかった。どうして、と高山にではなく、もっと大きな誰かに訊きたい。

忘れようとしていたエリの「嫌いだから」の声が、またよみがえってくる。

胸が痛い。息苦しい。息を吸い込めないから苦しいのではなく、吐き出せないから苦しいのだと知った。胸の中の空気をすべて入れ換えてしまいたい。胸ごと、取り替えてもいい。

シュウイチが、そこにいる。

「嫌いだから」の言葉が、そこにある。

四つ角を曲がった。

教会の屋根の上の十字架を見つめた。

玄関の前の立て札には、こんな紙が貼られていた。

〈恐れてはならない、わたしはあなたと共にいる。驚いてはならない、わたしはあなたの神である。

イザヤ書四一ノ一〇〉

おまえはその言葉を二度読み返して、三度目の途中で歩きだした。

玄関のチャイムを、鳴らした。

第四章

1

アカネの姿を見た——と最初におまえに伝えたのは、シュウイチだった。金曜日の学校帰り。K駅始発の電車に乗って「浜」の駅で降りると、梅雨入り前の陽射しを浴びる屋根のないホームに、アカネがいた。

「サングラスをかけてたけど、絶対にあいつだった」

シュウイチと入れ替わりに電車に乗り込んだのだという。県庁のあるO市に向かったんじゃないかとシュウイチは言って、K市に行くと殺されるかもしれないからな、と笑った。

鬼ケンが殺されて、この秋で丸四年になる。犯人はまだ捕まっていない。なぜ殺されたのかもわからない。アカネが、「沖」のはずれのあばら屋から出ていったわけも。

「浜」のおとなたちは、鬼ケンがK市のやくざを裏切ったせいで制裁を受けたのだと噂していた。アカネは自分にも制裁の手がおよぶのを恐れて逃げたのだ、とも。子どもが聞いても失笑するような簡単すぎる噂話は、そこから先に進むことも深まることもなく、いつしか二人の名前は忘れられかけていたのだった。

「鬼ケンの家に帰ってきたのかなあ」

おまえが訊《き》くと、シュウイチは机に向かって参考書や問題集を広げながら「さあ……」と気のない声で返し、「おっぱいのこぼれそうな服着てたぞ」と、また笑う。

アカネのことをもう少し詳しく聞きたかったが、シュウイチは椅子に座り直すとさっそく勉強にとりかかった。

「襖《ふすま》、閉めろ」

おまえに背を向けたまま、そっけない声で言う。だが、おまえはその声の根っこに機嫌のよさを聞き取って、素直に、笑顔さえ返して、言われたとおりにした。

シュウイチは近頃——五月の終わりにおこなわれた中間試験を境に、上機嫌の日々がつづいている。高校に入学して以来ずっと低迷していた成績が、初めて上がった。

O市の予備校に通って、授業後も自習室で勉強をつづけていた甲斐《かい》があって、一年生の三学期の学年末試験では四百人中三百二十五位だったのが、いっぺんに七十三位になった。東京や大阪の一流大学はまだ難しいが、地元の国立大学ならじゅうぶんに現役合格を狙える位置だ。

成績表を見た両親は大喜びしたが、シュウイチ本人は「やればできるんだ、これくらい」とにこりともしなかった。中学でトップの成績をつづけていた頃と同じだ。傲慢《ごうまん》なほど自信に満ちていた昔のシュウイチが、やっと戻ってきた。もう、理由もなく腹を殴られずにすむ。そのことが、おまえにはいちばん嬉《うれ》しい。

襖越しに、シュウイチの鼻歌が聞こえる。階下からは、母親のつくる夕食のにおいが漂ってくる。今夜のおかずはトンカツのようだ。

Ｋ市の現場に通っている父親の帰りは毎晩遅い。東京では数年前から始まっていた好景気が、ようやくこのあたりにも訪れた。家の新築がつづいている。一昔前なら「豪邸」と呼ばれる家でしかお目にかかれないような材料や設備がごくあたりまえのように使われ、設《しつら》えられて、人手不足の大工の手間賃はうなぎのぼりになっているのだという。

おまえは畳の上に仰向けに寝ころがって、ふふっと笑う。息を吸い込んで、今度は、へへっと笑う。

シュウイチの機嫌がいいと、家の中の空気がやわらかくゆるむ。この家の主人は、父親でも母親でもなく、シュウイチだ。それでいい。五月の中間試験――中学に入って最初の試験で、おまえは学年で十五位の成績をとったが、母親はたいして褒めてくれなかった。かまわない。入学から卒業まで一度も二位に落ちなかったシュウイチと比べれば見劣りするのは当然だ。試験前は夜遅くまで勉強して、試験の出来は自分なりに満足のいくものだったのに、シュウイチにはかなわなかった。悔しさよりも、むしろほっとした気分のほうが強い。

おまえはそう考える子どもだった。シュウイチのことが好きで、シュウイチのことで笑う両親を見るのが好きだった。

＊

おまえは入学後のオリエンテーションが終わると、陸上部に入った。最初から——小学生の頃から決めていた。

入部届の〈希望種目〉の欄は、短距離走と長距離走と障害物走の三つを丸で囲んだ。走る競技ならなんでもいい。できるなら、短距離走のように全力で、長距離走のように遠くまで、障害物走のようにうっとうしい邪魔ものを跳び越えて走りたかった。

ずば抜けて足が速いというわけではない。ただ、走ることが好きだった。走ると、風が吹きつけてくる。自分のつくった、自分だけのために吹く風だ。

タイムや順位などどうでもいい。ねっとりとまとわりつくものを振り払ってくれる風が欲しくて、おまえはグラウンドを黙々と走る。

エリが、すぐそばにいることも、ある。

＊

エリは足が速い。短距離だ。百メートルを、上級生も含めた女子部員の誰よりも速く走る。男子も、一年生全員と二年生の半分はエリに負ける。顧問教師の高橋の話だと、フォームを固めればもっと速くなるのだという。

十年に一人の逸材——らしい。

だが、当のエリはいつもつまらなそうな顔をして、高橋に声をかけられても返事すらろくにせずにダッシュを繰り返すだけだ。女子部員どうしでおしゃべりをすることはたまにあっても、男子部員とは挨拶《あいさつ》を交わす程度で、まず、笑わない。教室でも極端に無口で、「浜」の小学校から来た同級生はもちろん、「沖」の仲間たちとも必要なこと以外はほとんどしゃべらない。

「昔からそうだった、って」

徹夫が教えてくれた。「いじめられてるとか嫌われてるとかじゃなくて、こっちもなんか話しかけづらいんだって」とつづけ、情報源になった「沖」の同級生の名前を何人か挙げた。おしゃべりで剽軽《ひょうきん》な徹夫は、すっかりクラスの人気者になっていた。教室は六月になっても「浜」と「沖」のグループに分かれたままだったが、徹夫だけは二つの集団を屈託なく行き来する。小学六年生の頃に徹夫をいじめ抜いていた野島たちは、新しいクラスでいじめの標的を見つけたのか、中学に入ってから徹夫にちょっかいを出したことは——おまえの知るかぎり、一度もない。

「南波恵利って、孤高のひとなんだよ」とも徹夫は言う。

珍しく難しい言葉をつかう。意味を間違えていないのも珍しいし、なにより、自分の考えを言いきる口調は小学生の頃にはなかったものだった。

「孤独なんだよ」

言い返すと、違う違う、と徹夫はかぶりを振る。

「だって、寂しそうじゃないだろ、あいつ。寂しくないんだったら、孤独じゃないんだよ」

「孤立してる」

「シュウちゃん、それ、違う。仲間が欲しいのにひとりぼっちになるのが孤立だけど、南波恵利はべつに仲間なんて欲しがってないんだから」

そんなこと、言われなくてもわかっている。分の悪い反論をわざとしただけだ。

「孤高には、誇りがあるんだよな」

調子づいて、徹夫は言う。

ほかの相手にならともかく、それをおまえに話すということが、おまえにはわからない。いや、むしろ、野島たちが徹夫をいじめていた気持ちが、なんとなく、こんな感じなんだろうな、とわかる。

徹夫の話はすべて、「沖」の教会の神父の受け売りだ。

おまえも一緒に聞いていた。そして、エリも。

広い板の間に、ぽつんと三人。毎週日曜日の朝の、『講話会』と名付けられた集まりに、おまえはときどき徹夫を誘って参加する。エリはたぶん毎週。三人以外のひとが広間にいたことは、いままで一度もない。

徹夫はエリにもほかの友だちに対するのと同じように話しかけて、何度かに一度は返事が返ってくる。

おまえはいつも黙っている。神父の座り机の正面にいる二人をよそに、廊下に出る戸口に近い位置にうつむいて座り、神父の話を聞く。

エリとは話さない。エリも話しかけてはこない。教会でも、教室でも、グラウンドでも。

孤独。

孤立。

孤高。

いまの自分はどれだろう、と思う。友だちは何人もいるから、孤立はしていない。それはだいじょうぶ。

ただ――孤独では、あるのかもしれない。

*

雨がつづいた。

テレビのニュースがこの地方一帯の梅雨入りを伝えた日、シュウイチは六月初めにおこなわれた実力テストの成績表を持ち帰った。

四百人中三十七位。

中間試験のときは喜びを押し隠すように無愛想だったシュウイチは、今度もまた両親の前では「べつにたいしたことないよ」と言うだけだった。

だが、夕食を終えて自分の部屋にひきあげると、シュウイチは笑った。息を詰め、長く尾をひいた笑い声が、襖《ふすま》越しに漏れる。

屋根を叩《たた》く雨音に半ばかき消されながら、シュウイチの笑い声はいつまでもやまなかった。

2

六月最後の金曜日。朝からの雨は夕方になってもふりつづいていた。近い距離なら傘なしで駆けだしたくなるほどの、といって実際に走ってみると思いのほか髪や服が濡《ぬ》れそぼってしまうはずの、中途半端な雨脚だった。

町を覆う重い雲はほとんど動いていないように見える。雨に煙る干拓地の水田も、その先の海も、海を行き交う貨物船も、靄《もや》の中に溶け込みかけた島々も、時間の流れを止められてしまったように静かにたたずんでいる。

おまえは、すぐ前を走る二年生部員を抜き去った。総勢二十三人の集団の、これで八番手につけたことになる。

干拓地は静かだ。アスファルト道路に溜《た》まった水が撥《は》ねる音と二回吸っては一回吐く息づかい、それにパーカーの袖《そで》が脇腹を擦《こす》る音しか聞こえない。

碁盤状に規則正しく交差する直線道路をひた走る。道路と水田に挟まれた、雨で水かさの増えた用水路の流れを横目に、おまえは走りつづける。先導する高橋の漕《こ》ぐ自転車の、ペダルが軋《きし》む音が聞こえるようになった。

また一人、抜いた。スピードをさらに上げる。

オーバーペースだというのは自覚している。ほかの部員が皆、ペース配分を考えるふりをして、じつはうんざりしながらゆっくりと走っているのもわかる。スピードを少しゆるめろ。自分に言い聞かせながら、足の運びはむしろ一歩ごとに速まっていく。

明日から期末試験の準備のため、部活動の練習は十日間にわたって休みになる。試験休み前日の練習は男女の全部員がグラウンドを出て、干拓地を五キロ走る――というのが陸上部の習わしだった。

五月の中間試験前にも同じ道を走り、あの日は初夏にしては肌寒い天気で、だから長距離走にはうってつけのコンディションだったのだが、体は今日のほうが遥《はる》かに軽い。息もまだ、かなり苦しくなってはいるが、切れてはいない。

高橋が後ろを振り向いた。先頭グループの最後尾につけているおまえに気づいて、へえ、と少し驚いた顔になる。

五月のロードワークは二十三人中十七位だった。八人いる一年生部員の中では四位。途中で足の裏にまめができて、学校に戻ってシューズを脱ぐと、靴下が血で赤く染まっていた。

順位をまた一つ上げた。これで六位。首に掛けたタオルの端をつかみ、顔を濡らす雨と汗を乱暴に拭《ぬぐ》った。

体が変わってきた、とおまえは最近思う。中学に入学して三ヵ月足らずで、身長が二センチ伸びて、体重は一キロ減った——そんな身体測定の数字ではあらわせない体の中身が変わったのだと思う。運動を始めてから汗が噴き出すまでの時間が以前より長くかかるようになり、代わりに、一度流れだした汗は澱《よど》むことなく、さらさらと軽く肌を伝っていく。走りたい。いつまでも走っていたい。もっと。もっと。もっと。速く。もっと。もっと。もっと。遠くまで。

五位になった。前にいるのは三年生が三人と——エリ。蒸し暑さや息苦しさに誰もがパーカーのフードを頭からはずしているなか、エリだけはすっぽりとフードをかぶって、まわりを走る部員を気にするそぶりもなく、浅い前傾姿勢を保って高橋の自転車を追いかける。

あいかわらず速い。短距離が専門なのに、五月のロードワークでは三位に入った。女子部員の中では、三年生を含めてもトップだった。

まだ素人同然のおまえにも、エリのランニングフォームが乱れや癖のない整ったものだというのはわかる。ピッチもストロークも一定しているし、路面に溜まる水が脚の後ろに撥ねる、そのしぶきの勢いや高さまで変わらない。

おまえはエリの真後ろについた。追い抜くためではなく、見つめるために。エリとはまだ口をきいていない。目を合わせることもない。たぶん、いまも嫌われたままなのだろう。

防波堤沿いの道に出た。波の音はほとんど聞こえない。よほどのことがないかぎり荒れない静かな海は、夕方になると、風も波も止まる。

不意に、高橋が振り向いた。

「車、来るぞ！」

メガホンを使った声が、単調な静けさを破った。

防波堤に沿って数キロにわたって延びるまっすぐな道の、ずっと先のほうに、車の影が見えた。かなりのスピードなのだろう、見る見るうちにその影は大きくなってくる。干拓地の道路はすべて二車線の広い道幅だったが、車は道の真ん中を走り、こっちに気づいているのかいないのか、車線に戻ったりスピードをゆるめたりする気配はなかった。

黒い車だ、とわかった。大型のセダン。いかめしいフロントグリル。誰かが「ベンツだ」と言い、別の誰かが「やくざだ」と言った。

「端に寄れ！　轢《ひ》かれるぞ！」

高橋が自転車を停めて怒鳴る。前を行く部員は皆、走るのをやめて道の両側によけた。

だが、エリはほんの少し脇に寄っただけで走りつづける。

「南波！　危ないぞ！」

高橋の声にかまわず、自転車を抜いた。

おまえも——。

ベンツが迫ってくる。ボディーの左右に撥ね上がる水しぶきが、まるで銀色の翼のように見える。一本だけの、その代わり国産車よりずっと太いワイパーが、フロントガラスの雨粒を拭った。

ほんの一瞬、車内の様子が透けた。

助手席に女がいた。

赤い唇だけ。

もう一度車内に目をやったとき——足元がふらついた。

道の中央に、体がかしぐ。

「危ない！」

高橋の声を車の音がかき消して、かたまりになった風が、おまえの体を押しのけ、水しぶきが襲いかかる。

ベンツはそのまま走り去った。ブレーキをかけることすらなかった。

頭から水をかぶったおまえは、呆然《ぼうぜん》とベンツを見送った。危うく撥ね飛ばされるところだった恐怖も忘れ、「おい、だいじょうぶか」と無事を尋ねる高橋に答える余裕もなく、一本道を遠ざかっていくベンツを、ただ、見つめた。

赤い唇。顔はわからない。

どんな唇だったかも、もうわからない。

唇の赤。目に焼き付いたのはそれだけで、それだけだったから、一人のおんなの顔が浮かんだ。

おんな、だった。女でも女性でも、ましてや女子でもない、おんなを、見た。体のすべてがひらがなでできているように、やわらかく、なまめかしく、懐かしいひとがいた。

「よし、じゃあ行くか」

高橋は前に向き直り、自転車のペダルを踏み込んだ。部員たちもそれぞれ走りだす。

おまえはのろのろと足を運ぶ。エリの背中はずいぶん遠ざかっていた。追いかける気は失せた。走りだしてもスピードが上がらない。雨と汗と水しぶきで濡《ぬ》れた体が急に重くなった。

アカネは気づいただろうか。ふと思い、気づくわけないだろう、と振り払った。

四年前の夏の、スピードというような軽い響きのものではない、目の前に広がる風景がまるごと自分の中に飛び込んでくるような感覚は、いまもまだ忘れてはいない。あれきり二度と味わうことがなかったからこそ。

おまえは膝《ひざ》を高く上げ、腕を強く振って、三人並んで走っている二年生の女子部員を抜き去った。

顔を上げると、視界がひらけた。その先を走る三年生の男子部員まではだいぶ距離がある。一気に追い抜くつもりで全力疾走したが、二、三十メートルで息が切れた。

目の前の風景は、ただ手前にたぐり寄せられて流れ去るだけで、おまえの体とひとつになってはくれなかった。

＊

雨がつづく。

翌週の月曜日、徹夫が教室に入ってくるなり「ちょっとおもしろい話、店で聞いたんだけど……」とおまえに耳打ちした。

「沖」にホテルを建てる計画があるのだという。「浜」の国道沿いにもいくつかあるラブホテルではない。ヨットハーバーを持ち、屋上にはヘリポートもつくられる予定の巨大なリゾートホテル。

「嘘だろ」と最初おまえは取り合わなかったが、『みよし』の酔客たちの話はかなり具体的だったらしい。

徹夫が口にしたホテルの名前には、おまえも知っている有名なホテルチェーンのブランド名がついていた。

国道とホテルを結ぶ道路をつくる工事も秋から始まる。すでに測量も始まっているらしく、そう言われてみれば作業員の姿を何度か見かけたことがある。

業者はホテルを建てるだけでなく、干拓地ぜんたいを大規模なリゾートに開発する計画を持っていて、法律によって農地としてしか使えない干拓地を開発できるよう、国や県にはたらきかけているのだという。

「陸上競技場や公園もつくるんだって。遊園地もつくるって言ってた。俺はディズニーランドができればいいって思ってるんだけど、シュウちゃん、どう？」

徹夫はのんきだ。新聞やニュースも、スポーツ以外のものに興味はない。

だが、おまえは知っている。詳しい仕組みは理解できなくても、好景気は徐々に翳《かげ》りはじめ、地方のリゾート開発をめぐるトラブルやスキャンダルも、少しずつあらわになっていた。

「ほんとにできるのかなあ……」

「できるんじゃない？」

「できたあと、儲《もう》かるのかなあ」

「儲かるからつくるんじゃない？　ウチの母ちゃんも楽しみにしてるもん。工事が始まると、あのへん昼飯食べる店なんてないだろ、だからプレハブでもいいから支店出そうか、って。いいよなあ、『沖』の奴。これで大金持ちになるんだもんな。運がいいよ」

徹夫は心底うらやましそうに、ため息交じりに言った。

＊

雨が降りつづく。今年は長梅雨になりそうだと天気予報が伝える。

リゾートホテル建設の噂話は、雨が地面に染み込むように町に広がっていった。

やくざがからんでいる。父親が吐き捨てるように言った。K市の大工仲間から聞いた話らしい。

地元選出の国会議員が旗振り役を務める開発計画を裏で仕切っているのは、K市に事務所をかまえる青稜会《せいりようかい》という組で、青稜会は全国規模の勢力を誇る大阪の暴力団の下部組織だった。

だから――と父親はおまえに言う。

「車に気をつけろ。できれば干拓地には遊びに行くな。やくざものの車となにかあったら、怪我しても泣き寝入りするしかないし、もしもこっちが悪かったら『ごめんなさい』じゃすまないぞ」

「子どもにそんなことを言っても……」と父親をたしなめて話を切った母親は、今度は自分の番だというふうに「浜」の女たちの噂話を父親に話していった。

リゾート計画が実現すると、「沖」の集落はほとんどなくなってしまう。どの家にも相場よりかなり高額の立ち退き料が示されることになるらしい。O市やK市にある県営住宅への転居は優先的に取り計らわれ、新たに土地を買い家を建てるひとへは、特別の融資もおこなわれるのだという。

「『沖』もうまいことやったねえ」

母親はつまらなそうに笑う。「まあ、いろんなのがからんでるんだろうけど」とつづけて、「『沖』のひとにはよかったんじゃない？」と、さらにつまらなそうに笑った。

「みんな立ち退くの？」

おまえが訊《き》くと、母親は「そりゃあそうでしょ」と返す。「もともとは海だった土地に、よそから流れて住んでたひとなんだから」

「でも、残りたいひともいるでしょ？」

「そういうのは、ごねて立ち退き料をたくさん貰《もら》おうとするひと。まあ、『沖』は一筋縄ではいかないひとも多いから……」

「おい」

父親がしかめつらで言い、やめとけ、と母親をにらむ。少し気まずそうに口をつぐむ母親から、おまえは目をそらす。両親のそんな態度にきょとんとすることは、できない。わかる。わかってしまう。おまえは、もう子どもではない。

「シュウジ、勉強しろ」

父親はしかめつらのまま言った。

「そうよ」母親もつづける。「お兄ちゃんを見てごらん。土曜日から期末試験でしょ、のんびりしてる暇なんてあるの？」

シュウイチは夕食を終えると早々に二階に上がった。高校でも同じ土曜日に期末試験が始まる。今度は十位以内に入ってやるから、と笑っていた。

「うるさくして、お兄ちゃんの勉強の邪魔しちゃだめよ」

小学生の頃のようなことを言う。シュウイチの成績が上昇するにつれて、母親の目に映るおまえは幼くなっていく。

おまえは期末試験で学年五位に入る目標を立てていた。シュウイチのようにそれを口にしたら——きっと母親は「ふうん、まあがんばりなさい」と軽く聞き流すだけだろう。

＊

雨はまだやまない。

七月に入った。

途切れることのない雨音は、字に書けば「ざあざあ」と濁ってしまうのに、耳に入るときには不思議と澄んだ響きになる。海と、干拓地の水田が、雨音の濁りを吸い取ってしまうせいだろうか。

おまえは教室の窓から干拓地を眺めることが増えた。家に帰れば自分の部屋の窓から、同じように。

生まれたときから、干拓地はそこにあった。この町で過ごしてきた日々のすべての思い出は、だだっ広い干拓地を舞台に、あるいは背景にしている。

これからもずっと、干拓地は変わらずにあるのだと思っていた。いや、「思う」ほどの強い意識ではなく、それはただあたりまえのことだったのだ。

干拓地の東端——隣町との境になっている小高い丘のふもと、古びた小さい家が寄り添うようにかたまった「沖」の集落に、白く巨大なリゾートホテルの建物を重ねてみる。

一直線に延びる防波堤からヨットハーバーの桟橋が甲虫の肢《あし》のように海に突き出した光景を、思い浮かべてみる。

一日ごとに緑の色が濃くなっていく干拓地の水田に、すり鉢型の陸上競技場や遊園地や公園や背の高いビルや立体交差する道路を置いてみる。

にぎやかになるだろう。華やかにも、なるだろう。

「沖」が消える。「沖」のひとびとがいなくなる。

へへっ、とおまえは笑う。笑ったあとで、なんともいえない嫌な気分になってしまう。

3

土曜日の午後になって、雨はようやくあがった。雲はあいかわらず低く垂れ込めていたが、幾重にも重なった雲と雲の切れ間からは陽射しがうっすらと射していた。

こんな日は——靄《もや》がたつ。山の嵐気《らんき》よりも粘りけのある、潮の溶けた湿り気が、干拓地にたちのぼる。

ひどく蒸し暑い。そろそろ夕凪《ゆうなぎ》の始まる頃だ。窓を開けても風はそよとも流れ込んでこない。

白く靄った干拓地をおまえはぼんやりと眺め渡し、ため息をついて勉強机に戻った。

期末試験は初日からつまずいてしまった。得意な国語はまずまずの出来だったが、苦手科目の数学で失敗した。配点の大きな文章題が一問、まったく解けなかった。解答用紙を提出したすぐあとに、ああ、そうだったんだ、と解き方に気づいた。それがよけい悔しい。

月曜日に試験のある社会と理科の勉強をしていても、数学の失敗が頭に残って集中できない。貧乏揺すりが止まらない。シャープペンシルを持つ手によけいな力が入りすぎて、すぐに芯《しん》が折れてしまう。

走りたい。体の芯がむずむずする。蒸し暑さのせいで肌ににじむ汗を、それとは違う、もっとさらさらした汗で洗い流してしまいたい。

陸上部の練習が試験休みに入って、八日目。もう限界だ、と思う。

走りたい。汗を流し、胸の奥に澱《よど》む息をそっくり入れ換えて、全身の筋肉をぎゅうっと絞るように痛めつけてやりたい。

おまえはシャープペンシルをノートの上に放り、席を立った。準備運動代わりに伸びをして、肩をまわしながら服を着替えていたら、階下から電話のコール音が聞こえた。

またか、とおまえはむっとする。

「もしもし？」と少しとがった声で電話に出た母親が、「もしもし？　もしもし？　どなたですか？」といらだたしげに繰り返したすえに受話器を置くのも、また。

昼過ぎから、これで何度目だろう。おまえが出たときには電話はすぐに切れてしまう。母親のときは受話器を置くまでに少し時間がかかっている。ただ、会話をしている様子はない。

Tシャツとスウェットの半パンに着替えて階下に降りたおまえに、母親はうんざりした顔で「電話、故障しちゃったのかなあ」と言う。

「違うんじゃない？」

「じゃあ……間違い電話だね」

おまえは電話機と母親とを見比べる。

「いまのも間違い電話だったの？」

「うん……そう」

「でも、お母さん、『違います』って言わなかった」

母親の答えはワンテンポ遅れた。

「言ったわよ。聞こえなかったんじゃないの？」

「そんなことない」

「……じゃあ、向こうが勝手に『間違えました』って切っちゃったんだ」

そのまま母親は台所仕事のつづきにとりかかる。

「お兄ちゃん、帰り遅いね」

声をかけたが、返事はなかった。

「ちょっと、そのへん走ってくる」

今度も母親は黙っていた。

＊

ゆるやかな高台になった「浜」から干拓地に下りていくと、靄がいつもより濃いことに気づいた。見通しがほとんどきかない。ドライアイスの煙に包まれたみたいだ。

走りだす。

まっすぐな道が規則的に交差する干拓地には、「沖」のいくつかの集落以外に目印になるような建物はなにもない。緑の水田が延々と広がるなかを走っていると、一瞬、自分の位置を見失いそうになってしまう。

靄は頬に触れると細かな水滴になる。息を吸うと湿り気を喉《のど》に感じる。鼻の奥に草のにおいがもぐり込む。家の中から見ていたときにはいかにも重たげな靄だったが、実際に走ってみると、からりと乾いた風を切り裂いて走るときとは違った心地よさがあった。なにかやわらかい膜に包まれているような気がする。立ち止まってしまえばきっとうっとうしくなるはずの膜だったが、走っているときには、そのなまあたたかさが、いい。

走る。でたらめに四つ角を曲がりながら、走る。アスファルトの路面の硬さに足がはじかれ、それを膝《ひざ》と腰で受け止める。

腕を強く振る。顎《あご》を引く。海が近づいてきたのが、潮のにおいでわかる。

角を曲がる。いまいる位置を確かめようと顔を上げた、そのとき――おまえと同じTシャツと短パン姿で向こうから走ってくる人影に気づいた。

エリだった。

＊

走るスピードを先にゆるめたのは、エリのほうだった。なんで？　という顔でおまえを見て、いったん目を伏せたが、足が止まるのとタイミングを合わせるように顔を上げたときには、困ったふうに笑っていた。

おまえも走るのをやめる。立ち止まると、湿り気が全身にまとわりついてくる。

エリとの距離は、少し大きな声を出せば会話ができる程度。それを詰める気はおまえにはなかったし、エリにもなさそうだった。

「ねえ」――エリが言う。

おまえは息を整えてから、「なに？」と聞き返す。

「なんで教会に来るようになったの？」

「なんで、って……」

「クリスマス会のとき逃げたじゃない」

「うん……」

「あたし、もう来ないかと思ってた」

怒っているのか許しているのか、よくわからない。

どう答えるか考えていたら、エリはつづけて言った。

「三好くんに誘われたの？」

それでいい――一瞬思った。徹夫に誘われたんだということにしておいたほうが、なにかと気が楽だ。

だが、おしゃべりな徹夫は、すでにエリにいきさつを話しているのかもしれない。エリは答えを知っていて、わざと訊《き》いているのかもしれない。

おまえはゆっくりとかぶりを振った。ふうん、とうなずくエリの顔は、やはり答えを知っているようだった。意外と正直なんだね、と少しだけ見直してくれたようにも、見えなくはなかった。

「俺が、徹夫のこと誘った。あいつ、前から教会に行きたがってたし、一人で行くのもちょっとアレだし……」

エリはもう一度うなずいて、「神父さま、喜んでたよ」と言った。「毎週来ればいいのに、って言ってた。日曜日だけじゃなくても、いつでもいいんだから、って」

「……ほかの日にも行ってるの?」

「うん。だいたい毎日。聖書読んだり掃除したりだけど、神父さま、宿題も見てくれるし」

エリはそう言って、クスッと思いだし笑いを浮かべて、つづけた。

「今日の数学のテストも、神父さまが『出る』って言ったところが出たんだよ」

そして、さらに笑みを深める。

「出たんだけど、できなかった」

不思議な感覚だった。いま目の前にいるのは確かにエリなのに、靄のなかで向き合っていると、エリの姿が幻のように見えて、声がどこか天の高くから届くように聞こえる。

だいいち、エリはこんなふうには笑わない。おまえに話しかけてくることもない。エリはおまえのことを嫌いだと言って、おまえと決して目を合わせず、おまえはなぜ自分が嫌われているのかわからないまま、どうすることもできずにいて……。

「ねえ」エリが言う。「この前のロードワークのとき、なんで車が来ても走ってたの?」

「……なんとなく」

「あたしの後ろ、走ってたでしょ」

頬が熱くなった。「たまたま」と返す声はうわずって、かすれてしまう。

「あと、四月だけど、あたしが髪の毛切ったとき、なんで先生に『やめてください』って言ったの?」

責めたり咎《とが》めたりする声ではなかったが、おまえはなにも答えられない。説明できない。自分でもよくわからない。もう一度同じ状況に巡り合ったら、今度はなにも言わないような気もする。

エリはしばらくおまえの答えを待っていたが、「まあいいけど」と笑った。おとなにからかわれているような気がした。

「ねえ、明日は教会に来るの?」

おまえは黙って首を横に振る。

「明日、おもしろいよ」

「うん……でも……」

「神父さま、明日はひとの人生ってどんな意味なのか教えてくれるって。聖書を使わないって言ってたから、おもしろいと思うよ」

話しながら、エリはおまえとの距離を一歩、二歩と詰めていった。

「来てよ、明日」

おまえは視線の逃げ場所を見つけあぐね、自分の足元を見つめる。

「明日の話、絶対おもしろいと思うけど、一人で聞くのって嫌だから、一緒に聞いて」

友だちを誘うように、言った。

おまえが顔を上げたとき、エリの姿はもう駆けだしていた。「じゃあね」も「バイバイ」もなく、まるで信号が赤から青に切り替わった横断歩道を渡るように、おまえから遠ざかっていく。

「明日、行くから！」

エリの背中に言った。声は届いたはずだが、エリは振り返らずにスピードをぐんぐん上げ、もう一度声をかける間もなく、靄《もや》の向こうに消えた。

＊

おまえはしばらくその場にたたずんだまま動けなかった。さっきまでよりさらに濃くたちこめる靄に包まれていると、すべてが幻だったように思えてくる。

だが、たとえ幻だったとしても、悪くない気分だった。

「明日、行こう」

自分で確かめるようにつぶやいて、おまえは走りだす。一気にダッシュして、全力疾走のスピードになった。

道の先に、蛇がいた。右の田んぼから左の田んぼへ、しゅるしゅると道路を横切るところだった。

おまえは一瞬たじろいで、臆病《おくびょう》な自分を少し笑って、また駆けていく。

＊

その夜、無言電話は日付が変わる頃までつづいた。

電話にはほとんど母親が一人で対応したが、母親が風呂《ふろ》に入っていたときにかかってきた一度だけ、シュウイチが出た。二階の自分の部屋から階段を転げ落ちるような勢いで降りてきて、コードレスの受話器を手にまた二階に駆け上がったのだった。

長い話をしていた。声を押し殺していたので、内容は聞き取れない。ただ、なにか詫《わ》びているような、懇願しているような、そんな声の揺れ具合だけ、わかった。

＊

「ひとにはそれぞれ、人生の双六盤《すごろくばん》のようなものがあるのです」

神父は静かに、エリとおまえに語りかける。

「大工さんには大工さんの、漁師には漁師の、工場で働くひとには工場で働くひとの、それぞれの双六があるのです」

ゆっくりとした、言葉のひとつずつを噛《か》みしめるような口調で話す。

「家庭環境も違えば、考えていることも違う、背丈も体重も顔も、みんなぜんぶ違うんです。百人の『にんげん』がいれば、百通りの双六がある。親や教師が押しつけることはできない。もしかしたら、それは自分自身ですら決められないものかもしれません」

神父はそこで言葉を切り、念を押すように板張りの広間の真ん中と隅っこを指差して言った。

「エリにも、シュウジにも」

広間は、いつものようにがらんとしている。祭壇を背にした神父の正面にエリが座り、廊下に出る戸口のすぐそばにおまえが座る。これもいつもどおり。

徹夫には結局連絡しなかった。どうせあいつは期末試験の勉強で忙しいんだから――理屈の筋道を通し、自分でも納得しながら、胸の片隅に、ずるいな、という小さな針が刺さって抜けない。

一人で行きたかった。エリと二人のほうがいい、と思った。『講話会』の始まる午前十時に広間に入り、先に座っていたエリが黒いワンピースを着ているのを見たとき、やっぱり徹夫を誘わないでよかったんだ、とうなずいた。

「神父さま」

エリが言う。

「はい、なんでもどうぞ」と神父は笑顔で問いをうながす。

「いまの話は、運命のことなんですか？」

「運命？」

「だって、他人が決めることもできないし、自分自身でも決められないのって、運命でしょう？」

神父は「そうですねえ……」と笑顔のまま何度かうなずいて言った。

「じゃあ、エリは宿命と運命の違いを説明できますか？」

わかりません――とは、エリは決して言わない。しばらく考えて、ときには数分間も黙りこくって、自分なりになにか答えようとする。神父もそれを知っているから、待つ。「はい、じゃあ次のひと」しか言わない中学の教師たちとは違う。縁側のガラス戸越しに庭を眺め、庭の先に広がる干拓地を眺め、防波堤のつくる地平線を目でなぞるように首をまわしながら気長に待って、エリが「えーと……」と話しだすと、目尻《めじり》に皺《しわ》を寄せた嬉《うれ》しそうな笑みを浮かべて振り向くのだった。

その日も、エリが答えるまでには長い時間がかかった。おまえは、教室で授業を受けているときと同じように、エリを斜め後ろから見る。ガラス戸から梅雨の晴れ間の陽射しが注ぎ込む。干拓地の靄もゆうべのうちに消えて、今日は朝から、風景のすべてが輪郭をくっきりさせている。

「あの……」

　エリが言った。

「はい」神父は目尻に深い皺を寄せて、笑う。「どうぞ、エリ」

「運命より宿命のほうが、怖い気がします」

「怖い、とは？」

「宿命のほうが、どうにもできない」

「運命は？」

「どうにかなる……かもしれない」

　運命を変えるっていう言葉があるものな、とおまえは小さくうなずき、神父と目が合いそうになるとあわてて顔を伏せる。

　神父は静かに言った。

「『にんげん』は、必ず死にます。死なない『にんげん』はいません。これが、『にんげん』の宿命。いいですね？」

「はい……」

「ですが、『にんげん』の死ぬときは、ひとそれぞれです。生まれてすぐに亡くなってしまう赤ん坊もいれば、百歳になっても元気なおばあちゃんもいます。死んでしまう理由だって、病気もあれば事故もある。もちろん死ぬまでの生き方も、ひとそれぞれです。自分がどんな生き方をして、いつ、どんなふうに死んでいくのか、それが運命です。わかりますね？」

おまえは黙ってうなずいたが、エリは「じゃあ」と返した。「運命と人生とは違うんですか？」

「いい質問です」

神父は満足そうに笑った。

おまえはうつむいたまま、磨き込まれた床板にうっすらと映り込む自分の顔を見つめる。

「運命は、双六盤です。たくさんのマス目に、いろいろなことが書かれています。そのひとにとって幸せなことも、不幸せなことも。『ふりだしに戻る』というマス目もあるし、『5マス先へ進め』というマス目もある。そのマス目の、どこに停まって、どこを飛ばしていくのか……それが人生なんだと私は思います」

少し間をおいて、神父はつづけた。

「幸せなマス目にたくさん停まるひとは、運がいい。不幸せなマス目にばかり停まってしまうひとは、運が悪い。ここで5さえ出なければいいのに、というときに5を出してしまうひともいれば、3以外に助かる道はないんだ、というときに3を出せるひともいるのです」

「でも、神父さま。もともとの双六盤に、幸せなマス目のたくさんあるひともいれば、それが少ないひともいるんじゃないですか？」

神父はほとんど間をおかずに「そうです」と返した。「エリの言うとおり」

「……不公平」

「いえ、『にんげん』は不平等ですが、それもまた公平なことなのです」

「……わかりません」

「エリ、もう少し私の話を聞いてください」

神父はおだやかな笑みを崩さない。優しい笑顔だった。おまえがこれまで見たことがないほどの。

「『にんげん』には、生まれつき体のじょうぶなひともいれば、病気や障害を持って生まれてしまったひともいます。お金持ちの家に生まれたひともいるし、貧乏な家に生まれたひともいる。それは平等ではありませんね」

おまえにも、なんとなくわかる気がする。自分自身よりもシュウイチのことを考えれば、よくわかる。シュウイチはきっと、幸せなマス目のたくさんある双六盤を持っていて、狙ったとおりのさいころの目を出せるひとなのだろう。

神父は話をつづける。

「ですが、どんなひとにも幸せな人生を送るチャンスはある。権利はある。そして、『にんげん』は誰でもいつかは死んでしまうという宿命を背負っている。だから、公平なのです」

おまえの頭に「沖」と「浜」のことがふとよぎる。リゾート計画のために自分の暮らしてきた土地を高い値段で売る「沖」のひとを、両親はうらやんでいるのだろうか。同情しているのだろうか。それとも、「運がいい」ということ、そのものを蔑《さげす》んでいるのだろうか。

神父の話は、さらにつづく。

「キリスト教では自殺を罪悪だとみなしていますが、私はそうは考えません。たまたまそのひとは、『自殺』のマス目に停まってしまった。さいころの目がほんの一つ違っただけで……」

エリはなにか言いかけたが、途中で口をつぐんだ。

「お父さんとお母さんは、そのマス目に停まった。でも、エリ、あなたは停まらなかった。もう、あとはゴールまで『自殺』のマス目はありません。後戻りしてはならないのです」

神父は少し口調を強めて言って、ふう、と肩の力を抜いた。

「エリ、私と一緒に、お父さんとお母さんのために祈りましょう。そして、あなたがいま、生きていること、生きて在ること、これからもあなた自身の生を生きていけることの喜びを分かち合いましょう……」

＊

おまえは知る。

今日は、エリの両親が一家心中を図った日だった。

神父は、両親の命日を、「あなたの第二の誕生日」と呼んだ。エリが家族をうしなった日を、「あなた自身の人生の始まりの日」と呼んだ。

そして。

「わたしは、あなたを守ります」

静かに言った。

＊

数日後、おまえはもうひとつのことを知る。シュウイチの双六盤《すごろくばん》は、幸せなマス目ばかりというわけではなかったのだ、と。

母親が学校に呼び出された。

シュウイチは期末試験でカンニングをしていたのだった。中間試験も、実力テストも。常習犯——と呼ばれた。予備校の自習室にこもっているはずの試験前の夜、職員室に忍び込み、ごみ箱や教師の机の中を漁って、問題用紙の下書きや反古《ほご》を盗み出すという手口だった。

すべての科目でカンニングをしていたわけじゃない、とシュウイチがいくら言っても信じてもらえなかった。

土曜日の無言電話は、カンニングを見つけた同級生の誰かがかけたものだった。

おばさんちのガキ、カンニングしてますよ——。

電話の主は、母親にそう告げていたらしい。母親は、「ガキ」を、おまえのことだと思っていたらしい。

シュウイチは一週間の停学処分を言い渡された。その事件を境に、おまえの家からは笑い声が消えてしまった。

第五章

1

梅雨が明けた。

シュウイチは、壊れた。

暑い日がつづいた。

シュウイチは壊れたままだった。

何度か激しい夕立が来て、「この夏一番の暑さ」が何度か更新され、満ちていた月が欠け、再び満ちて、季節は秋に変わる。

壊れたシュウイチは、二学期の最初の一週間だけ学校に通い、さらに壊れて、自分の部屋から一歩も外に出なくなってしまった。

蟬の声やカエルの声が消えて、代わりに陽が落ちるとスズムシやウマオイがいっせいに鳴きだすようになった。干拓地の田んぼの緑色が少しずつくすんでくる。

シュウイチは割れて、砕けて、かけらになった。

九月の終わりのある日、窓を閉め忘れて網戸のまま眠ってしまったおまえは、明け方の肌寒さに目を覚ました。

布団から出て窓辺に立ち、薄い朝靄《あさもや》に包まれた干拓地をぼんやりと眺めていたら、背中に、襖《ふすま》の開く音が聞こえた。

振り向かない。

「おい、シュウジ……」

答えない。

「おまえ、窓を開けっ放しで寝たのか」

シュウイチの声はしわがれて、か細く、綿毛のように揺れる。喉《のど》をつかわず、唇だけで出しているような声だ。

「閉めるの、忘れてた」おまえは窓ガラスに向かって言う。「ごめん」

「なにか入ってきただろ」

「……なにも」

「入ってきただろ、夜中に」

「そんなことない」

「わかるんだよ。入ってきたんだ、入ってきてるだろ、わかるんだよ、俺には」

シュウイチは部屋をうろうろと歩きまわり、まとわりつく羽虫を追い払うように両手を振る。

おまえは干拓地を見つめる。にらみつける。絶対に振り向かない、と決める。「浜」から「沖」へ向かう新聞配達のバイクが黒い虫のように見える。白んだ空を数羽の鳥影がよぎる。海の鳥なのか陸の鳥なのかはわからない。小さな翼をせわしなくはためかせていた。

「どうしよう、なあ、どうしよう、入ってきちゃってるよ、出ていかないよ……」

シュウイチの声はさらにか細くなる。歩きつづける。両手を振りつづける。

「おい、シュウジ、どうするんだよ、おまえ手伝えよ、助けてくれよ、こんなにおっきいんだ、一人じゃ無理だよ、だめだよ、たくさんいるんだもん、どうしよう、どうしよう……」

部屋の真ん中で立ち止まる。地団駄を踏んで、両手を天井のほうに伸ばし、なにかをつかもうとする。

おまえは振り向かない。いま部屋にいるのは、シュウイチではない。優秀で、傲慢《ごうまん》なほど強かった兄は、どこに行ってしまったのだろう。

ここにいるのが、シュウイチの抜け殻であればいい。庭に落ちている蟬の抜け殻と同じ、かさかさに乾いて、風が吹くと転がって、小石に当たっただけで、割れて、かけらになって、散らばって、消えてしまえばいい。わがままで身勝手で意地悪だったシュウイチは、わがままで身勝手で意地悪なまま、どこかで、笑ってはいないのだろうか。

シュウイチはしばらく両手両足を動かしていたが、やがて荒い息をついて、その場にへたり込んでしまった。

おまえは窓ガラスに額を軽くつけて、ゆっくりと瞬く。ガラスに貼りついた夜の冷気が、肌の温《ぬく》もりに触れて溶けていく。空はだいぶ青くなった。靄も晴れてきた。また新しい一日が始まる。壊れて、砕けて、かけらになって散らばってしまったひとだけを置き去りにして。

シュウイチはへたり込んだまま動かない。確かめなくてもわかる、きっと頭を両手で抱え込み、立てた両膝《りょうひざ》を胸に押しつけ、背中をまるめて、目をつぶっている。

「おい、シュウジ」

「なに?」

「まだ、いるのか」

「……いないよ、もう、どこにも」

壊れてからのシュウイチは、ほかの誰にも見えないものを見てしまうようになった。色もかたちも、シュウイチにしかわからない。いつもそれは家の外にいて、シュウイチを待ちかまえている。だから、外には出られない。隙を見せると部屋の中に忍び込まれてしまう。中空に浮かんで、部屋の空気をどす黒く汚して、おとなしくしてくれているうちに捕まえないと、それは不意に牙《きば》を剝《む》いて襲いかかってくるのだという。

おまえはもう一度、「いなくなったよ」と言った。「だいじょうぶだよ、もう平気だよ」

シュウイチは動かない。おまえも振り向かない。階下から物音と話し声が聞こえる。六時。両親の起きてくる時刻になっていた。

あと三十分もすれば、母親が二階に上がってくるだろう。シュウイチが学校に行くのなら、六時半には起きなければ間に合わない。毎朝、シュウイチと短く言葉を交わして、母親は階段を下りる。父親としばらく話をする。しゃべるのはほとんど母親一人で、相槌《あいづち》を打つだけの父親は、七時前に家を出る。おまえが服を着替えて階下に下りるのは、七時過ぎ。「おはよう」と声をかけても、壊れてしまったシュウイチのことで頭がいっぱいの母親は笑わない。返事すらしない朝も多い。八時前。おまえは学校に向かう。母親はシュウイチの高校に電話をかける。シュウイチがようやく部屋から出てくるのは、母親の電話が終わってからだ。母親は受話器を置くと、みぞおちに力を込め、入れ替わりにこわばった頬をゆるめて、黙って食卓につくシュウイチに「おはよう」と声をかける。シュウイチはなにも答えない。無言でトーストを口一杯に頬張って、ときどき、その先にどうすればいいのか忘れてしまったみたいに、一度も嚙《か》むことなく、トーストを皿に吐き出してしまう。

おまえは窓ガラスから額を離した。まなざしから力を抜いて、初めてシュウイチを振り返る。

「お兄ちゃん、もういないよ、なにもいないから……寝ていいんだ」

シュウイチは頭を抱えていた両手をゆっくりとはずす。

「おやすみ」とおまえは言う。

上目遣いのシュウイチの顔は、ぐったりと疲れきっている。瘦《や》せた。目の下に隈《くま》がある。

一学期の頃にはなかったニキビが、それも白く膿《う》んでしまったものが、口のまわりにいくつも散っている。

「もう寝ていいんだよ、お兄ちゃん」

おまえは微笑みを浮かべる。

シュウイチの抜け殻は、おまえをじっと見つめる。

＊

干拓地の稲穂が黄色に変わった頃、「沖」に初めて工事の車が入った。一日で四軒の家が取り壊された。その翌日には、新たに二軒。三日目には、さらに二軒。

「でも」徹夫が言う。「ぜんぶの家が判子を捺《お》したわけじゃないんだ」

「先に工事始めちゃうのか」とおまえは訊《き》いた。

「無理だよ、そんなの」

徹夫は干拓地を三台連なって走るダンプカーに顎《あご》をしゃくって、「脅しなんだ」と言う。

「脅しって？」

「怖いよ、すぐそばでパワーショベルが家を壊してるの見てると。すごくあっけないんだ、あっという間に壊れちゃうんだ、家って。ああいうのを毎日見せられてると、まだ判子を捺してない家だって、もういいや、売っちゃおう、って気になるよなあ」

「うん……」

「それに、ひどいことやるんだ、あいつら」

パワーショベルのアームを振って、隣の家の壁に爪をたてる真似をする。埃《ほこり》が舞い上がらないよう、瓦礫《がれき》に水をかける、そのホースの先を隣の家に向ける。

「脅してるんだ。早く判子捺せって。もしいつまでも粘ってるんだったら、家ぐらい壊すの簡単なんだぞ、って」

徹夫はそう言って、ベランダの手すりについていた頬づえをはずした。「やくざだもんな、やること怖いよ」とつぶやき、「ほんと、怖い……」と念を押すように繰り返した。

「店でも、やっぱり怖い？」

「素面《しらふ》だとべつに。でも、酔ってくると、やっぱり怖いよな、やくざ」

「からんだりする？」

「そういうのはいまのところはないけど、食って、飲んで、カラオケ歌って帰るだろ、そのときがいちばん怖いって母ちゃん言ってた。ちゃんと金払ってくれるかどうかわからないだろ、あいつら。伝票渡すとき怖いんだ、嫌な顔されたら、もうこっちはなにも言えないんだから」

「あった？　そんなこと」

「一度、ちんぴらが伝票見て、高いとか不味《まず》かったとかぐちぐち文句言ったんだ。でも、兄貴のひとがケツにいきなり蹴《け》り入れて、このクソボケが、って。五人で来て、合わせて二万円しなかったんだけど、兄貴が五万円だったかな、ビッて財布から出して、釣りはいらないから、因縁つけるようなことして悪かったな、あとでしっかりしつけとくから、って……。カッコいいよなあ、やっぱり兄貴になると違うよなあ」

そのときに儲《もう》けたぶんで、母親は徹夫に新しい制服、妹には靴を買ってくれたのだという。これだよ、いま着てるこれ、と徹夫は先週衣替えしたばかりの詰め襟の制服を指差した。六月まで着ていた上着は親戚《しんせき》のお下がりだった。五月頃から肩や袖丈《そでたけ》が窮屈でかなわないとぼやいていた。

「ズボンも買ってもらえばよかったのに」

おまえが言うと、徹夫も同じことを考えていたのだろう、「そうなんだよなあ」と軽く舌打ちした。新調したのは上着だけで、ズボンはお下がりのまま。膝がぽこんと出て、尻《しり》はワックスをかけたように光っている。

「俺も買ってほしかったんだけど、母ちゃん、化粧品買ったからなあ。たくさん買ったんだよ、いままでのはババアくさいからって捨てちゃって。だから、最近、母ちゃん、塗りまくってるよ、時代劇の女みたいにべたべたべたべた化粧してる。ばかだよなあ」

徹夫は、ひゃひゃひゃっ、と笑う。笑い終えると、それを待っていたように授業の始まるチャイムが鳴った。徹夫はズボンのポケットに両手をつっこみ、肩を左右に振って教室に戻る。

最近――『みよし』に青稜会の連中が出入りするようになってから、徹夫の態度は少しずつ変わった。よく言えば自信がついてきて、悪く言えば生意気になった。やくざを間近に見るようになったせいだろうか。店に来るやくざのことをしゃべる口調は、ときどき妙に嬉《うれ》しそうに聞こえることがある。

教室に入る前に、もう一度、干拓地を眺め渡す。「沖」の集落は、いまはまだ小さな家が肩を寄せ合って、どこの家が取り壊されたのか、ここからではよくわからない。

だが、いずれ──それほど遠くないいずれ、「沖」は更地になるだろう。鬼ケンの家も、教会も、そしてエリの家も。

百年前には海だった土地に、どこからともなく集まって暮らしはじめたひとびとは、また、どこへともなく散っていく。

リゾートホテルなんていらない。ヨットハーバーもいらないし、遊園地もいらない。海に戻してしまえばいい。海に沈んだ幻のアトランティスのように、「沖」がそのまま海の底になってしまえばいい。海が「浜」のすぐ先にまで迫った風景を想像して、でもしそうなったら走る場所がなくなっちゃうな、と笑う。

教師が入ってきた。おまえはあわてて自分の席につき、号令をかける。

二学期も学級委員になった。今度は石倉の指名ではない。投票でトップだった。三十七人中、二十三票入った。エリが誰の名前を書いたのかは、わからない。投票結果を見たクラス担任の石倉は満足そうに「まあ、順当だな」とうなずき、おまえに「お兄さんの連続記録に挑戦しなくちゃいけないな」と言った。

生徒会長を務めていたシュウイチは、学級委員の選挙でも、入学から卒業まで合計九回、トップをとりつづけた。誰がどう伝えたのか、中学の職員室では、シュウイチは高校入学後も学級委員の連続記録を更新中ということになっている。開校以来の優等生だ。自慢の卒業生でもある。そんなシュウイチが壊れてしまったことは、たぶんまだ誰も知らない。

*

十月半ば。おまえは初めて、転校していく「沖」の同級生を見送った。小林純子という女の子だった。県庁のあるO市に引っ越していくのだという。

朝のホームルームの時間、小林純子は嬉しそうな顔で別れの挨拶《あいさつ》をしていた。見送る側にも、うらやましそうな顔をしている生徒が何人もいた。

「沖」の土地は、国と県がバックについたおかげで、相場よりもかなり高い価格で業者が買い取ってくれる。地主は喜んで売るし、借地に家をかまえる住民の立ち退き料も、少々の無理は通る。「沖」の中には、互いに連絡を取り合って、売値を少しでもつり上げようとしている連中もいるらしい。だが、やりすぎると、やられる。開発業者の瀬戸リゾートピアの背後には青稜会がいて、その背後には、大阪のやくざがいる。

「あいつだって……」

徹夫はベランダから教室をちらりと覗《のぞ》き、友だちに囲まれて新しい住所を教えたり寄せ書きのサイン帳をまわしたりしている小林純子を見つけ、へへっと笑う。

「青稜会と、なにかあったのか」とおまえは訊く。

「ちょっとな」

「なんだよ、教えろよ」

「カジノだよ」

「はあ？」

「あいつの親父、博打《ばくち》にはまってるんだ。もう、ずぶずぶ」

夏の終わり――「沖」の買収交渉が始まった頃から、青稜会が裏で取り仕切る賭場《とば》に出入りしているのだという。

「調子いいんだ。もう何百万円って感じで儲けてる。最初は瀬戸リゾートピアの奴に連れていってもらってたんだけど、いまは自分一人でも出かけてるんだ」

「……一人でも勝ってる？」

「いまは」

徹夫はまた、へへっと笑い、予言するようにつづけた。

「年内で、すっからかんになる。『沖』の家を売った金もぜんぶなくなるし、新しい家も売らなきゃならなくなるだろうな。それが嫌だったら、殺されるよ、殺されなきゃ、小林純子がソープだ」

徹夫は、窓ガラス越しに小林純子を睨《ね》めまわすように見つめ、「知らないんだ、やくざの怖さ」とあわれむ声でつぶやいた。

小林純子は嬉しそうに笑っている。

おまえは黙って横を向き、話を変えた。

「野島や山崎、最近ぜんぜんテツにかまわなくなったな」

小学生の頃にいじめ抜かれていた相手の名前を聞いても、徹夫は表情を変えなかった。

「あんなの関係ないよ」と冷ややかに答え、ズボンの膝《ひざ》をつまんで、折り目をピンと立てる。

制服のズボンが新しいものになった。母親は、また新しい化粧品セットを買った。『みよし』の常連客は、「浜」の男たちから青稜会の連中に変わっていた。

2

学校から帰って自分の部屋に入ったおまえは、本棚や机が荒らされていることに気づいた。十月の終わり、中間試験の成績が発表された日のことだ。

怪訝《けげん》な思いで本棚を見つめていたら、襖《ふすま》が開いた。

髪をぼさぼさに伸ばしたシュウイチが、部屋に入ってくる。パジャマ姿。手に持っているのは、聖書だった。

「おまえ、なんでこんなの持ってるんだ」

シュウイチの抜け殻が、抜け殻にふさわしいしわがれた声で言う。

「うん……ちょっと……」

「買ったのか」

「そう……」

「嘘つくな」

ぴしゃりと言われた。ほんの一瞬だけ、昔のシュウイチが戻ってきた。

だが、肩をすくめ、おそるおそる顔を上げたおまえの目に映るシュウイチは、やはり、どろんと濁った目をして臭い息を吐く抜け殻だった。

「『沖』の教会か。シュウジ、おまえ、あんなところに行ってるのか」

少し迷ったが、正直にうなずいた。

「ひとごろしの神父のところか」とシュウイチは笑う。

「……あの話、違うと思うけど」

「殺してるよ」

「そんなことないって」

「一家四人、皆殺しにしたんだ。ばかだな、ほんと、ばかだ、あいつ」

「違うって、あのひと、そんなことしてないと思う」

優しいひと、なのだ。いつもおだやかに微笑み、やわらかく話す。聖書の話はあまりしてくれないが、星の話や自然の話をたくさん聞かせてくれて、ときどき学校の勉強も見てくれる。二学期の中間試験で、おまえは学年五位に入った。次の日曜日、教会の『講話会』のときにそのことを報告して、言えるかどうかわからないが、お礼も言うつもりだった。

「殺してるよ」

シュウイチは言う。「俺にはわかるんだ、見えるんだ、あいつ、血まみれになって、笑いながら、ほんとだぞ、笑いながら、女の家の家族、皆殺しにしてるんだ」とまなざしをさまよわせながらつづけ、唇の端に溜《た》まったよだれの泡をパジャマの袖《そで》で拭《ぬぐ》う。

「……お兄ちゃん」

「うん？」

「聖書、読んだの？」

「ちょっとだけな」

「どうだった？」

「つまらないよ、ぜんぜんおもしろくない。こいつら、みんなばかだ」

シュウイチの言う「こいつら」が誰を指しているのかはよくわからなかったが、こういうところは兄弟なのだろうか、シュウイチは口ほどには聖書をつまらないとは思っていない――ということは、おまえにもなんとなく伝わった。

「僕は……ここが、好き」

おまえは聖書をめくって、「申命記」を開いた。

第一五章――。

〈あなたの神、主が賜わる地で、もしあなたの兄弟で貧しい者がひとりでも、町の内におるならば、その貧しい兄弟にむかって、心をかたくなにしてはならない。また手を閉じてはならない。

必ず彼に手を開いて、その必要とする物を貸し与え、乏しいのを補わなければならない〉

おまえが指で差した箇所を読み終えたシュウイチは、聖書のページから目を離さずに言った。

「……俺のことか」

「え？」

「貧しい兄弟って、俺のことだろ」

違う違う、とおまえはあわてて手を振った。神父から教わっていた。神の下では、にんげんの誰もが兄弟なのだ、と。

シュウイチは顔を上げ、体を起こして、分厚い聖書を両手で床に叩《たた》きつけた。床が揺れ、壁が揺れ、窓ガラスが震えた。

そして、シュウイチはのろのろと自分の部屋に入って、頭から布団をかぶった。

おまえはシュウイチが開け放したままの襖をそっと閉めた。

階下では、母親が夕食の支度をしている。シュウイチの笑い声や悲鳴は聞こえていたはずなのに、母親は二階へは上がってこない。十月に入ってからは、朝、シュウイチを起こすこともない。学校にも電話を入れない。父親を送り出し、おまえを送り出し、朝食の食器を片づけると、ふだんどおりの家事や畑仕事を始める。

そう、ふだんどおり。

シュウイチが壊れてしまうまでの日々を母親は一人で演じている。壊れてしまったシュウイチのことは誰にも話さず、訊《き》かれたらごまかし、高校の教師が病院に連れていくよう勧めても生返事をするだけで、電話があったことすらシュウイチには伝えず、いや、そもそもシュウイチに話しかけることじたいなくなって、昔のシュウイチがもう我が家からいなくなってしまったことじたいをなかったことのようにして、淡々と暮らしているのだった。

シュウイチは見捨てられたのだと、おまえは思う。父親はどうなのだろう。なにを思っているのだろう。わからない。もともと口数の少なかった父親は、シュウイチが壊れてからさらに無口になって、夕食も工事現場からの帰りに外ですませてくることが増えた。

冷酷な暴君のシュウイチは、それでも、我が家の中心だった。シュウイチの顔色をしじゅう窺《うかが》い、ときには息をひそめるようにして暮らしてはいても、振り返ってみれば、あの頃は幸せだったのだと、父親も母親も、いま、嚙《か》みしめているのかもしれない。

おまえは聖書を拾い上げ、シュウイチの部屋に入る。

シュウイチはまだ頭から布団をかぶっている。うずくまった背中が、小刻みに震えている。声とも息ともつかず、うめく。シュウイチにしか見えないものは、きっといま、シュウイチの部屋の中空に浮かび、襲いかかるときを窺っている。

「お兄ちゃん」

おまえは静かに言う。

「お兄ちゃん……聖書、読むでしょ」

ささやくように言う。

「今度、一緒に教会に行かない?」

なぜいままでそのことに気づかなかったのだろう、と悔やむ。

「夜だったら、誰にも見られずに行けるから。一緒に行こう。僕が連れていくから、お兄ちゃんも一緒に教会に行こう」

聖書を、枕元に置いた。

＊

三日後の夜、夕食を食べなかったシュウイチは、おまえが布団に入る間際になって、教会に行く、と言いだした。

「いまから?」

「……夜に行こうって言ったの、おまえだろう」

両親はもう眠っている。

神父は――たぶん、教会にいる。

「行って、なにするの？」

シュウイチはヘヘッと笑い、「外で待ってる」とだけ言い捨てて、階段を下りていった。

手ぶらだった。おまえはあわててパジャマを服に着替え、シュウイチの部屋に入った。敷きっぱなしの布団の枕元に、聖書が開いたまま置いてあった。

「ヨブ記」のページだった。

旧約に出てくる男――ヨブ。信仰心が篤《あつ》く、富や家族にも恵まれていたヨブが、ある日突然すべての富を喪《うしな》い、家族を亡くし、自らも全身を腫《は》れ物で覆われてしまう。理不尽で耐えがたい運命は、神が与えたものだった。神が試したものだった。どんな境遇にあっても神を呪うことなく、まっすぐに生きつづけられるかどうか。

開いたページは、いわれのない苦難に襲われたヨブが嘆く、こんな箇所だった。

第一〇章――。

〈なにゆえあなたはわたしを胎《たい》から出されたか、
わたしは息絶えて目に見られることなく、
胎から墓に運ばれて、

初めからなかった者のようであったなら、よかったのに〉
玄関のドアが開く音が聞こえた。父親も母親も起き出してくる気配はない。おまえは聖書をそのままにして、部屋を出た。

＊

「沖」へ向かう暗い道を、おまえとシュウイチは並んで自転車を走らせる。二人で家の外に出るのはひさしぶりだった。

シュウイチはよくしゃべった。昔の、まだおまえが幼い子どもだった頃の思い出を、たくさん。懐かしそうだった。楽しそうでもあった。思い出が楽しいのではなく、思い出をたどること、そのものがシュウイチの頬をゆるめているように見えた。

おまえはほとんど相槌《あいづち》だけで話をつないだ。言いたいことや訊きたいことはいくつもあったが、いまはシュウイチの声を聞いていたかった。

今夜のシュウイチは壊れていない。抜け殻でもない。聖書を読んだから——だろうか。

吐き出す息が白い。夜空に無数の星が瞬いている。潮騒《しおさい》が聞こえる。

「シュウジ」

「なに？」

「ここ……もうすぐ、ぜんぶなくなっちゃうんだな」

「立ち退き、だいぶ進んでる、って」

「『沖』の家がぜんぶなくなったら、広いよなあ、ここ、すごく広いんだよなあ」

「……うん」

「堤防も壊しちゃえばいいのにな。そうしたら、もう、ここ、海だ」

笑って聞き流すと、その笑い方が気に入らなかったのか、シュウイチは舌打ちして、夜空を見上げた。

「教会に行ってるのって、ほかにいるのか」

「うん……同じクラスのテツって奴」

「二人だけなのか」

黙ってうなずいた。エリの名前は出さなかった。隠すつもりはなかったが、細かく訊かれたら説明するのが億劫《おっくう》だったし、勝手にべらべら話されるのはエリも嫌だろうな、とも思った。

「教会で、なにやってるんだ」

「聖書読んだり、神父さんの話を聞いたり、あと、学校の勉強したり……」

なんだよそれ、とシュウイチは笑って、「でも」とつづけた。「あそこも、立ち退きになっちゃうだろう」

胸がうずいた。まったく考えていなかった、と言えば嘘になる。それでも、考えたくなかった。最近、徹夫と遊ばなくなった。徹夫は「沖」の土地の買収がどこまで進み、教会がどうなってしまうのか、たぶん詳しく知っているはずだから。

「沖」の集落の一角に入った。蛍光灯の切れかけた街灯が、瞬きをしておまえたちを迎えた。猫がトタン屋根の上を走る足音が聞こえる。遠くで犬が吠《ほ》えた。昔から、「沖」には野良犬や野良猫が多い。わざわざ遠くから車に乗って犬や猫を捨てにくるひともいるのだという。

教会の門には明かりが灯《とも》っていた。

自転車を停めたシュウイチは玄関の前の立て札に目をやって、ひゃははっ、と嘲《あざけ》るように笑った。


〈互に忍びあい、もし互に責むべきことがあれば、ゆるし合いなさい。主もあなたがたをゆるして下さったのだから、そのように、あなたがたもゆるし合いなさい。

これらいっさいのものの上に、愛を加えなさい。愛は、すべてを完全に結ぶ帯である。

コロサイ人への手紙三ノ一三－一四〉

ひゃははっ、ひゃははっ、と笑いながら、シュウイチは先に立って教会の建物に向かった。声が高い。裏返る。壊れたシュウイチに戻ってしまったのか、とおまえはあわてて兄のあとを追う。

玄関の引き戸が、内側から開いた。

外に出てきた人影は、シュウイチに気づくと、ぎくっとして肩をすぼめた。

「……誰？」

エリだった。ウインドブレーカーの上下に、首筋にタオルを掛けていた。

シュウイチの後ろにおまえがいることにも、エリはすぐに気づいた。「どうしたの？」と、声の緊張がほんのわずかゆるむ。

「兄貴なんだ」とおまえは言った。振り向くシュウイチの視線をかわして、「神父さんに会いたいって言うから、一緒に来た」とつづけると、シュウイチの視線は今度はエリに向いた。

エリは眉《まゆ》をひそめ、「こんばんは」と平べったい声でシュウイチに言った。

「……シュウジのこと、知ってるのか、おまえ」

「同級生だから」

「ここ、よく来るのか」

「来ちゃいけませんか？」

シュウイチはまた、おまえに向き直る。睨《ね》め付けるような強いまなざし——たぶん、エリのことも同じように見ていたのだろう。

「なんで黙ってたんだ」

答えられなかった。

「女がいるって、おまえ、なんで言わなかったんだよ……」

声が震える。怒りとも、おびえとも、つかず。エリのまなざしは、意外なほどおだやかだった。口元が微笑んでいるようにも見えた。

壊れた兄の話はしていない――もちろん。それでも、エリは、おまえの背負ったすべてを見透かしたように、静かにおまえたちを見つめているのだった。

「エリ、どうしました？　誰か来てるんですか？」

神父が玄関に出てきた。

「シュウジのお兄さんなんだって」とエリは答え、「じゃあ、わたし、帰るね」とタオルの端をウインドブレーカーの襟に入れて、軽い足取りで駆けだした。シュウイチには目を向けず、おまえのことも、ちらりと見ただけで声はかけずに、そのまま、だった。

遠ざかるエリの背中を、シュウイチは黙って見送った。エリが門を抜け、外の通りに出て、暗闇に背中が消えると、一瞬ほっとしたように頬の力を抜き、それから、唇の端をゆがめる。

「中に入りませんか」

神父が言った。

おまえは小さくうなずいたが、シュウイチは「やだね」と言った。「ここでいいよ、俺は」

「なにか用があって来たんじゃないんですか？」

「……顔を見たかっただけだから」

「私の？」

「そうだよ。ひとごろしの顔を見たかったんだ、俺」

神父は驚かなかった。戸惑ったり、あわてたり、怒ったりすることなく、じっとシュウイチを見つめた。

ひゃはは、とシュウイチは笑う。

「ほら見ろ、やっぱり、ほんとなんだ、俺が言ったとおりだったんだ」

得意そうにおまえに言う。「シュウジ、おまえ、ずっとひとごろしに会ってたんだぞ、ひとを殺した奴に、聖書を読んでもらってたんだ、なあ」――ひゃはは、ひゃはは、と笑いながら、おまえの肩を叩《たた》く。

神父の表情は変わらない。シュウイチを見つめるまなざしも動かない。

シュウイチは神父に言った。

「どんな気分だった？　ひとを殺したとき」

おまえはシュウイチの腕を引いた。

その手を乱暴に振りほどいて、シュウイチはさらにつづける。

「教えてくれよ、なあ、おじさん、ひとを殺すのって気持ちよかった？　女だろ、最初に殺したの。一家全員、皆殺しだろ？　どんな気分だった？　教えてよ、知りたいんだ、ほんとに」

おまえは神父とシュウイチの間に割って入った。「やめてよ!」とも言った。

だが、そんなおまえを制したのは、シュウイチではなく、神父のほうだった。

「シュウジ、どきなさい」

静かに言った。動かないおまえの両肩をつかんで、少し強く、脇にどけた。

そして——静かな口調のまま、シュウイチに言った。

「弟の話を聞かせてあげます」

不服そうになにか言いかけたシュウイチの声をさえぎって、つづける。

「あなたの聞きたい、ひとごろしの話です」

＊

事件は、七年前の十一月に起きた。

犯人の名前は、宮原雄二という。神父の名前は宮原雄一。ユウイチとユウジ——シュウイチとシュウジに、よく似ている。

「雄二は、優しい子だったんですよ。勉強はあまりできなかったけど、優しいところのある弟だったんです」

神父の声が、広間の壁や床に吸い込まれていく。ちょっとした物音も大きく響く板の間なのに、神父の声はどこにも跳ね返ることなく、部屋の空気に溶けてしまう。

事件の経緯は、いつかシュウイチが調べたのと同じだった。単純な別れ話のもつれ——ということになる。

「それくらい知ってるよ」シュウイチはいらだった声で言った。「俺が聞きたいのは、ひとを殺したときの気持ちだよ。あんた、兄弟なんだから、面会ぐらいしてるんだろ。そういう話、しないのか？」

「残念ですが」と神父は微笑み交じりに言う。シュウイチが大きな音をたてて舌打ちしても表情を変えなかった。

「その代わり、弟がひとを殺さなかった理由をお話ししましょうか」

「殺したんだろ？」

「ええ、四人。でも、殺さなかった相手もいるんです」

「なんだよ、それ」

「その男を殺すべきだったんです、弟は。でも、殺さなかった。弟は、ほんとうに殺さなければならない相手の代わりに……あの一家を殺してしまったんです」

「だから……なにが言いたいんだよ、あんた」

「弟は、私を殺すべきでした」

声が溶ける。舌に触れると形をなくしてしまう小さな氷のように、神父の声は耳に届くとすぐに消えてしまう。

宮原雄一と宮原雄二は、仲のよい兄弟だった。子どもの頃からいつもくっついて遊んでいた。優等生の雄一とわんぱくな雄二――「あなたたちもそうなのかな」と神父が言うと、シュウイチはせせら笑った。

雄二に恋人ができた。兄に紹介した。兄は雄二の恋人を歓迎し、恋人も雄二に「いいお兄さんね」と言った。三人でドライブに出かけることもあったし、兄弟で連れ立って彼女の家に招かれて食事をすることもあった。「あんたには女はいなかったのか」とシュウイチが訊《き》くと、神父は寂しそうに微笑んで「あなたに付き合っている女の子がいないのと同じですよ」と返し、シュウイチはそっぽを向く。兄弟の話に戻る。雄二と恋人との交際は順調に進んでいた。恋人の両親が、工業高校を出て就職した雄二に、多少の失望を覚えているのは、兄にもわかっていた。地元の国立大学の法学部に進んだ兄を恋人の両親がちらちらと見る、そのときの微妙な感情の揺らぎも。それでも弟と恋人の仲は順調だった。三人でいると、兄の息が詰まってしまうぐらい、弟と恋人の間に流れる空気は濃密だった。「なんだ、たかがＯ大かよ」とシュウイチは笑ったが、神父は初めてシュウイチを無視して話をつづけ、流れてきた川がすとんと滝に落ちるように、兄弟は奈落《ならく》に落ちた。

声が溶ける。

恋人が妊娠した。

声はもう、輪郭をほとんど失って、渦を巻きながらおまえの耳にまとわりつく。

こいびとがにんしんした。わたしがらんぼうした。むりやり。かのじょをかなしませるつもりはなかったしおとうとをうらぎるつもりもなかったのに、わたしはわたしのしょうどうをおさえきれなかったのだ。おとうとはしばらくなにもしらなかった。こいびとがきゅうにわかればなしをきりだしたときも、まさかそのげんいんがわたしにあるとはおもいもしなかった。

やがて、おとうとはすべてをしった。こいびとがすべてをうちあけたのだ。ひどいあにのことを、りょうしんにも。

おとうとはわたしをにくんだ。

こいびともわたしをにくんだ。

わたしはにくしみをぜんしんにあびた。

わたしはころされるべきだった。

おとうとに、こいびとに、こいびとのりょうしんに、にくしみのやいばをむけられなければならなかったのだ。

「自殺しろよ」――シュウイチが言った。

神父は黙ってシュウイチを見た。

「自殺しろよ……この強姦《ごうかん》野郎……」

「違うんですよ」神父の表情は動かない。「乱暴をしました。それは確かでも、レイプではなかった」

わかりますか？　とシュウイチに訊く神父の声は、また溶けていく。

わかりますか、わたしのいっていることのいみが。わたしはおとうとのこいびとをらんぼうしました。かのじょのからだをきずつけ、かのじょをかなしませ、くるしませ、にくしみをいだかせました。しかし、わたしは、かのじょのこころをらんぼうしたわけではないのです。わかりますか。わかってくれますか。わたしのおかしたつみは、だから、もっとふかかったのです。

ひゃはは、とシュウイチは笑った。床《と》にひっくり返るように、勢いよく。

「弟、かわいそう。兄貴に女を盗られたのかよ、最低だな、ほんと」

神父はかまわず、話をつづけた。

おとうとはわたしをにくむべきだった。わたしをころすべきだった。でも、それができなかった。きょうだいをころすことができなかった。やさしいおとこなのです。あにがころされて、おとうとがひとごろしになってしまうと、りょうしんがかなしむ。おとうとはそんなことまでかんがえてしまうおとこでした。そして、そんなことをかんがえているから、いきばのないかなしみやにくしみがすべてじぶんじしんのなかでうずまいてしまって、くるしんで、くるしんで、くるしんで……。

おとうとは、こいびとのりょうしんに、ののしられました。あにのことで。おまえはあんなひどいおとこのおとうとなんだから、といわれました。こいびとは、ただなくだけで、おとうとをかばってはくれませんでした、あには、せきにんをとるといいました。しかし、それは、おとうとからこいびとをうばいとるということでもありました。

おとうとはくるしんで、くるしんで、くるしんで、くるしんで……わたしをころすかわりに、あのかぞくを……。

神父の言葉は乱暴な足音で断ち切られた。

シュウイチが跳ねるようにその場に立ち上がって、足を踏み鳴らして神父の目の前まで詰め寄ったのだ。

シュウイチは座ったままの神父を指差して、声を張り上げた。

「自殺しろよ！　あんたが自殺すればいちばんよかったんだ！」

「そうです」と神父はシュウイチの目を見て応《こた》える。

「じゃあ、なんで死ななかったんだ、あんたが死んでれば、弟はひとごろしにならなかったんじゃないのか？」

「そうです」

「だったら……」

シュウイチの声が震えた。神父をさす指も――手首から、震えていた。

「ほんとうのひとごろしは、あんただろう！」

神父は表情を変えず、シュウイチから目をそらすこともなく、「私が死ななかったから、四人が死に、弟がひとごろしになった」と、まるで聖書を読み上げるように言った。

「ひとごろし！」シュウイチは裏返った声で、嘲笑《あざわら》いながら、叫ぶ。「ひとごろし！　ひとごろし！　ひとごろし！」

おまえは呆然《ぼうぜん》として、凍りついたようにその場から動けなかった。耳に流れ込んだ声を言葉に組み立て直して、神父の話を理解した、それを「ひとごろし！」の絶叫がまた粉々に砕いてしまう。

ひとしきり叫び終えたシュウイチは、肩で息をしながら、今度は、ひゃはっ、ひゃははっ、と笑いはじめた。腹を押さえ、頬をひきつらせて、笑う。神父を見つめていても、目の焦点は合っていなかった。

ひゃはっ、ひゃははっ、ひゃははは、ひゃはっ、ひゃははっ……笑い声が、動く。シュウイチは笑いながら出口に向かって歩きだした。

「お兄ちゃん、待ってよ」とおまえが追いかけようとするのを、シュウイチではなく、神父が止めた。

「また来てくれますね」と神父はシュウイチの背中に言った。

シュウイチは振り向いて、笑い声と同じ高さで「もう来ないよ」と言った。「ひとごろしの顔を見たから、もういいんだ」

「来てください」

「いやだ」

「聖書を読んでください」

「もういいよ、あんなもの」

「聖書には言葉があります」

「どんな本にも言葉はあるだろ。あんた、モグリだろう？　ちゃんと勉強して神父になったわけじゃないんだろう？　この、しろうとの、ひとごろし野郎！」

「言葉が、あなたをつなぎ止めてくれます。聖書には、にんげんをこの世界につなぎ止めてくれる言葉が、たくさんあります」

シュウイチは、ひゃはは、とまた笑って、歩きだした。広間を出るまで、足を止めることはなかった。

3

もう教会へは行かない、と徹夫は言った。

先週の『講話会』を休んだ。明日の『講話会』はどうするんだ、とおまえが電話をかけると、話を切り出す間もなくそう言ったのだ。

母親に止められたのだという。

「ほら、店のこと考えると、俺が教会に行ってると、いろいろまずいんだ」

青稜会の土地買収は順調に――強引に、進んでいる。教会の土地も地主が売り払った。神父も、すでに立ち退き料を示されているはずだ、と徹夫は言う。

『みよし』には、青稜会の連中以外の客はほとんど寄りつかなくなっていた。瀬戸リゾートピアの役員を務める篠原という男が『みよし』を気に入って、毎晩のように通っている。

伝票を見て因縁をつけてきたちんぴらを蹴《け》りつけたのも、篠原だった。青稜会では若頭なのだという。大阪のやくざにも兄弟分が何人もいて、青稜会の仕事で大阪に出かけるときにはベンツのリムジンなのだと、徹夫は自分のことのように得意げに言う。

「『みよし』のお好み焼きって、そんなに美味《うま》かったっけ」

おまえが訊《き》くと、徹夫は「さあな」と笑った。

テツの母ちゃんって、そんなにいい女だっけ――と訊いたほうがよかったかもしれない。

「まあ、だから、明日の『講話会』は休みだから。これからも、もう行かないから。一人で行けよ、シュウ……」

一息おいて、「ちゃん」を付けた。

おまえは黙って電話を切る。

いまはまだ、電話で話すときに「シュウ」と「ちゃん」の間にぎこちなく息を継ぐだけだが、いずれ「シュウ」と「ちゃん」はきれいに切り離されるだろう。面と向かって話すときにも「ちゃん」が少しずつ離れていくだろう。徹夫は変わった。これから、もっと変わってしまうだろう。夏休みを境に声が低くなり、頬と顎《あご》の骨が急にしっかりしてきたように。

受話器を置いて二階に戻る。そっとシュウイチの部屋の様子を窺《うかが》う。沈黙のなか、ページをめくる音だけが聞こえる。

シュウイチは聖書を毎日読みふけっている。感想はなにも言わない。ただ、読みつづける。

＊

翌日、いつものように「テツと遊んでくる」と母親に言って、家を出た。

カーポートの奥にある自転車のチェーンロックをはずしていたら、背後をなにか黒いものがよぎった。頭上から地面へ。びちゃっ、という音が聞こえた。驚いて振り向くと、驚くほどのことはなかった、熟した柿の実が、自分の重さを支えきれずに梢《こずえ》から落ちたのだった。

皮が裂け、汁を飛び散らせてつぶれた柿の実をしばらくじっと見つめた。

「走ろうか」

つぶやいて、自転車にロックをかけ直す。軽く膝《ひざ》の屈伸をして、アキレス腱《けん》を伸ばし、足首をほぐしながら首と肩を回す。

一週間後――来週の日曜日、K市の陸上競技場で、地域の中学が集まる陸上記録会がある。一年生にとっては初めての大会だが、エントリーは二年生部員中心で、一年生から選ばれたのは四百メートルリレーと千五百メートル走の二種目を走るエリだけだった。

おまえはゆっくりと走りだす。ずば抜けた走力があるわけではないのは、自分でもよくわかっている。高橋もエリの指導にかかりきりで、おまえのようなその他大勢の一年生部員はフォームのチェックすら満足にしてもらえない。

それでも――走るのは、好きだ。「好き」の度合いで比べるのなら、誰にも負けないという自信はある。

自転車なら十分ほどで着く道のりを、ジョギングのペースで、三十分近くかけて教会に向かった。

速く走れない。日曜日の、まだ午前十時にもなっていないのに、干拓地の道路は軽トラックやワゴン車があちこちに停まり、その隙間を縫うようにコンバインやトラクターが地響きを立てながらゆっくりと進む。

こんなふうに干拓地がにぎわうのは、年に二度。田植えと、稲刈り。兼業農家が多いせいだろう、べつに示し合わせたわけではないのに、田植えや稲刈りの日はどこも日曜日を選ぶ。

さらに、そこを「沖」の家の取り壊しに向かうダンプカーが駆け抜ける。スピードはほとんどゆるめない。道路に出ているひとたちを追い払うようにクラクションを鳴らし、エンジンを吹かし、一輪車をひっかけて用水路や田んぼに撥《は》ね飛ばしてしまうダンプカーもある。

脅しだ、と徹夫は言っていた。

「沖」の立ち退きは予定より遅れている。別の町に住む地主や、自分の土地に家を建てている住民は、ほとんど交渉に応じたが、借地や借家に暮らす住民がなかなか判子を捺《お》さない。

ごねてるんだ、あいつら。ばかだから、粘って立ち退き料をぶんどろうとしてるんだ。徹夫は吐き捨てるように言う。教室でも「沖」の同級生とはあまり口をきかなくなった。青稜会は、家の取り壊し工事を夜中にするようになった。あとは日曜日の昼間。見せつけている。おまえたちの家などこんなに簡単に壊れるんだ、と思い知らせている。

おまえは走るピッチを少し上げる。

いつまでこの道を走れるのかわからない。次の春、田植えに備えて田んぼに水を張る前の、レンゲが咲く風景を見られるのかどうかも。

＊

教会の玄関にいた神父は、おまえが入ってくると、「散歩に出ましょうか」と言った。厚手のワークシャツにグレイの登山用ズボン、靴はウォーキングシューズだった。

エリもいた。おまえと同じように家から走ってきたのだろう、ジョギングパンツに半袖《はんそで》のTシャツ、陸上部のウインドブレーカーを羽織っていた。

「遅刻しないで」

エリは言う。「ずっと待ってたんだから、神父さまと」とおまえをにらみ、言い訳さえ許さないようにそっぽを向いてしまう。

「テツくんは……今日も休みですか」

神父は目尻《めじり》に深い皺《しわ》を寄せて言った。咎《とが》める口調ではない。失望や落胆も覗《のぞ》かせない。ありのままを、静かに、おだやかに、受け容《い》れている。

「すみません。あいつ、行きたいけど、今日、用事があるって……」

神父は笑顔のままうなずいたが、エリはちらりとおまえを見て、すぐに目をそらし、つぶやくように言った。

「嘘つき」

耳の後ろが一瞬冷たくなり、と気づく間もなく、カッと音の出るほど熱くなった。

神父は笑顔のままだった。

「じゃあ、三人で散歩に行きましょう。どこか、景色のいいところを知りませんか？」

「景色って？」とエリが聞き返す。

「干拓地が見渡せるところがいいですね。海も見たい。そういうところ、どこか知りませんか？」

知っている。まだ小学生の頃、ときどきシュウイチに連れていってもらった丘が、いい。「沖」のはずれにあるあの丘にのぼれば、干拓地を端から端まで視界に収めることができる。

とりたてて思いだすような出来事はなかったけれど、懐かしい場所だ。薄れかけた記憶の、その薄れ具合が心地よい。にんげんは、幸せな日々から順に忘れ去っていくのかもしれない。

おまえが場所を説明すると、神父は「そこに行きましょう」とうなずいた。エリも「嫌だ」とは言わなかった。

「今日は、広間で話はしないんですか」とおまえは神父に訊《き》く。

「ええ。たまには外の風にあたるのもいいと思いませんか？」

神父はほとんど外出しない。一日中、教会の中で過ごし、陽にあたるのは庭の草花の手入れをするときぐらいのものだった。

「稲刈りの前に、見ておきたいんです」

「干拓地を？」

「そう」

神父がまた目尻に皺を寄せたとき、先に外に出ていたエリが「神父さま」と呼んだ。

車が、教会の前に停まった。黒塗りのベンツだった。

振り向いた神父は目を見開き、息を詰め、玄関に駆け戻ってきたエリの肩を軽く抱いた。

「エリ、シュウジと一緒に外に出ていなさい」

「でも……」

「だいじょうぶです。心配はいりません」

運転席から頭を剃《そ》り上げた男が降りてきた。でっぷり太った中年男——一昔前のプロレスの悪役レスラーのような。

坊主男はスーツ姿で、真新しいアタッシェケースを提げていたが、太い縦縞《たてじま》のワイシャツと白地に金の刺繍《ししゆう》の入ったネクタイが正体を伝える。

車から出たのは一人だったが、窓にはすべてスモークがかかっていたので、あと何人いるかはわからない。

「外に出ていなさい」

神父は、今度はおまえに言った。ためらうおまえの手を、エリが「ほら」と引く。

坊主男は大股《おおまた》に玄関に近づいてくる。歩きながら、地面に痰《たん》を吐いた。

エリとおまえは外に出る。坊主男とすれ違う。男はエリに目をやって、にやにや笑いながらなにか声をかけようとしたが、それをさえぎって、神父が言った。

「子どもは関係ない」

低い声だった。

坊主男は神父に向き直り、慇懃《いんぎん》に会釈をして、「ちょっとよろしいですか、玄関先の立ち話でけっこうですから」と言った。体格に似合わず甲高く、粘っこい声だった。

神父は黙ってうなずいた。

息を呑《の》んで神父を見つめるおまえの手を、またエリが引く。

しかたなく歩きだしながら、おまえは訊いた。

「立ち退きのこと？」

「そう」エリはさらに強くおまえの手を引っ張った。「あいつら、しつこいの」

「やくざ、だろ」

「そんなの知らないけど……」

ベンツの後ろの席の窓が開いた。

「なあ、ちょっと」——女が、顔を出した。

「そこのボク、うちと昔いっぺん会うたことあるなあ？」

アカネだった。

＊

車から降りたアカネは、ぷいと立ち去っていくエリの背中を一瞥《いちべつ》すると、入れ替わりにおまえのそばに来て、「あの子、カノジョ？」と笑った。

おまえはうつむいてかぶりを振る。

アカネは肩幅の張ったスーツを着ていた。ソバージュだった髪は短いストレートに変わり、もう茶色に染めてもいなかったが、ぼってりとした唇の厚みと口紅の赤は、昔と同じだった。

「ひさしぶりやねえ、おねえちゃんのこと覚えとった？」

「はい……」

「背ェ、伸びたやん」

アカネは嬉《うれ》しそうに言って、「そんなんあたりまえやな」と、また笑う。

うつむくと、スカートの、ちょうど脚の付け根のあたりに目がいってしまう。赤い下着を思いだす。

「もう中学生になったん？」

「はい……」

「あっという間やなあ」

おまえはもう中学生で、性器の付け根に毛糸クズのような黒いものも生えている。男と女がなにをするかも知っている。それをする相手のいない男が、こっそりなにをしているかも、まだ試してはいないが、知っている。

ジーンズの前が、固くなった。さっきまでエリにつかまれていた手首が、じん、と痺《しび》れる。

アカネは、おんなだった。女でもオンナでもない、ひらがなの、やわらかく、ぬめぬめした、おんな。

話し声が聞こえる。坊主男と神父が玄関の中でしゃべっている。坊主男は、よく笑う。うへへ、うへへ、うへへ、と媚《こ》びたふうに笑う。

「なあ、あんた、キリスト教やったん？」

「そういうんじゃないけど……」

「よう来るん？　この教会」

「たまに……」

「ここの神父さんのこと、知っとるん？」

「べつに……」

うつむいたまま消え入りそうな声で答えるおまえに、アカネは「昔もそうやったなあ、あんた、泣きそうな顔しとったもんなあ」と懐かしそうに言った。

「知っとる？　ここいらへんなあ、もうじき、大きなホテルができるんよ。ヨットハーバーもあるし、ヘリコプターでも来れるし……世界中の金持ちが遊びに来るホテルができるんよ」

「うん……」

「せやけど、ここの教会がな、どいてくれへんの。地主さんはもう売ってくれはったのに、神父さん、意地張ったはる。アホやね、ほんま」

おまえは上目遣いにアカネを見て、目が合う寸前にまたうつむいて、「帰ってきたんですか？」と訊いた。

アカネは最初きょとんとした顔になり、それから噴き出して「違う違う」と言った。

いま暮らしているのは、大阪。仕事で、ときどき「沖」に来る。

「瀬戸リゾートピアって知っとるやろ、駅前に事務所のある会社。そこの本社やねん。秘書しよるんよ、偉いやろ？　ボスが今度のリゾートホテルの担当になったさかい、うちもな、まあ、道案内もおらなあかんしな、たまに出張《でば》ってくんねん」

アカネはハンドバッグから煙草とライターを取り出し、火を点《つ》けた。

「『沖』の家な、もう更地やねん」

唇をすぼめて煙を吐く。ハッカの香りがうっすらと漂ってきた。

「……鬼ケン、さんの？」

「『さん』やら付けんでもええよ」短く笑う。「そう、鬼ケンな、うん、懐かしい名前やなあ」

軽い口調だった。煙草の煙が、今度はふわっと広がった。

「もうあんたらは忘れたか思うとったわ、鬼ケンの名前やら」

「覚えてる」

「つまらんこと覚えとらんでもええんよ。中学生やったら英語勉強せなあかんよ、これからは国際化の時代やさかいね」

「でも、覚えてる」

「……アホやね」

アカネはまだ長い煙草を足元に捨て、パンプスのつま先で火を消した。

教会の玄関から、坊主男が出てきた。むすっとした顔をして、ネクタイの結び目を荒い手つきでゆるめながら、地面に痰を吐く。

「ほな、ね」

アカネはおまえに声をかけ、坊主男に「あかんかったん？」と訊いた。

坊主男は、また痰を吐く。

「まあ、ぼちぼち、やな」とアカネは言った。「本家も鷹揚《おうよう》にかまえとってくらはるさかい」

まだせいぜい三十前のアカネより、坊主男のほうがずっと年上に見えたが、男は恐縮した様子で会釈して車に向かい、後部座席のドアを開けてアカネを待った。

アカネは「そないなことせんでええから、乗っとって」と少し怒ったふうに言って、おまえを振り向いた。

「ほな、ね、また会えたらええな」

「はい……」

「会おうな、うん、鬼ケンのこと覚えとってくれたん、めっちゃ嬉しいわ」

ベンツに乗り込んでからも、アカネは開けた窓からおまえを見つめていた。車が走りだす。アカネは手を振って、笑って、ベンツの発進は音もなくなめらかで、だからアカネの笑顔も滑るように去っていった。

*

ほどなく戻ってきたエリは、軽く息をはずませていた。教会の近所を走ってきたらしい。

神父が玄関に鍵《かぎ》をかけるのを待つ間、クールダウンの深呼吸をして、「知り合いだったの？」とおまえに訊《き》く。

おまえは黙ってうなずいた。

エリは、ふうん、とおまえを見て、「じゃあ」と言った。「あんた、裏切り者なんだ」

「……そんなことない。ガキの頃、ちょっと知ってただけだから」

「だったら、あの女のひとに言ってよ、教会だけは立ち退かせないでくれ、って」

　おまえは目をそらす。

「ほかの家なんかどうでもいいけど、ここは違うんだから。教会は、ここじゃないと、もうどこにも行けないんだから」

　答えられない。

「ねえ」エリは逃げるおまえのまなざしを追い詰めるように、顔を覗《のぞ》き込む。「あんたは『浜』のひとだけど、それくらいわかるでしょう、やくざ、めちゃくちゃなことやってるのよ」

　初めてだ、エリがこんなに熱を込めて、気色ばんでいるのは。

　おまえは、気おされて一歩あとずさる。さらに、もう一歩。三歩目で、肩を後ろから支えられた。

「エリ、シュウジをいじめてはいけません」

　神父が笑う。

「だって……」

「シュウジが悪いわけではありません」

「それはそうだけど……」

「さあ、散歩に行きましょう」

神父はおまえとエリの肩を同時に軽く叩《たた》いた。目尻《めじり》の皺《しわ》は、いつものように深く刻まれていた。

「神父さま」エリが言う。「ねえ、教会、なくならないんでしょう?」

「だいじょうぶ」と神父は答え、「だいじょうぶです」と念を押して繰り返した。

＊

干拓地の道路は、教会に向かうときよりもさらににぎわっていた。

「収穫するひとは、美しい」

神父は満足そうに言い、すれ違うひとたちのひとりひとりに微笑みかけた。

もっとも、ひとびとは警戒心をあらわに、神父と目が合いそうになったらうつむき、神父が立ち去ったら背中を盗み見ながら、ひそひそと言葉を交わす。

コンバインが、まるでバリカンのように稲を刈っていく。コンバインが通ったあとの田んぼは、道路と同じ高さになる。コンバインを先導する老人が、用済みになったカカシを地面から抜き取って、刈り取ったあとの田んぼに放った。土のにおいが、ぷん、と鼻をつく。これから五月まで、干拓地の色は土の色になる。

鬼ケンのことを、思った。鬼ケンが殺されたのは、四年前の秋——干拓地の稲刈りがすべて終わった頃だった。墓はどこにあるのだろう。アカネが墓参りに訪れることはあるのだろうか。

稲刈りの最中の一画を通り過ぎると、エリは「走っていいですか？」と神父に訊いた。神父は「ええ」と答え、おまえを振り向いて道を確認した。ここからは道路をひたすらまっすぐ進み、干拓地の端に行き当たれば、そこが丘の登り口になる。

エリは走りだした。

「あの子は……」神父はエリの背中を見送りながら、おまえに言う。「ほんとうに、走ることが好きですね」

おまえはあいまいにうなずきかけて、「そうですか？」と訊いた。「ほんとに、あいつ、好きなんですか？」

「シュウジはそうは思いませんか？」

少し意外そうに聞き返された。

よくわからない。見る見るうちに小さくなったエリの後ろ姿は、いつものようにきれいなランニングフォームを保ち、だからこそ、感情のありかが見えない。

「あの……僕も走っていいですか」

神父は「どうぞ」と言った。

おまえは走りだす。追いつくことはできなくても、追いかけてみたい。

徐々にスピードが乗ってきた矢先、後ろからクラクションをぶつけられた。

あわてて道の端によけると、ダンプカーが怖いほどのスピードで追い越していった。家を取り壊したあとの瓦礫《がれき》を荷台に山積みにしていた。車体の揺れに合わせて、壁のかけらなのか板屑《いたくず》なのか、ぱらぱらとこぼれ落ちる。

ダンプカーがまたクラクションを鳴らしてエリを追い越そうとした、そのとき——スローモーションの映像のように、荷台からひとの体よりずっと大きな木切れが落ちるのが見えた。

かわそうとしたエリの背中が外側にかしぐ。両手両足の動きがばらばらになって、右の足首がぐにゃりと曲がり、そのまま、用水路に落ちた。

ダンプカーはブレーキランプすら灯《とも》さず、土埃《つちぼこり》をまきあげて走り去っていった。

第六章

1

いつもの年なら空からぱらぱらと降り落ちるだけの初雪が、その年は干拓地をまばらに白く染めた。十二月半ば、土曜日の夕方のことだ。

初雪の積もる年は冬が厳しく長いのだと、おまえが赤ん坊の頃に死んだ祖母はよく言っていた。季節は土の中から移り変わっていく。土が冷えているから初雪が積もる。祖母はそれを夫——おまえの祖父に教わり、おまえの父親に伝え、干拓地に住みついた「沖」のひとびとを忌み嫌ったまま、その干拓地がリゾートランドに姿を変えるなど夢にも思わず、逝った。

翌朝は、キン、と音がしそうなほど冷え込んだ。山からのぼる朝陽が長くやわらかい影をつくる。積もった雪は固く凍りつき、アスファルトの路面にうっすらと張った氷は昼前になっても溶けずにいた。

「松葉杖《まつばづえ》、危ないかもな」

教会の広間に座った徹夫が言う。

「だいじょうぶだよ、あいつ運動神経いいから」とおまえは答え、もたれかかっていた壁から背中を浮かせた。白い息が顔の前に立ちこめる。肩をすぼめ、足踏みをして、寒さをしのぐ。徹夫もあぐらをかいた尻《しり》をもぞもぞと動かし、「寒い寒い寒い寒い」と早口に言って、おまえを振り向いた。

「座ったほうが暖かいんじゃないか？」

「いいよ、ケツ冷えると、下痢しそうだし」

「きったねえ」

徹夫は顔をしかめて笑ったが、おまえは笑い返さない。広間を見まわす徹夫をじっとにらみつける。徹夫も気づいているはずだ。気づくように、にらんでいた。だが、徹夫はそ知らぬ顔でしゃべりつづける。

「暖房ないのか、ここ」

「ないよ」

「貧乏だから？」

おまえは気のないそぶりで首をかしげ、ふと思いついて、「ストーブなんかあったら、放火されるかもしれないし」と言った。

最初は怪訝《けげん》そうだった徹夫は、おまえの言葉の裏を嗅《か》ぎ取って、唇の端だけで笑う。

「だよなあ、やるかもな、極道は」と小刻みにうなずき、「無茶するもんなあ」と天井を見上げた。

「テツ」おまえはまた壁にもたれかかって、言う。「なんで来たんだ?」

「『講話会』やってると思って」

「ずっと来てなかったのに?」

「気が向いたらいつでもいらっしゃいって、神父、言ってただろ。気が向いたから来たんだ」

徹夫はそう言っておまえを振り向き、「ほんとだから」と念を押した。

嘘をついているとは思わない。だが、徹夫の言葉をそのまま信じることもできない。学校でもほとんど口をきかなくなった。目も合わせない。「最近俺に冷たくない?」と言われても、そっけなく「べつに」と答えて、そっぽを向く。

許せない——。

口に出してしまえば、きっと徹夫は「だって俺のせいじゃないだろ」と言い返すだろうし、それは確かにそうなのだと自分でもわかっているから、言わない。

けれど、許せない。

「なあ、テツ」

「うん?」

「おまえ……帰れよ」

徹夫は「はあ?」と甲高く返す。とぼけた顔をして笑う。目が据わっている。嫌な笑い方をするようになった、秋の終わり頃から、ずっと。

「そういうこと言う権利あるわけ? シュウに」

おまえを呼ぶときに「ちゃん」を付けなくなったのも、秋の終わりから。

『みよし』と青稜会の関係――徹夫の母親と青稜会の若頭の篠原の関係は、もう学校中が知っている。小学生の頃に徹夫をいじめていた野島たちは、廊下ですれ違うとうつむいて端によけるようになった。おしゃべりで剽軽《ひょうきん》なところは変わらなくても、つまらない駄洒落《だじゃれ》やおどけたしぐさを笑う同級生の顔は微妙にこわばるようにもなった。

おまえは目を伏せて言う。

「いいから、帰れよ、今日は『講話会』ないんだから」

「来る者拒まず、去る者追わず、って神父言ってたけど」

「……帰ってくれよ」

広間には時計がない。腕時計も持っていない。だが、もうすぐ――だ。

おまえに教会の留守番を託した神父が、もうすぐ、エリを連れて帰ってくる。

エリは松葉杖をついてO市の大学病院から退院する。二カ月近い入院だった。手術を二回――砕けた右膝《みぎひざ》と右足首の骨をボルトでつないだ。半年後にボルトをはずす手術を受けなければならない。そして、その手術を受けたあとも、もうエリの右脚は元通りにはならない。

おまえは一度だけ病院に行った。入院した翌週——ほんとうならエリが出場していたはずの陸上記録会の帰りに、陸上部の顧問の高橋と二人で寄ったのだった。

エリの右脚は付け根からギプスで覆われていた。車椅子でトイレに行けるようになったのも昨日からだと付き添いの叔母《おば》が言った。その頃はまだ右の頬に擦り傷が残っていた。コンクリートで固められた用水路の縁にぶつけた頭の右側には大きなガーゼもあてられていた。ぶつけた場所があとほんの少しずれていれば、命にかかわる怪我になっていたらしい。

高橋はお見舞いと慰めと励ましの言葉をかけたが、エリは一言も応《こた》えず、ベッドに仰向けになって、ただじっと天井をにらみつけていた。

高橋は叔母としばらく世間話をしてから、とってつけたように腕時計を見て、「それじゃあ……」と席を立った。叔母も後を追って廊下に出て、病室に残されたのはおまえ一人になった。

なにかを言いたかった。言うつもりだった。だが、エリと二人きりになってしまうと、言葉も、思いも、ばらばらになってまとまらない。

沈黙の重さにつぶされたまま、黙ってひきあげようとしたら、エリがぽつりと言った。

「叔父《おじ》さん、示談にするんだって。警察に行くよりそのほうがいいからって」

「あのダンプカーの会社？」

「そう、土建会社だけど、青稜会だよね」

「あ……うん」

「仲良くなったって言ってた。立ち退き料、たくさん払ってくれるかもしれないって。あたし、初めて叔父さんと叔母さんの役に立ったみたい」

エリは鼻をかすかに鳴らして笑い、もういいから出てって、というふうに手の甲を振って、最後に言った。

「ダンプにちゃんと撥《は》ねられてたら、もっと役に立ったかもしれないけど」

つぶやく声だった。軽い声でもあった。振り向いて確かめることはしなかったが、もしかしたら薄笑いを浮かべていたかもしれない。

「よお」

徹夫が言う。「よおってば、シュウ」といらだたしげにつづけ、おばさんたちがおしゃべりをするように座ったまま片手を床について身を乗り出してくる。

「俺がいたらまずいわけ？　なんで？　同級生なんだから、べつにいいだろ」

会わせたくない。松葉杖をついたエリの姿を、徹夫に見せたくない。

「シュウ、エリのこと好きなの？」

おまえは目を伏せたまま、奥歯を嚙《か》みしめる。

「あいつ、『沖』の奴だろ。一家心中の生き残りだろ」

「……関係ないだろ」

「好きなんだ、シュウ、あいつのこと」

おまえは黙って広間を出て、ジョギングシューズをつっかけて玄関の引き戸を開ける。寒さは感じない。陽の射さないぶん、むしろ教会の中のほうが冷えきっていた。

庭に立ち、周囲をにらみつける。空き地が増えた。取り壊しの途中の家もある。手つかずの家も、住人はすでに引っ越してしまったのだろう、生活を営んでいる気配はない。「沖」の土地買収は順調に――目に見えないところで強引に、進んでいる。この一帯でまだ交渉に応じていないのは教会を含む二、三軒だけで、青稜会の連中は、教会の建物さえなくなってくれれば大型のユンボを路地の奥まで入れられるので取り壊し工事がはかどるのに、と『みよし』でこぼしていたらしい。いずれ、そう遠くないうちに、愚痴をこぼすだけではすまなくなるだろう。相手はやくざだ。その気になれば、どんなことでも、やる。

「シュウ」

徹夫も玄関に出てきた。一人ではいられない。いじめられっ子の立場から抜け出しても、そういうところは変わらない。

「なんで神父がエリを迎えに行ったの?」

「叔父さんと叔母さん、留守だから。親戚《しんせき》の法事があるから」

振り向かずに答えた。

「あいつ、神父と結婚したりして。そうなったらすごいと思わない?」

返事をしない。

「まあ、どうせ、ほら、叔父さんの家にいたって厄介者だし」

どうして徹夫はこんなにおしゃべりなのだろう。

「篠原さん、けっこう詳しいの、エリのこと。叔父さんから聞いてるのかな。エリの父ちゃんと母ちゃん、サラ金にすごい借金あって、それで死んだんだって。半分ノイローゼみたいな感じかもな。夜中に父ちゃんと母ちゃん睡眠薬服《の》んで、エリにも服ませようとしたんだけど、あいつ嫌がって、突き飛ばして逃げて……あいつ、外まで逃げたんだよな、父ちゃん追いかけてって、アパートの二階だったんだけど、道路まで追いかけたんだけどあきらめて、また部屋に戻って、灯油まいて、火ぃ点《つ》けて、焼け死んだの。すごいだろ、すごいだろ、サスペンスドラマみたいだよな、あいつどんな気持ちで走って逃げたんだろうな」

おまえは黙って、溶けかかった霜柱を踏みつぶした。

「あと、俺知ってるけど、シュウの兄ちゃんのこと。高校やめたんだろ?」

違う。休学しただけだ。

「頭、くるくるパーになったって?」

おまえはゆっくりと振り向いた。

「帰れ、テツ」

「やだよ」

「帰れよ、俺、おまえとしゃべりたくないから」

「なんで?」

「……嫌いなんだ」

「俺のこと？」

きょとんとして、それから、また唇の端だけで笑う。

おまえは低くうめくようにつぶやいた。その声に徹夫が「うん？」と応えたとき、おまえは徹夫にとびかかって、ダウンジャケットの胸ぐらをつかみあげていた。

「ぶっ殺すぞ」――同じ言葉を、繰り返した。

「やめろよ、痛いよ」

手を振りほどこうとする徹夫を地面に突き倒し、その上にのしかかって、さらに胸ぐらをつかむ。ぶっ殺す、ぶっ殺す、ぶっ殺す、ぶっ殺す、ぶっ殺す……うめき声の溶けた息づかいが、耳にはっきりと聞こえる。水の中にもぐったときのように、うるさいぐらいに響く。

「シュウちゃん、痛い、痛いって……」

徹夫は顔をゆがめ、泣きだしそうな細い声を出した。「シュウちゃん、ごめん、ごめんって、痛いよ、やめてよ」とつづける声は、ひしゃげた。

ダウンジャケットの襟を鷲摑《わしづか》みにする両手は、徹夫の喉《のど》も押さえつけていた。

興奮はしていない。冷静だった。自分でも驚くほど。

「シュウちゃん……頼む、痛いって……」

指先に力を込める。ぎりぎりとねじるように腕を交差させると、ジャケットの襟も交差する。ジャケットごと首を絞めるかたちになる。徹夫の顔はさらにゆがむ。冷静だ。興奮などしていない。感情が高ぶったわけではない。冷静だ。冷静すぎて、目に見えるものも手触りも、遠い。息を詰めて、両肩に体重を載せて、だから体は熱く火照っているはずなのに、その温《ぬく》もりが感じられない。ただ、こめかみに血管を青く浮かせた徹夫の苦しむ顔だけが、ある。

ぶっ殺す、ぶっ殺す、ぶっ殺す……声が頭の中で割れるように響く。

けれど、おまえに徹夫を殺すつもりはない。自分がなぜ、なにを、しているのか、一瞬わからなくなり、ああそうか、と確かめたあとも、だからどうだとは思わなかった。首を絞めればひとは死ぬ。あたりまえのことが、それこそあたりまえのように、すっぽりと抜け落ちていた。

徹夫の口がわななく。もう声は出ない。頬の赤みに紫色が交じる。

ぶっ殺す、ぶっ殺す、ぶっ殺す、ぶっ殺す、ぶっ殺す、ぶっ殺す……。

うるさい。

ごぼごぼと、泡が立つように、響く。

背中に、ひとの気配を感じた。

「シュウジ！　やめなさい！」

神父だ——とわかっても、振り向くのが億劫《おっくう》で、両手から力を抜くのも面倒くさく、頭がぼうっとして、眠い、いま目をつぶればすぐに寝入ってしまいそうに眠い。

「シュウジ！　なにやってるんですか！」

肩をつかまれ、横に突き飛ばされた。

地面に顔から倒れ込んだ。

頭はまだぼうっとしたままだった。

神父が徹夫を抱き起こす。徹夫は激しく咳《せ》き込み、きれぎれに、殺される、殺される、と訴える。おまえはそれを、どこか遠いところの出来事のように、こめかみや頬を地面につけたままぼんやりと見つめる。

すぐそばに、エリがいる。目だけを動かすと、松葉杖《まつばづえ》と、黒いスパッツにジョギングシューズを履いた左足と、指の付け根まで踵《かかと》付きのギプスで固定された右足が見える。

神父は上体を起こした徹夫の背中を支えながら、おまえを見た。

「なにがあったのか知りませんが……」悲しそうな顔で笑う。「喧嘩《けんか》はやめなさい、暴力はいけません」

「ひとごろし！」

徹夫が声を裏返らせて叫ぶ。おまえを見つめる目はおびえきっていた。

「テツくん、もうだいじょうぶです、もうだいじょうぶですよ、シュウジはもうなにもしませんせん、最初からなにもしていないんです、これはただの間違いです」

「……首、絞めた、あいつ」

「だいじょうぶ、落ち着きなさい」

おまえは目をつぶる。起き上がろうとしても、体に力が入らない。地面の湿り気が服に染みてくるのがわかったが、どうでもいいやあ、と息をつく。この気分、なにかに似ていると思った。

「あたし、中に入ってるから」

エリの声を聞いて、思いだした。

全身がけだるく、腹の奥でつっかい棒がはずれたような、そのくせなにか満ち足りたような気分は、覚えて間もないマスターベーションをしたあとに似ていた。

＊

蜂蜜《はちみつ》を溶かし込んだ温かい牛乳を啜《すす》ると、ようやく徹夫は落ち着きを取り戻し、神父がビスケットを入れた皿を台所から持ってきたときには笑顔も浮かべた。

神父は喧嘩の理由をなにも尋ねなかった。徹夫が学校の先生に言いつけるような様子で口を開きかけても、「間違いだったんですから、もういいでしょう」とおだやかに、けれどきっぱりと断ち切る。

間違い――。

広間の隅の壁にもたれかかって座ったおまえは、神父の言った言葉を耳の奥で転がして、ふう、と息をつく。

間違いでいいのかな、と小首をかしげ、けだるさの取れない体からさらに力を抜く。よくわからない。「魔が差した」というのは、こういうことを言うのだろうか。よくわからない。ついさっきのことなのに、それはもうずいぶん昔のことのように感じられる。

タン、タン、タン、と廊下から音が聞こえる。エリが松葉杖で往復している。ゆっくりとしたテンポだが、かすかに聞こえてくる息づかいは荒い。ときどき、悔しく、もどかしそうな「痛いなあ……」というつぶやきも漏れる。

おまえはぬるくなった牛乳を一口飲んだ。薄い膜が喉からみぞおちにかけて広がっていく。

「シュウジ」神父が言った。「こっちに来て、ビスケットを食べませんか」

黙ってかぶりを振るおまえを、徹夫はおどおどとした様子で盗み見る。にらみつける気は、とうに失せていた。ちっぽけな奴だ。ずるい奴でもある。こんな奴には生きる価値なんてないんだと思い、けれどこんな奴を殺して、警察に捕まって、刑務所に入れられて、死刑か無期懲役になって、自分の人生が台無しになってしまうのもばからしい。

殺すなら、自分の人生と引き替えにしても殺すに価する相手にしたい。だが、そういう相手は、なんとなく、殺してしまいたい気にはならないようにも思う。

ほんとうに憎んだり恨んだりする相手を殺すことはできるのだろうか。もし自分がひとごろしになるのだとすれば、意外とつまらない相手を、つまらない理由で、つまらないやり方で殺してしまって、それでおしまい——になってしまうのかもしれない。

神父はビスケットの皿を持って立ち上がり、おまえのそばに来た。

「シュウジ、テツくんと仲直りしませんか」

聞こえないふりをするおまえに、神父はビスケットを一枚差し出した。おまえは黙ってそれを受け取り、小さくかじった。バターの香りがする。クリームもなにも入っていない、スーパーマーケットで売っているなかでいちばん安物の、だからこそむしょうに懐かしい味がする。

おまえはビスケットの残りを頬張って、牛乳で喉《のど》に流し込む。

神父は皿を手におまえの前から離れ、廊下に顔を出した。

「エリ、少し休憩しませんか」

「あとで」とエリの声が聞こえる。

「あまり無理をすると、また膝《ひざ》を痛めますよ」

「だいじょうぶ」

「……あせらないで」

「だいじょうぶだから、ほんと」

広間に顔を戻した神父は、やれやれ、と息をつき、おまえと目が合うと苦笑いを浮かべて、また徹夫のそばに戻っていった。

入れ替わるように、おまえは立ち上がり、廊下に出る。

エリは、ちょうど廊下の突き当たりからこっちに体の向きを変えたところだった。廊下は冷えきっているのに、外で着ていた白いパーカーを腰に結び、スパッツと同じ黒のTシャツ一枚になっていた。

「見られてたら、練習したくなくなるんだけど」

そっけなく言う。

病院でもそうだったらしい。神父から聞いた。リハビリの先生の前ではほとんどやる気を出さないのに、夜になると病室を出て、薄暗い廊下を一人で何往復もする。いかにもエリらしい話でしょう、と神父は笑っていた。シュウジにはわかりますよね、と言葉には出さなかったが、笑顔が伝えた。

「まだ痛い？」

「べつに、そんなことないけど」

「見てないから、歩けば？」

「そこにいると邪魔なんだけど」

「……ここまで来たら、どくから」

エリはおまえに目を戻し、「お見舞い、サンキュ」と短く言って、二本の松葉杖を大きく前に振った。杖の先端が廊下の床につくと、肩と腕に体重をかけて、体を持ち上げる。思っていたより身のこなしは軽い。ひょい、ひょい、と音が聞こえてきそうだ。

だが、エリはもう——おそらく一生、走れない。

エリはあっというまにおまえの前まで来て、「やっぱり、見られてると練習できない」

と赤く上気した頬を初めてゆるめた。こめかみや鼻の頭に汗がにじみ、Tシャツの胸も汗で濡《ぬ》れて体に貼りついていた。ブラジャーの線が、わかる。真夜中に、頭からかぶった布団の中で思い描くおんなの裸が、うっすらと浮かび上がる。

うつむいたおまえに、エリは言った。

「三月に引っ越すんだって、叔父《おじ》さん」

「……判子、捺《お》したの？」

「まだだけど、もうすぐ」

「一緒に行くの？」

「わかんないけど」

「引っ越す先って、もうわかってるの？」

エリは「なんかインタビューみたい」と笑って、そのついでのように「東京だって」と早口に答えた。

「とうきょう」という音が現実の東京の街につながる前に、すごく遠いんだ、と思った。「おおさか」や「はかた」とは違う、実際の距離なら東京より遥《はる》かに遠い「さっぽろ」や「おきなわ」よりも、「とうきょう」は遠くにある。

エリは松葉杖を軽くついて壁際に寄り、背中を軽くもたれかからせて、あらためておまえを見た。

「今日、部活の練習ないの？」

「昼からあるけど……休む」

「なんで？」

「あんまり走りたくない」

エリの事故以来、ひどいスランプに陥っていた。フォームがばらばらになり、タイムは夏休み前のレベルにまで落ち込み、なにより走ることが楽しくなくなった。

「贅沢《ぜいたく》だよね」エリは笑う。「あんた、走るの遅いくせに」

おまえも黙って笑い返す。

エリはまた松葉杖《まつばづえ》を振って、歩きだした。

「やっぱり、練習、行く」

背中に声をかけたが返事はなかった。一緒に行かないか——とつづけることも、できなかった。

廊下を玄関まで進んだエリは、振り向いて、ああそうだ、というふうに言った。

「さっき、どんな気分だった？　首絞めてたとき」

「べつに……」

「ひとを殺すときって、自分のことも殺してるんだって」

よくわかんないけど、と小声で付け足して、エリは言った。

「でも、あんたがそういうことするのって、贅沢だよね」

ひょい、ひょい、と廊下を進む。

目の前を通り過ぎる。

ポニーテールは四月に教室で切ったきりだったが、もしもいまも髪の毛が長かったら、揺れるポニーテールはきっときれいだっただろう。そんなことを、おまえはふと思った。

2

「沖」で火事騒ぎが起きたのは、クリスマス会の数日前のことだった。

夜遅く――日付の変わる少し前だった。遠くから聞こえる消防車のサイレンの音で、おまえは目を覚ました。二階の窓から確かめても火の手は見えなかったが、赤色灯をともした消防車が干拓地を「沖」に向かって走っていた。

すぐに思った。

やられた――。

階下では両親の起きだした気配はなかった。雨戸をたてているのでサイレンの音が聞こえないのかもしれない。

おまえは足音を忍ばせて階段を下りた。玄関に掛けてあったウインドブレーカーを羽織って外に出たら、帰ってきたシュウイチと鉢合わせした。

シュウイチはコンビニエンスストアの袋を提げていた。弁当と缶ジュース。いつものことだ。十一月に国道沿いに開店したコンビニエンスストアに、真夜中になると自転車に乗って買い物に出かける。曜日の感覚をほとんどなくしたシュウイチの、それが唯一の日課であり、外出の機会でもあった。

「なにやってんだ、シュウジ」

「火事」

「はあ?」

「いま消防車、『沖』のほうに走ってったから、ちょっと見てくる」

話すそばから、消防車の鳴らす鐘の音が聞こえてくる。

シュウイチは「ほんとだ、火事だ」とつぶやき、しかしそれ以上の興味は示さずに家の中に入っていった。玄関の戸枠に肩がぶつかり、蝶番《ちょうつがい》が、ぎい、と軋《きし》んだ音をたてる。ずいぶん太った。運動不足に加えて、真夜中にがつがつとものを食べるようになったせいだ。壊れてしまったシュウイチの抜け殻は、抜け殻のまま秋を過ごし、冬を迎えた。九月や十月頃のように部屋に忍び込んでくるなにものかにおびえることはなくなった。いつも薄く笑っている。もう抜け殻のままで生きていくんだと自分で決めたのかもしれない。

おまえはカーポートから自分の自転車を出して、ペダルを強く踏み込んだ。

北風が強い。夜空は晴れていたが、月は見えなかった。「浜」の路地を細かく右に左に曲がって干拓地に抜け、そこからは一本道を進んだ。何十メートルの間隔で並ぶ街灯の明かりは、道を照らすよりも、むしろ光の届かない暗闇をきわだたせる。怖いとは思わなかった。そんな余裕はない。消防車の赤色灯が見えた。火の粉が舞った。おまえは自転車のスピードを上げる。悪い予感が当たった。消防車が停まっているのは、教会のあるあたりだった。

＊

三台の消防車は教会の前の通りに停まって、そこから路地の奥に放水ホースを伸ばしていた。

火元は取り壊し工事の途中だった空き家。北風にあおられた炎は周囲の空き地を越えて、教会の屋根を舐《な》め、壁を焦がしていた。

野次馬の数は思ったほど多くなかった。時間も遅いし、「沖」の住人の数じたい減っているし、数少なくなった住人だからこそ、この火事の意味するものを察しているのかもしれない。

むっとする熱気とビニールの焼けるような嫌なにおいがたちこめるなか、神父の姿を探したが、見あたらない。

人垣の隙間に体をこじ入れて教会に近づこうとしたら、肘《ひじ》を後ろから引かれた。

振り向くと、エリがいた。パジャマの上にダウンジャケットを羽織っただけの姿で、松葉杖で体を支えるのもつらそうに肩で息を継いでいた。

「神父さま……いないの、今日は」

あえぐ声で言って、野次馬から離れるよう目配せする。

うなずきかけたとき、火元の家から炎がぼおっと上がって、あたりが一瞬明るくなった。まぶしそうな顔でたじろいだエリは、松葉杖であとずさりしそこねて、体のバランスを崩した。

おまえは思わず両手でエリを抱きとめた。肩をつかんだ。エリが体を震わせているのが、そのとき、わかった。

神父は泊まりがけで大阪に出かけていた。大阪――アカネの顔が浮かぶ。追いかけて、まだ顔は知らない、アカネの「ボス」のことも。

「立ち退きのことで行ったわけ？」とおまえは訊《き》いた。

エリは火元の家をぼんやりと見つめたまま、抑揚のない声で「弟が大阪にいるの」と言った。「刑務所、じゃない、なんだっけ、似てるんだけど違うところ」

「……拘置所」

「あんたも知ってるんだ、弟のこと」

「だいたい、だけど」

ふうん、とエリがうなずいたとき、火元の家の屋根が崩れ落ちた。煙は勢いよく広がっていたが、炎のほうはもうほとんど消し止められていて、暗い赤の火の粉が舞い上がるだけだった。

教会は延焼を免れた。

だが、エリはぼんやりとしたまなざしのまま、火が消えて夜の闇に溶けかけた火元の家を見つめる。

消防車の放水が止まった。張り詰めていた空気がゆるむ。消防署員の一人が車の無線で消火時刻を署に報告した。もう日付が変わっていた。

「教会、だいじょうぶだね」

エリはつぶやいて、松葉杖をついて歩きだす。「帰るの?」と訊いても返事はなかったが、おまえは自転車を押して、エリの隣についた。

「途中まで送っていくから、もし、脚が痛かったら、乗れば?」

エリは立ち止まらない。だが、「ついてこないで」とも言わなかった。

＊

車もひとも通らない干拓地の道路を二人きりで歩いた、ほんの数分ほどの時間を、おまえはのちに数えきれないほど繰り返し思いだすことになる。

川の石が水の流れに削られていくように、思いだすたびに記憶の中の光景は細かなところが薄れていく。

真っ暗な世界を、二人は進んでいるのだった。空の闇と陸の闇がひとつに溶け合って、どこから来たのか、どこへ行くのか、なにも定かではなく、ただふわふわと浮かぶように、おまえとエリはいる。

エリの叔父《おじ》は立ち退きの書類に判子を捺《お》した。三月にこの町を離れ、東京に向かう。

あたしは東京になんか行きたくないけど、とエリはつぶやくように言った。

手紙くれる？　とおまえは言う。

あたし字がへただから手紙あんまり好きじゃない。

電話でもいいけど。

しゃべるの嫌い。

しゃべらなくていいから、電話して。

なんで？

言葉に詰まると、エリはうつむいてクスッと笑い、歩くの疲れたから、と自転車の荷台に腰かけた。

おまえは自転車を押してしばらく歩き、サドルにまたがった。

重くない？　だいじょうぶ？

だいじょうぶ。

やっぱり降りようか、あたし。

いいから、つかまってて。

ハンドルを握る両手に力を込め、ペダルを強く踏み下ろした。最初はバランスがうまくとれずにふらついたが、やがてスピードに乗ると、自転車は不思議なほど軽く、滑るように夜の闇を切っていった。

さっきの火事って放火だよね、とエリが言う。

青稜会だよ。おまえは目の前に広がる闇をにらみつける。あいつら、やくざだから、なんでもやるんだ。

また、やると思う？

思う。

あたしも。

「沖」の家がぜんぶなくなるまで、やるよ、あいつら。

でも、「浜」のひとたちは、そのほうがいいんでしょ？

そんなことない——とは言えなかった。

おまえはペダルを踏む足にさらに力を込める。風が頬に当たる。暗闇がたぐり寄せられる。漕《こ》ぐ。漕ぐ。漕ぐ。アスファルトの路面を滑り、夜の闇を泳ぐ。もう走れないひとのために、顎《あご》をひき、奥歯を嚙《か》みしめて、疾走する。

うわあっ。

エリがはずんだ声をあげた。

ブレーキをかけると、ほらあそこ、と松葉杖を振って海の側の田んぼを差した。

刈り入れの終わった広大な田んぼの地面ぜんたいから、ほの白い靄《もや》が揺れながらたちのぼっていた。まるで大地が白い息を吐き出すように。

きれいだけど、怖いね、なんだか。

うん……。

ここ、百年前には海だったんだもんね、怖いよね、やっぱり。

黙ってうなずくと、背中に温《ぬく》もりと重みが触れた。

海を陸にするのって、おかしいのかもね。

エリの声が、背中にじかに響く。

おまえはまた自転車を漕ぎはじめる。最初はゆっくりと、徐々にスピードを上げて。

滑走路のようにまっすぐに延びた道路を走る。飛び立つことはできなくても、海の方角に向かって走る。

家の近所で自転車を降りるまで、エリはおまえの背中に頭を預けて、黙り込んでいた。

別れ際に、ありがとう、と言った。

火のよーじん、カチ、カチ。

子どものようにつづけ、笑って、松葉杖を支えに体の向きを変える。

路地の奥に進むエリの後ろ姿が暗闇に溶けかかった頃、ポニーテールを結ぶリボンがぼうっと浮かび上がった。

赤いリボンだった。

記憶はそういうところで、おまえに優しくなる。

記憶だけは——。

3

火事の翌朝から「浜」で流れた放火の噂は、三日後の夜、「沖」の別の集落でボヤ騒ぎが起きたことで、さらに信憑性《しんぴょうせい》を増した。今度は取り壊す前の空き家が燃えたのだった。玄関に灯油がまかれていた、と誰かが言った。いや、あれはガソリンだったらしい、と別の誰かが言った。玄関だけで近所のひとが消し止めた焼け跡に猫の死体があった、とさらに別の誰かが言って、今度はいつどこがやられるんだ、と誰もが声をひそめ、まなざしを横に逃がして、意味のない薄笑いを浮かべる。

教会のクリスマス会の前夜も、「沖」に火が放たれた。ボヤではすまなかった。取り壊された家の瓦礫《がれき》からあがった炎は、隣の、まだひとが住んでいる家にも燃え移ったのだった。その家は老夫婦の二人暮らしだった。妻は逃げて無事だったが、いったん外に出てから再び家の中に駆け戻った夫のほうは煙を吸って倒れ、顔にひどい火傷《やけど》を負った。夫は家族のアルバムを取りに戻ったのだという。子どもたちがO市やK市に出ていく前の古いアルバムは、結局灰になった。

「それがいちばん悲しいことなのです」

神父は静かに言った。「お金で取り戻すことのできないものを奪われてしまうことほど、悲しいことはありません」とつづけ、「たとえば、記憶」とため息をつく。

「でも」広間の真ん中に座ったエリが言う。「嫌な思い出も燃えてなくなったんだから、おあいこでいいんじゃないですか?」

「嫌な思い出というのはありませんよ、エリ」神父は目尻《めじり》に皺《しわ》を寄せる。「思い出はすべて、大切なものです。いとおしいものです。かけがえのないものなのです」

エリはなにか言い返しかけたが、うまい言葉が見つからなかったのだろう、納得しきらない様子でシュークリームをフォークの先でつつく。

広間の隅にいるおまえも、納得はしていない。両親が死んだ夜がエリにとって大切なものだとは、弟が恋人の家族四人を惨殺した夜が神父にとってかけがえのないものだとは、どうしても思えない。

調子よくうなずいているのは、神父のすぐ前に座った徹夫だけだった。納得しているのではない。媚《こ》びているのとも少し違う。すがっているのだと、おまえは思う。神父のそばにいて、神父の話を聞いていれば、逃げられる。教室でささやかれるようになった「放火の犯人は青稜会だ」という声から、「沖」の同級生が背中にぶつける恐怖と憎悪に満ちたまなざしから、『みよし』の前にいつも横付けされている黒いメルセデスベンツに誰かが二日前につけたひっかき傷から。

「シュークリーム、まだありますよ」と神父は言った。

徹夫は食べかけのシュークリームを急いで頬張って、はしゃいだ声で「くださーい!」と言った。

＊

あの女――と、シュウイチはエリのことを呼んだ。

「あの女、しょっちゅう出歩いてるんだな、夜」

コンビニエンスストアに買い物に行く途中、よく見かけるのだという。おとといの夜も、ゆうべも、そして今夜も。

「一人でなにやってるんだ、あいつ。ぴょこたん、ぴょこたん、松葉杖《まつばづえ》ついて。足、怪我しちゃったのか？」

「……走ってるんだと、思う」

シュウイチは「はあ？」と端《はな》から切り捨てて、「あいつなんじゃないか、放火魔」と笑った。

「走ってるんだよ」

むきになった。頬が熱くなったのも、わかった。

「あれでか？　右足ひきずってるだけだろ」

「でも、走ってる」

おまえはシュウイチをにらんで、「走ってるんだ」ともう一度言った。

シュウイチは最初へへっと笑っていたが、おまえの視線がゆるまないのを見て取って、肩を小
「なんだよおまえ」と声をすごませた。「文句あるのか、俺に」――言葉と同時に、肩を小

突かれた。最近、夜中にコンビニへ出かけるようになって、少しずつシュウイチは昔に戻ってきた。目に見えないなにかに迫られておびえることも減った。だが、ほんとうの「昔」には戻れない。日のあるうちは部屋から出られない。電話が鳴るとびくっと肩を震わせるのも、治ってはいない。

「おまえ、あの女、好きなのか?」

笑いながら、訊《き》かれた。

「……そんなのじゃないけど」

「じゃあ、なんなんだよ、さっきの目」

「……べつに」

おまえは目を伏せる。エリのことではなく、別のことを考えていた。考えたくないのに、浮かんだ。一度浮かんでしまうと、どうしても消し去れなかった。

「やれるぞ」シュウイチは唇の端をゆがめて、笑った。「あんなの、後ろから自転車でつっかけて、転ばせて、物陰にひきずりこんだら、一発でやれる」

ひゃはは、と甲高い声が出た。こころのどこかにひびが入る音だとおまえは思う。

「好きじゃないんだったら、俺、今度、やってやろうか。すぐできるぞ、簡単だぞ」

思わず顔を上げた。シュウイチをにらみつけた。抗議ではなく、怒りで、にらんだ。今度はシュウイチも気おされて視線を泳がせた。「冗談だけどな」と取って付けたように言って、ひゃはは、ひゃはは、と笑う。

はっ、と甲高く笑って、そのまま自分の部屋に入って、あとはもう声をかけても返事をしなかった。

シュウイチは「忘れた」と言った。つづく問いを封じるように、ひゃははっ、ひゃはは

「エリをどこで見たの？」

を走ったりはしないはずだった。

「沖」から国道までは、松葉杖で往復できるような距離ではない。そして、エリは、「浜」

「お兄ちゃん……エリに、国道で会ったの？　あいつ、国道まで来てるの？」

頭の中で思うことは、エリから、また別のものへ移った。

「お兄ちゃん」

＊

年末年始の間は息をひそめていた放火犯は、正月が明けて学校の三学期が始まると、また「沖」のあちこちに火を放つようになった。

二学期のうちに三分の一ほどが転校してしまった「沖」の同級生の家も――やられた。農機具をしまってある納屋を燃やされたのだった。

「沖」の中でもいっとう海に近い集落では、〈リゾートランド計画絶対反対〉の大きな立て看板が焼け落ちた。

「沖」の集落の中には、見回りをする自警団をつくったところもある。警察のパトロール

も始まった。だが、放火犯は夜の闇に紛れて路地を縫うように移動して、空き家や瓦礫に火をつけてまわる。

　教室の空気は、青稜会のしわざだということでまとまっていた。徹夫に話しかける「沖」の同級生はもうほとんどいない。一月の終わりには、「沖」の三年生のグループが昼休みに教室にやってきて、ふざけた真似をするなと青稜会の奴らに言ってこい、と徹夫を脅した。徹夫がつまらない冗談を言ってその場を取り繕おうとしたら、一人が血相を変えて胸ぐらにつかみかかりそうになり、まわりの仲間に止められた。こいつに恨まれると青稜会の極道に火をつけられるぞ、と止めた男は憎々しげに徹夫に顎《あご》をしゃくった。

　おとなたちも噂する。

　青稜会の連中にしては、「沖」の地理に詳しすぎはしないか——。

　袋小路も多い入り組んだ路地を、しかも街灯すら満足に設《しつら》えられていない真っ暗ななか、犯人は夜回りの順路を巧みにはずして火を点《つ》け、誰にも見られることなく逃げている。「沖」か「浜」か、いずれにしてもこの町の人間がからんでいるはずだと、おとなたちは考える。青稜会の連中の手先になっているのかもしれない、意外と子どものほうが路地には詳しいだろう、この町の子どもで青稜会といちばん近いのは……。

　二月の初めの早朝、『みよし』の窓ガラスが割られた。

　その日からダンプカーはいままで以上に乱暴な運転で干拓地を走るようになり、立ち退きの終わった家を取り壊すユンボの爪が、路地を歩く老婆や幼い子どもの頭上にふりかざされることが増えた。

そして。

二月の半ば、炎が初めて「浜」の夜を襲った。農家の庭に停めてあった軽トラックが燃やされたのだった。

徹夫は学校に来なくなった。

＊

三月の学年末試験の最終日、おまえは学校からそのまま教会を訪ねた。

神父は庭に出て、花の苗を植え替えていた。おまえに気づくと、「手伝ってくれますか」と笑う。

「……なんの花ですか」

「ワスレナグサ。四月か五月頃には、青いきれいな花が咲きますよ。ほんとうは地面にじかに植えるよりも植木鉢のほうがいいんですが、だいじょうぶ、きちんと手入れしたら咲きます」

スコップを手渡され、その場にかがみ込んで、かたちだけ地面を掘った。

「どうしました？　元気ないですね」

「ちょっと……」

「テツくんは学校に来ましたか？」

なにも答えないのが答えになった。

神父は、そうですか、と息だけの声でうなずき、軍手をはめた手で苗を植えたあとの土を均《なら》しながら、言った。

「教会には、ゆうべも来ましたよ。毎晩毎晩、来てくれます」

スコップの先ですくった土を、ズックのつま先にこぼした。

「テツくんは、家にも店にもいたくないんです」

「……はい」

「学校で、誰からも口をきいてもらってないんですってね。シュウジもそうしてるんですか？」

これも、沈黙が答えになる。

「絶対に放火なんかしてないって、泣きながら言ってました、ゆうべ」

「……はい」

「わたしは、テツくんを信じます」

きっぱりと言う神父のまなざしに気おされて、おまえはうつむき、スコップを地面につきたてる。

「エリも、この前一人で教会に来ました。東京に行きたくない行きたくないって、そればっかり」

「学校で終業式のあとでお別れ会するって決まったのに、あいつ、そういうの嫌だって。

東京に行く日も誰にも教えないって」

「エリらしいですねえ」

神父は笑って、その顔のまま、手に持っていたワスレナグサの苗をポットに戻し、「中に入りますか？　それともこのままのほうがしゃべりやすいですか？」と訊《き》いた。

おまえはスコップの穿《うが》った浅い穴を見つめ、つぶやくように言った。

「放火してるの……お兄ちゃんかもしれない……」

第七章

I

階段の軋《きし》む音が、かすかに聞こえた。

部屋の明かりを消した暗がりのなか、おまえは布団にもぐり込んだまま息を詰める。

階段が、また軋む。

おまえは布団から顔を出す。床に就く前に切ったストーブの暖気はとうに消え失せて、鼻の先がじんと痺《しび》れる。

枕元の時計を手に取って、蛍光塗料を塗った針の位置を確かめた。午前一時過ぎ。時計を戻し、息を詰めたまま起き上がる。パジャマには着替えていなかった。眠ってもいない。予感があった。昨日までみぞれ交じりの冷たい雨が降りつづいていたせいで、シュウイチが真夜中に出かけるのは、これが数日ぶりだった。

階段の足音は一歩ずつ下に降りていく。

階下に音や光はない。だが、両親がほんとうに寝入っているかどうかはわからない。父親も母親も、おまえと同じように息をひそめて、そうであってほしくないという祈りを込めて、布団の中で気配を消しているのかもしれない。

三日前の夜、シュウイチは母親を殴った。夕食のおかずが冷めていたという、つまらない理由だった。父親はすでにその何日か前に、腹を蹴《け》りつけられていた。そばで見ていたおまえにもわからないほどの、ささいなことが理由だった。母親はともかく、大工仕事で毎日体を動かしている父親は、本気で組み合えばシュウイチなど拳《こぶし》を固めるまでもなく倒せるはずだった。それでも、父親はシュウイチの胸ぐらをつかまない。蹴られた腹を押さえて床にうずくまり、お母さんとシュウジには手を出さないでくれ、とうめき声で訴えるだけだった。

食器棚のガラスがすべて割れてしまったのは、そのさらに数日前。同じ日に、ダイニングテーブルの天板にも、えぐったような傷がついた。シュウイチが奇声をあげて振り回した金属バットは、居間の襖《ふすま》にも穴をいくつも開けた。ファンヒーターもへこみ、灯油タンクを出し入れできなくなって、居間は昼間でも上着を羽織らなければならないほど寒くなった。

壊れたシュウイチは、壊れたまま、自分以外のものを壊しはじめた。止める者は家の中には誰もいなかった。父親はただ黙り込み、母親はおびえ、すすり泣いて、けれど外の誰にも助けを求めない。我が家の恥を表には出さない。夕方になってシュウイチが起き出す気配を察すると、母親は早々に雨戸をたててしまう。だから、おまえはそっと勝手口の内《うち》鍵《かぎ》を開けておく。逃げ道を失ってしまいたくはない。だが、家の外に逃げだしたとき、「助けてぇ!」と大声をあげられるのかどうかは、自分でもよくわからないでいる。

壊れたシュウイチが、階段を降りる。階下に着くと、洟《はな》を啜《すす》る。玄関に向かう。

おまえは顔をゆがめ、何度か深呼吸してから再び息を詰めて、階段を降りていく。

信じなさい——と神父は言ったのだ。

まさかそんなことはないでしょう——とは言ってくれなかった。

これ以上問題が大きくならないうちに早く親か警察に相談しなさい——とも言わなかった。

神父は、ただ、信じなさい、と言った。

放火なんかしてないってことを?

そうじゃありません。

よくわからないけど。

シュウジは、お兄さんが放火していないんだと信じていますか。

おまえはかぶりを振った。

じゃあ、お兄さんのことは、信じていないんですか?

うなずいたのだ。

神父は、短く、憐《あわ》れむように笑った。

信じなさい。

だから、なにを？

お兄さんを。

でも、放火、たぶん、してると思うけど。

わかりませんか、シュウジ、わたしはお兄さんを信じなさいと言ったのです。放火をしていようがいまいが、そんなことは関係ないのです。あなたは、わたしたちは、にんげんは、お兄さんというにんげんそのものを信じてあげるしかないのです。

でも、信じられない。

あなたはお兄さんを信じているのですか、それとも、お兄さんが罪を犯していないことを信じているのですか。

おまえは黙りこくった。

神父はまた、今度は弱くちっぽけなものを慈しむように笑った。

罪を犯したお兄さんのことも信じてあげればいいのです。

屁理屈《へりくつ》みたいだけど。

そうですか、じゃあ、シュウジは、あなたにとって都合のいいことをしているときのお兄さんだけを信じるわけですね。

そんなことないけど。

じゃあ、信じてあげなさい。壊れたお兄さんのこと、罪を犯したお兄さんのこと、お兄さんというにんげんのすべてを。

おまえは、消え入りそうな小さな声で、はい、と答えたのだ。罪を犯そうとするひとを止められるのは、そのひとの丸ごとすべてを信じている相手だけなのです——最後に、神父はそう言ったのだ。

シュウイチは玄関でダウンジャケットを羽織り、スタンドカラーのいちばん上のボタンまで留めて、ニットキャップを深くかぶる。ジャケットもキャップも、黒。履いているコーデュロイのパンツも黒。ジョギングシューズも黒。

玄関のドアを開けた。

後ろ姿が夜の闇に溶けかかったとき、シュウイチの足が止まる。

ゆっくりと後ろを振り返る。

目が合った。

「……お兄ちゃん、どこに行くの？」

おまえは後ろ手にドアを閉めて、白く曇った息と一緒に言った。

シュウイチは驚きも戸惑いもせず、ただ黙っておまえを見つめる。

盛り上がった頬が下瞼《したまぶた》を圧迫しているせいで、目が細くなっている。息をつくごとに肩が上下する。太った、というより、むくんだ。黄色く膿《う》んだ吹き出物が口のまわりにいくつもできて、この距離ならわからないが、きっと息は饐《す》えたように臭い。

「コンビニに行くの？」

おまえが訊《き》くと、シュウイチは「ああ」とも「うう」ともつかず喉《のど》を鳴らした。

「僕も一緒に行きたいんだけど……」

返事はない。

「自転車で行くんでしょ？　僕もついていっていい？」

返事はない。

「一緒に行こう、お兄ちゃん」

シュウイチは無言のまま、自転車を停めてあるカーポートに向かって歩きだした。

「お兄ちゃん」おまえは小走りにあとを追う。「ちょっと待って」

シュウイチは立ち止まり、振り向いた。腹のあたりで、なにかが鈍く光った。銀色の、小さな、とがった、なにか――。

おまえはビクッと肩を揺すって、一歩あとずさる。

「……やめてよ、お兄ちゃん」

「来るな」低く濁った声。「帰れ」

「ほんとにコンビニに行くの？」

「帰れ」

「コンビニに行って、すぐに帰ってくる？」

シュウイチはナイフを持った右手をゆっくりと、けだるそうに体の前に伸ばしていった。

刃が胸の高さに来る。まっすぐに、おまえに向けられている。

「帰れ」

シュウイチの右手が少し動いた。おまえはまた一歩あとずさる。

「帰れ」

「お兄ちゃん……」

声が震えた。だが、よく見るとナイフの切っ先も小刻みに震えていた。

恐怖が、するりと裏返るように、悲しみに変わった。

おまえはあらためてシュウイチを見つめる。壊れてしまったシュウイチの、もうきっと元には戻れない暗いまなざしを受け止めて、神父の言葉を頭の奥に浮かべる。

信じなさい——。

「お兄ちゃん」

信じなさい——。

「僕に、なにかできること、ある?」

信じなさい——。

「あるんだったら、なんでも言って」

信じなさい——。

シュウイチは右手をだらんと下げ、むくんだ頬をゆるめた。

「なにもないよ」

ナイフの刃を折り畳んで柄《つか》に収め、おまえに背を向けて歩きだす。

おまえはその場にたたずんだまま、シュウイチが自転車の鍵をはずし、スタンドを撥《は》ね上げて、サドルにまたがってペダルを踏み込むのを、音の消えたテレビ画面の中の映像を見るように、ぼんやりと目に流し込んだ。

シュウイチの自転車は外の通りに出る前に、大きなカーブを描いておまえの横を通り過ぎた。

「早く家に入らないと風邪ひくぞ」

すれ違いざま、シュウイチはつぶやくように言った。

＊

家の中に戻ったおまえは、明かりが消えたままの居間や台所を見まわして、両親が起きてくる気配がないのを確かめてから、二階に上がった。

パジャマに着替えて、布団にもぐり込む。掛け布団を頭からかぶり、うつぶせて、枕を胸に抱いた。

だいじょうぶ。自分に言い聞かせた。絶対に、だいじょうぶ。

シュウイチが帰ってくるまでは眠らずにいようと決めた。玄関のドアが開く音が聞こえたら、いや、その前に自転車にブレーキをかける音が外から聞こえたら、きっと両肩にのしかかっていた重みがすうっと消えて、心地よく眠りに落ちることができるだろう。

おまえはうつぶせたまま腰を少しだけ浮かせ、パジャマのズボンの中に右手を差し入れた。ブリーフの前をまさぐって、性器を手のひらで包み込む。

エリとアカネの顔を交互に思い浮かべて、エリだ、今夜は。

手のひらに伝わる温《ぬく》もりが、高ぶりに変わる。固くなる。熱くなる。姿勢を仰向けに変えて、瞼を薄開きにする。

エリがいる。おまえのまなざしは、いつも斜め後ろから。肩の線、首筋、顎《あご》、頬、耳、そして、実際にはないはずのポニーテール。

不思議だ、といつも思う。エリとアカネとを比べると、エリのほうが遥《はる》かに近くにいるはずなのに、エリの裸は決して想像できない。

アカネなら、雑誌のヌードグラビアの裸体をそのまま重ねればいい。小学生の頃に鬼ケンのトラックで見せられて聞かされた、股間《こかん》を指でもてあそばれてあえぐアカネの姿は、いまでもくっきりと浮かぶ。触れれば肌のやわらかさがわかりそうなほど。

エリは違う。制服姿や部活のジャージ姿から先へは想像が進んでいかない。毎日学校で会っているのに、思い浮かべる姿は、ひどく遠い。

あと二十日ほどで三学期が終わる。エリは東京に行ってしまう。たぶん、もう会えない。

おまえはエリを斜め後ろから見つめる。性器を包む手のひらをゆっくりと上下させる。

エリがいる。いるのに、遠い。カメラをズームさせるように近づいてみる。性器を少し強く握る。服を脱がせたいのに、どうしてもそれができない。できないから、いい。腰の奥が、じん、とする。パジャマのズボンを膝《ひざ》まで下ろす。エリのポニーテールが揺れる。首筋が白い。顎が細い。睫《まつげ》が長い。パンツを下ろす。性器が熱い。歯を軽く嚙《か》みしめる。漏れる息が揺らぐ。エリがいる。遠ざかる。また近づいてくる。もっとそばに。息がかかるほどそばに。唇で触れたい。

アカネなら、幻の中で、最後までできるのに。乳房を揉《も》んで、吸って、頭を両手で抱きかかえてもらって、やわらかい、あたたかい、溶けるような肌に包まれて、体が入れ替わると、厚ぼったい唇がおまえの全身を、つねるように吸ってくれるのに。

エリは振り向かない。なにも気づいてくれない。

眉《まゆ》を寄せる。小さく、うめく。

手のひらの動きを速くする。

握りしめる指の角度を変える。

親指をあてる位置が、コツ。

そういうことばかりうまくなる。

そういうことばかり、毎晩、している。

そういうことを、やめられない。

＊

連続放火事件の記事が新聞の地方面に載った朝、エリに「ちょっといい？」と廊下に呼び出された。学校で話しかけられたのは、初めてだった。

神父からの伝言を預かっている、と言った。

「あんたのお兄さんに、また教会に遊びに来ませんか、だって」

おまえはうつむいて、小さく首を横に振った。

「無理だよ」

聖書は、まだシュウイチの部屋にある。ときどき読んでいるのだろう、とは思う。だが、教会へは行かないだろう。

「神父さまにひどいこと言っちゃったんだってね、お兄さん。でも、神父さまは気にしてないよ。お兄さんに話したいことがたくさんあるって言ってた」

「でも……無理だと思う」

エリも最初から予想していたように、「とにかく伝えたから」とだけ言って、背中を向けた。

ためらいながら呼び止めた。

「なに？」と振り向くエリから目をそらして、「兄貴が、夜、おまえのことよく見かける、って」と言った。

「そうなの？　あたし、走ってるときは、まわりのこと全然見えないから」

走っていたのだ——やはり。

「どのへん走ってるんだ？」

「近所」

シュウイチがエリを見かけたのは「沖」だったのだ——やはり。

目をそらしたまま、言った。「交通事故や、あと……痴漢も出るかもしれないし……」

シュウイチの甲高い笑い声が、耳の奥でよみがえった。つまらないことを言ってしまうおまえを嘲笑《あざわら》っているのだった。

「よけいなお世話」

そっけなく言って松葉杖《まつばづえ》をついて歩きだしたエリは、その場に残ったおまえを、教室に入る前に振り向いて、「教会に連れていったほうがいいんじゃない?」と言った。「いろんなことしゃべると楽になるって神父さま言ってるし、あたしもそうだったし、徹夫くんも、いま、そうだと思うし」

ほんとだよ、と少しだけ笑った。

学校で笑顔を向けられたのも、初めてだったかもしれない。

＊

その夜も、おまえは、性器をもてあそんだ。目をつぶって、どうしても思い描けないエリの裸体を追いかけて、追いつけないまま、寂しさの溶けた熱いものをほとばしらせた。ティッシュペーパーで後始末をしていたら、「沖」のほうからサイレンが聞こえた。やがて、それに消防団の鳴らす鐘の音が重なった。

おまえは布団から跳ね起きて、窓辺に向かった。雨戸を開け放つと、干拓地の西のほうで火の手があがっていた。

シュウイチはまだ帰っていない。階下で両親が起き出した気配も、ない。

消防車が干拓地の道路を東から西へ向かう。その後ろについているのは、パトカーだった。

膝に力が入らず、体をうまく支えられない。窓枠に手をかけて、滑るように干拓地を走る消防車とパトカーの赤色灯をぼんやりと目で追った。

終わった、と思った。なにが――は浮かばない。ただ、ぽっかりと、「終わり」があった。

空と陸と、ここからでは見えない海を分ける防波堤が、ほの白く夜の闇に浮かぶ。

あの白い帯を越えていったんだ、と思う。

もう、こっちには帰ってこない。昨日までの雨の名残で重く湿った夜空を、「終わり」がゆらゆらと揺れながら漂う。空の遥かに昇っていくのか、海の彼方へと向かうのか、とにかく再びここへ戻ってくることはない「終わり」が夜空にあった。

炎は、暗い色をしている。煙も見える。炎は伸び上がるように大きくなったかと思うとしぼみ、このまま消えていくのかと見ていたら、また火勢を増していく。

おまえは窓枠にかけた指先に力を込め、息を大きく吸い込んで――叫んだ。

言葉にはならない。犬が吠《ほ》えるように、叫ぶ。声変わりが始まった喉《のど》がひきつったように痛み、声が裏返った。

息を継ぎ、さらに叫ぶ。声はどこにも跳ね返ることなく、がらんどうの干拓地に吸い込まれて消える。

階下から音が聞こえた。

電話の呼び出し音だった。

「終わり」の終わりを告げる音が鳴り響く。

家の前に車が停まる。

赤色灯を消したパトカーから、険しい顔をした男たちが降りてくる。

「終わり」の次の物語が、始まった。

2

「浜」のひとびとは、三日もしないうちにすべてを知った。「沖」に残ったひとびとのもとには弁護士が駆けつけた。

真夜中に電話が鳴りつづける。受話器を取ると、すぐに切れる。ラジオがハウリングを起こしたような音が耳を突き刺すこともあるし、押し殺した笑い声がからみつくこともある。

誰かが電話で言った。

この、赤犬が――。

おまえには初めて聞く言葉だったが、両親はシュウイチが逮捕されたあと、その言葉を何度か低い声で口にしていた。

我が家は赤犬を出した、らしい。赤犬を出した家は、昔ならその土地にいられなかった、らしい。

赤犬というのは、放火をした者のことだった。真夜中の、家の軒先を走る犬。路地を駆け抜ける犬。闇に紛れ、息をひそめ、獲物を見つけると牙《きば》を剝《む》く犬。

シュウイチは赤犬になった。

「こんなことなら……」

父親はお湯で割った焼酎《しょうちゅう》を呷《あお》りながら、うめく声で言った。

「誰か一人刺し殺してくれたほうが、よっぽどよかった」

ひとごろしよりも赤犬のほうが罪が重い。法律ではなく、ひとびとの掟《おきて》では、そうなっているのだという。

赤犬を出した家への制裁は、村八分ではおさまらない。屋敷と土地を奪われ、ひとびとからありったけの憎悪をぶつけられ、地べたに足蹴《あしげ》にされるように蔑《さげす》まれ、たとえなぶり殺しにあったとしても文句は言えない。

「戸締まりに気をつけろ」

酔った父親は呂律《ろれつ》のまわらない口調で繰り返す。

だが、母親はその言いつけに従わない。へたに戸締まりを厳重にしてしまうと、外から火を点《つ》けられたら、逃げられない。

「それでもいいだろう」

吐き捨てるように、父親は言う。

「そのほうがいいんだ」

酒臭い息で、言い直す。

電話が鳴る。父親も母親も出ようとしない。しかたなく電話台に向かうおまえに、母親が身振りで、誰もいないから、と告げる。

おまえは黙ってうなずき、受話器を取りあげる。

男の怒声が耳に飛び込んでくる。

殺してやる、と言われた。家に火を点けられるのとどっちがいいんだ、と訊《き》かれた。

どっちも嫌なら――そこで、声に下卑た笑いが溶ける。

迷惑をかけたご近所に金を包んでまわるぐらいの誠意を見せろ。

受話器の向こうで別の男たちがどっと笑い、その笑い声がしぼまないうちに電話は切れた。

受話器を置くと、また呼び出し音が鳴り響く。

今度は、事務的な口調で話す男だった。男は、ここがシュウイチの家かどうか念を押して尋ねてから、自分はシュウイチに放火された「沖」の何軒かの地主の代理人だと告げて、父親か母親に電話を代わるよう言った。

誰もいません、どこに行ったかも、いつ帰るかもわかりません。何度も繰り返した言葉を、喉を絞って言う。

でも、もう十一時ですけどねえ。こういうひとは相手が子どもでもくだけた言葉遣いはしない。おまえはこの数日間で、それを学んだ。

だったら、いまからお宅におうかがいしてもいいんですけどねえ。芝居がかった抑揚をつけて言う。こういうひとは、誰も、いつも。

おまえは黙って電話を切った。

「線を抜け」

父親が湯呑《ゆの》みに焼酎をどぼどぼと注ぎながら言う。「でも、弁護士さんから……」と母親が言いかけるのを、焼酎のボトルを乱暴にテーブルに置く音でさえぎる。

「シュウジ、早くしろ、さっさと抜け」

父親の声がいらだたしげに、おまえの背中を小突く。

母親は、もう、なにも言わなかった。洟《はな》を啜《すす》る音が聞こえたから、涙ぐんでいるのかもしれない。母親は毎晩泣いている。昼間、O市にある警察署に出かけているときも、きっと泣いているだろう。

おまえは電話台の裏に手を入れ、壁のモジュラージャックから電話線を抜き取った。

父親は、ふーう、と息をついて、母親に言った。

「明日は、ゆっくりでいいから」

ひとりごちるように言ったその言葉で、おまえは、父親がまた一つ現場の仕事を失ったことを知る。

身内から赤犬を出してしまったというのは、大工の世界では許されないことだった。それまでいくつもの現場を掛け持ちしていた父親は、シュウイチのことが知れ渡るにつれて、次々に現場からはずされていった。

シュウイチは、我が家には火を放たなかった。それが、シュウイチが我が家をなによりも憎んでいたということの最大の証《あかし》なのかもしれない。

＊

おとなの世界の制裁は、子どもたちにも伝わる。

おまえに話しかけてくる級友は、誰もいない。

「赤犬を出したら、その家族にも同じ責任があるんだ。イチゾクロウトウ、みんな、昔だったら集団リンチなんだ」

徹夫が、『みよし』で聞きかじった話を学校中にふれまわる。シュウイチが捕まるまで自分が放火犯だと疑われていたぶん、はしゃいでいる。

「いいか、赤犬の家の奴としゃべったら、そいつも赤犬と同じになるんだぞ。目も合わせたらだめだぞ。赤犬がうつるぞ。一度赤犬になったら、自殺するまで赤犬なんだぞ。それが怖かったら、いいな、絶対にシュウジとは口をきくな」

そして、徹夫は言う。

「俺たちは、被害者だぞ」

ぴんと来ない顔の級友がいれば、声を耳にねじ込むようにつづける。

「あいつの兄貴がもし捕まらなかったら、今度はおまえの家が燃やされてたかもしれないんだから」

朝、登校して教室に入ると、椅子がベランダに放り出されている。机の上に〈死ね！〉と落書きがある。体育館シューズを隠された。休み時間にトイレに行っている隙に、教科書をびりびりに破られた。

なるほどな、と思う。これが、いじめというやつか——。

ニュースやドキュメンタリー番組の画面を観ているように目に映る光景をうんと遠くに置けば、その真ん中に、立ちつくす自分がいる。

おまえも大変だよなあ、と笑ってやる。ドラマの主人公みたいだぞ、とからかってやる。

三学期はもうすぐ終わる。だが、徹夫の口振りからすると、二年生に進級しても、「赤犬の弟」は「赤犬の弟」のままだろう。

俺が自殺すれば終わるのか？

ばーか、と校舎の裏の側溝に投げ込まれていた体育館シューズを棒で拾い上げながら笑う。

それとも誰かが殺してくれるのか？

俺はべつにどっちでもいいけどな、と教科書の表紙をセロハンテープで留めながら笑う。笑う自分を、おまえは遠くから眺める。離れろ、離れろ、とおまえはおまえに言い聞かせる。こんな奴にくっついてると、俺まで「赤犬の弟」になっちゃうぞ……。

＊

シュウイチは、おそらく我が家には帰れない。少年鑑別所をへて少年院へ。弁護士は精神鑑定を要求するつもりだと言っていたが、母親はそれを激しく拒んだ。そういう子どもが出たと知られたら親戚《しんせき》の縁談にも差し支えるからと訴えて、弁護士を失笑させた。

哀れな母親だった。

O市の警察署に日参しても、シュウイチは接見を拒みつづける。弁護士や婦人警官とは話しても——ときどき冗談めいたことも口にしていても、両親には、特に母親には絶対に会いたくないんだと言う。

父親は、大工の仕事をすべて失った。O市やK市の棟梁《とうりよう》や建築会社に手当たり次第に連絡をとっても、「赤犬の父親」に家を建てさせようとするところは一つもなかった。

父親は、隣の県で働きだした。か細いつてを頼り、シュウイチの話が伝わらないことを祈って、安い仕事でも、つらい仕事でも引き受ける。

哀れな父親だった。

おまえは知っている。父親は家の外の物音におびえている。風が吹いて電線が鳴るだけで、焼酎《しょうちゅう》を飲む手が止まり、なんでもないんだと息をついてからは湯呑みを口に運ぶピッチが急に速くなる。戸棚の上には内容証明で配達された封筒が何通も置いてある。夜中に電話線を抜くな、という手紙もある。もし電話が通じなかったら何時だろうと家まで押しかけることになる、と警告なのか脅しなのか、角張った字で記した手紙も。留守番電話は一晩でいっぱいになる。笑い声がある。怒声がある。受話器を叩《たた》きつけるような音もある。「出ていけ」と誰かが言う。「慰謝料を払え」と誰かが言う。「金がなければ家や土地を売れ」と誰かが言う。「自殺して生命保険の金で払え」と誰かが言う。「死ね」と誰かが言う。「まだ死なないのか」と誰かが言う。「殺すぞ」と誰かが言う。誰かが言う。誰かが言う。誰かが言う。顔のわからないたくさんの誰かに追い詰められて、父親は、泊まり込みの仕事を喜ぶようになった。

おまえは、シュウイチがいなくなってから、たくさんのことを学んだ。

父親が、思ったほどには強いひとではなかった、ということ。

母親が、思ったとおり弱いひとだった、ということ。

親戚や近所のひとたちと我が家とは、決して仲が良かったわけではなかったんだ、ということ。

学校で学んだこともたくさんある。

徹夫はいつのまにか学校中を――二年生や三年生も含めて、味方につけていた。最初のうち徹夫を放火犯だと言いふらしていたのはおまえ、ということになっていた。おまえはシュウイチの犯行を早いうちに知っていた、らしい。シュウイチをかばうために徹夫に濡《ぬ》れ衣《ぎぬ》を着せていた、らしい。徹夫は嘘がうまい。味方をつくるのもうまい。『みよし』に集まる青稜会の若い衆が、組の息のかかったK市の暴走族のステッカーを何枚もくれた。それが欲しくて、三年生の柄の悪い連中は「テッくん、テッくん」としょっちゅうまとわりついている。

あいかわらず、おまえと口をきく者はいない。ロッカーに入れておいたジャージに給食のマーガリンがべったりついていた。上履きがなくなった。通学鞄《かばん》にカッターナイフで傷をつけられた。

止める者は誰もいない。最初のうちは声をかければ返事ぐらいはしていた何人かも、やがて、おまえにはっきりと背中を向けるようになった。多数決というやつなのだろう、とおまえは笑う。

遠い。すべてが遠くにある。

おまえはそれをぼんやりと見つめる。

いままで友だちがたくさんいたつもりだったのに、じつはそうではなかったのだと知った。敵になってはいなかった、というだけのことだったのだ。意外と孤独に強いんだとも初めてわかった。四月に二年生に進級してからもこの状態がつづいたとしても、嬉《うれ》しくはないけれど、べつに悲しむほどのことではない。

ただひとつ、不安なことがあるとすれば、エリがいなくなってからも平気でいられるかどうか。

エリがおまえに話しかけてくることはない。おまえも声はかけない。目も合わさない。それでも、おまえにはわかる、徹夫たちとエリは違う。エリだけは違う。「ひとり」がもう一人いる。もっと強い「ひとり」がいる。だから、おまえは孤独に耐えられる。「ひとり」が一人でいてくれるから、おまえは自分の「ひとり」を受け容《い》れられる。エリという「ひとり」を一人のままにしておかなければ自分の「ひとり」を背負いきれないから、おまえはエリには話しかけない。教会にも行かない。神父も「ひとり」でいるんだと思い、あのひとはエリよりも強い「ひとり」なんだと信じて、弱い「ひとり」の意地がくじけてしまうのが怖いから、教会へは、いまは行きたくない。

にんげんはみんな、「ひとり」なんだから。ときどき、自分に言う。「ひとり」で生まれて、「ひとり」で死んでいくのだから、と言い聞かせて、カッコつけてるよなあ、と笑う。

ひとりごとが増えた。

「ひとり」で過ごすおまえは、意外とおしゃべりな少年だった。

*

シュウイチの部屋は、敷きっぱなしだった布団を片づけただけで、あとはそのままにしてある。警察のひとがノートやビデオテープや本を何冊か持っていった。聖書は部屋に残された。「これ、誰の?」と警察のひとに訊《き》かれたおまえが「僕のです」と答えたからだ。聖書が部屋にあることを知らなかった母親は怪訝《けげん》な顔になり、その日のうちに父親にも話し、教会のことを問いただされるだろうとおまえは覚悟していたが、両親はなにも言わなかった。そんなことはもうどうでもいいのだろう。

シュウイチの布団にはダニがわいていたらしい。母親は布団を一度は外で干したが、午後になって陽射しが暖かくなってきた頃、布団叩きを手に庭に出て、不意に物干し竿《ざお》からひきずり下ろすように布団を地べたに落とし、布団叩きで打ち据えた。泣きながら叩いていた。

＊

おまえは、聖書を、かつてのシュウイチのように読みふける。かつてのシュウイチのように「ヨブ記」を繰り返し、読んだ。

聖書には難しい言葉も多かったが、ああ、これだ、というくだりを見つけたら、そこに線をひいた。

たとえば、第七章の、こんなところ。

〈記憶せよ、わたしの命は息にすぎないことを。

わたしの目は再び幸《さいわい》を見ることがない。
わたしを見る者の目は、
かさねてわたしを見ることがなく、
あなたがわたしに目を向けられても、
わたしはいない。
雲が消えて、なくなるように、
陰府《よみ》に下る者は上がって来ることがない。
彼は再びその家に帰らず、
彼の所も、もはや彼を認めない〉

強くありたいときには、第一三章を繰り返し、読む。

〈黙して、わたしにかかわるな、わたしは話そう。
何事でもわたしに来るなら、来るがよい。
わたしはわが肉をわが歯に取り、
わが命をわが手のうちに置く。
見よ、彼はわたしを殺すであろう。
わたしは絶望だ。

しかしなおわたしはわたしの道を
彼の前に守り抜こう〉

真夜中に嫌な夢を見て起きてしまったときは、布団から顔だけ出して、第七章の後半を一言ずつ、つぶやきながら読む。

〈わたしは海であるのか、龍であるのか、
あなたはわたしの上に見張りを置かれる。
『わたしの床はわたしを慰め、
わたしの寝床はわが嘆きを軽くする』と
わたしが言うとき、
あなたは夢をもってわたしを驚かし、
幻をもってわたしを恐れさせられる。
それゆえ、わたしは息の止まることを願い、
わが骨よりもむしろ死を選ぶ。
わたしは命をいとう。
わたしは長く生きることを望まない。
わたしに構わないでください。

わたしの日は息にすぎないのだから。
人は何者なので、あなたはこれを大きなものとし、
これにみ心をとめ、
朝ごとに、これを尋ね、
絶え間なく、これを試みられるのか。
いつまで、あなたはわたしに目を離さず、
つばをのむまも、わたしを捨てておかれないのか。
人を監視される者よ、わたしが罪を犯したとて、
あなたに何をなしえようか。
なにゆえ、わたしをあなたの的とし、
わたしをあなたの重荷とされるのか。
なにゆえ、わたしのとがをゆるさず、
わたしの不義を除かれないのか。
わたしはいま土の中に横たわる。
あなたがわたしを尋ねられても、
わたしはいないでしょう〉

おまえは終業式の日を「ひとり」で迎えた。講堂での全校生徒が集まった終業式が終わると、教室で通知表が配られた。主要五教科はすべて5、体育と美術は4、残りは3。二学期に4だった理科が5に上がり、5だった美術が4に下がったが、喜んだり落ち込んだりという感情の動きは、ほとんどなかった。すべてが遠い。遠くにいるおまえを、おまえが見ている。

3

担任の石倉は春休み中の注意事項を簡単に伝えると、最後にクラスの何人かの名前を読み上げ、前に出てくるよう言った。

皆、転校していく同級生だった。ぜんぶで五人、「沖」の家を引き払って、O市やK市、あるいはもっと遠くに移り住む。

エリも――五人の右端、石倉からいちばん遠いところに立った。

ほかの四人は緊張した顔をしていたり、照れ隠しに隣どうしで肘《ひじ》をつつき合ったりしていたが、エリは無表情に窓の外を見て、松葉杖《まつばづえ》で体を支えて立っていた。最後の最後まで「ひとり」でいる。その姿が、まぶしい。

石倉が、順に引っ越し先を告げた。この町にとどまる――「沖」から「浜」へ移り住む者は誰もいない。なるべく大きな街へ行く。きっと、新しい街では、「沖」の話はしない。

いちばん遠くへ行ってしまうのは、エリだった。おまえは東京には行ったことがない。テレビや本で見るだけの街だった。エリが足を怪我する前、陸上部の高橋が言っていたことを思いだす。エリが県大会で優勝すれば東京や大阪の陸上の名門校から入学の誘いが来るだろう。高橋はそう言って、がんばればオリンピックだって可能性があるんだぞ、と笑っていたのだった。

だが、もうエリは走れない。陸上部の練習にも、結局退院後は一度も姿を見せなかった。高橋は、エリの話をしない。最近は、四月の県大会で六位入賞の目がある二年生の走り高跳び選手の指導に夢中だった。

教壇に立った五人は、順に別れの挨拶《あいさつ》をした。ふだん明るかった吉岡太一は一年間の思い出を寂しげな顔と声で話し、最後は半べそをかいた。あまり友だちのいなかった青木朱美はさばさばした様子で、もう会えないと思いますが皆さんお元気で、とおとなのようなことを言った。近藤春明は照れくささから体をくねらせて、前の席の同級生にしか聞こえないような声で短い挨拶をした。水野早苗は顔を真っ赤にして、何度もつっかえながら、この町で過ごした十三年間は一生忘れない、と言った。

四人の挨拶の間じゅう窓の外を見ていたエリは、石倉に名前を呼ばれても最初は知らん顔をして、重ねてうながされると、やっと向き直った。

教室をゆっくりと眺め渡す。感情のない、物を見るようなまなざしだった。

目が合った——と思ったのは、おまえだけだったかもしれない。エリのまなざしは確かにおまえと一瞬触れ合ったが、そこで止まったり淀《よど》んだりすることはなかった。

石倉が言った。

「南波さん、なにか挨拶しないのか？」

エリは石倉をちらりと見て、かすかに笑った。また正面を向いて、もう一度、今度はもっとはっきりと笑う。

「大っ嫌い、あんたたち」

幼い子どもに話すように、口を大きく開けて、言葉の一つずつをくっきりと言った。

ざわついていた教室は、唖然《あぜん》として静まり返った。

「あんたたち、みんな、最低な奴」

エリはつづけた。教卓の椅子に座っていた石倉はあわてて腰を浮かせ、なにか言いかけたが、それを封じて、エリはさらにつづける。

「あんたたちの家、ぜんぶ燃やしてやればよかった」

しんとした教室に、徹夫の甲高い笑い声が響いた。

「だったら、シュウジの兄ちゃんに頼めよ」

徹夫のそばにいる何人かが笑い、おまえのそばの席の何人かは、反応を窺《うかが》っておまえを盗み見る。

エリは平然としていた。徹夫を嘲《あざけ》るように、憐《あわ》れむように、見つめた。

「……なんだよ」

徹夫は目をそらし、「なにか文句あるのかよ」と、滑稽《こっけい》なほど震えた声で言った。

エリは黙って徹夫を見つめる。

徹夫はもうエリのほうを見ない。隣の席の綿貫義男のほうに大袈裟《おおげさ》に身を乗り出して、「なんなんだよ、なあ?」と同意を求める。もともと「ひとり」ではいられない、陽気でおしゃべりなぶん臆病《おくびょう》な男だった。

エリは、そんな徹夫を追い詰めるように、視線をはずさない。

徹夫は綿貫に、意味なく笑いかけた。綿貫があいまいにしか笑い返さないと、今度は後ろの席の柳本裕司に、「おまえ通知表どうだった?」と声をかける。

椅子に座り直した石倉が「じゃあ、まあ、そういうことで……」と話をまとめようとしたら、エリは「まだ終わってません」と、初めて声を強めた。

そして、またゆっくりとした口調に戻って、言った。

「赤犬って、一匹しかいないんだと思ってるの? あんたたち」

誰も、なにも応《こた》えない。

「赤犬、一匹じゃなくてもいいんだよ」

ふと気づくと、エリのまなざしはおまえに据えられていた。まっすぐに、強く。

「家が燃えるときって、すごくきれいなの、あんたたち知らないと思うけど」

おまえはエリを見つめ返す。

なにを言いたいのかは、わからない。

ただ、これが、強い「ひとり」の最後の言葉なんだと思う。

「赤犬なんて、たくさんいるんだから」一匹捕まっても、すぐにまた新しい赤犬が出てくるんだから。

徹夫が、柳本にぼそぼそと話していた。知ってるか、あいつの父ちゃんと母ちゃんのこと、知ってるよな、無理心中だよ、あいつ生き残り、逃げたの、親捨てて、それで、父ちゃん、家にストーブの灯油まいて、火を点《つ》けたんだ、ほんとだぞ、だからあいつは赤犬の子どもなんだ、ほんとだぞ、信じろって、俺はなんでも知ってるんだから、あいつ、いま、自分のことしゃべってるんだ……。

エリにもその声は聞こえているはずだったが、もう徹夫には目を向けず、まっすぐにおまえを見つめたまま、つづけた。

「あんたたち、みーんな、赤犬になっちゃうんだよ、誰だって。いまはなってないだけなんだから」

徹夫が笑った。「おまえも赤犬になるんだって」と柳本の頭を小突き、「おかしいよなあ」と、エリのほうを見ないまま肩を揺する。

「『沖』も、『浜』も、ぜんぶ燃えちゃえばいいのになあ、って思います。そうしたら、ざまーみろ、って言ってあげます」

エリはそこまで一息に言って、「皆さん、さようなら」と頭をぺこりと下げて、石倉がなにも言わないうちに松葉杖をついて自分の席に戻っていった。

最後まで「ひとり」だった。

最後まで、強かった。

＊

おまえは思いだす。いつだったか、あの頃はまだおまえの「親友」だと言っていた徹夫と、教会の講話会で教わったことを話したのだった。

「孤立」と「孤独」と「孤高」の違いについて、だった。

仲間が欲しいのに誰もいない「ひとり」が、「孤立」。

「ひとり」でいるのが寂しい「ひとり」が、「孤独」。

誇りのある「ひとり」が、「孤高」。

エリは、間違いない、「孤高」の「ひとり」だった。

おまえは、まだ自分の「ひとり」が三つのうちどれに当てはまるのか、わからないでいる。

仲間は――こんな連中なら、いっそいなくていい。だから「孤立」はしていないはずだ、と自分に確かめてはいても、もしも時間がたって、たとえば徹夫が飽きて「もうやめよう」と言いだして、また元通りに話しかけられるようになったら、そのときに「おまえたちを許さない」と言えるかどうか、自信はない。

寂しさも――わからない。自分でも不思議だった。誰とも口をきかずに教室で昼間を過ごしているときには寂しさなど感じないのに、むしろ家に帰ってから、ずしん、と低い音が背筋に響くように寂しくなる。強がって我慢していたものがこらえきれなくなるというのではなく、ふだんどおりの、なんの変哲もない一人で過ごす時間に、不意に「ひとり」を思い知らされる。

誇りは——もっと、わからない。自分の誇りとはなんだろうと考えると、なにも答えられない自分に気づき、答えられない自分と問いかける自分とはなんだろうと考えて、それにもやはり答えは出てこない。

＊

ホームルームが終わると、教室は帰り支度をする物音や話し声で急に騒がしくなった。教壇に立つ石倉に向いていたまなざしがいっせいにばらけ、その隙間を縫うように、おまえはエリの席へ向かった。

エリは松葉杖《まつばづえ》で体を支えて椅子から立ち上がるところだった。そばには誰もいない。まるで級友全員に呪いをかけたような挨拶《あいさつ》の言葉にあからさまに腹を立てた者は誰もいなかったが、だからこそ、ざわめく教室には、ほんとうは重い沈黙が降り積もっているのだろう。

おまえはエリの前に立った。

エリは驚いた様子も嫌がるそぶりも見せず、「なに？」と訊《き》くこともなく、教壇に立っていたときと同じ感情のない顔でおまえと向き合う。

「いつ……東京に行くの？」

「教えなきゃいけない？」

「嫌だったらいいけど、教えてほしい」

「じゃあ、嫌」

「……嫌でも、教えてほしい」

エリは、松葉杖を腋《わき》に挟み直して、なにそれ、と短く笑った。

おまえとエリのやり取りに気づいた何人かが、好奇心を剥《む》き出しにして見つめてくる。やがてそれは教室中に広がるだろう。好奇心だけでない感情も交じるだろう。よけいな言葉もぶつけられるかもしれない。

おまえは、もう一度、「教えてほしい」と言った。

エリは「なんで？」と訊く。

「見送りに行く」

「……来なくていい」

「東京の住所、もうわかってるんだったら教えてほしい」

「手紙なんか貰《もら》っても嫌だし」

「神父さんには教えてる？」

「教えてない。神父さまは、そんなこと訊いたりしないもん。あたしがしゃべらないことを訊くようなひとじゃないもん」

　周囲に人垣ができた。

　その陰に隠れて、男子の誰かが——たぶん最近、徹夫の腰巾着《こしぎんちゃく》になっている横山由起夫が、「デート、デート」と囃《はや》したてた。

　かまわず、おまえは言う。

「俺は訊きたい」

「あたしは教えたくない」

　なにかを断ち切るようにエリが言うと、人垣の陰からまた横山のとぼけた甲高い声が聞こえた。

「嫌われ者どうし、くっついてるのか？」

　男子のほとんどが笑う。

　女子の何人かは、声はあげなかったが、含み笑いの顔を見合わせて肩をすぼめた。

「外に出よう」

　おまえはエリに言う。

　エリは「どうせ帰るから」と答え、松葉杖を一歩ぶん前に動かして、歩きだした。

　人垣が割れる。

　おまえは鞄《かばん》を取りに自分の席に戻ろうとして、エリとは反対側の人垣を強引に割った。

　席のまわりに徹夫たちがいる。

鞄を開けていた。

通知表を回し読みしていた。

おまえに気づいた柳本が、まずい、という顔をして徹夫の腕を引いた。

だが、徹夫はおまえを見ても、だいじょうぶだよ、と薄笑いを浮かべるだけだった。

おまえが机の角に腿《もも》や腰をぶつけながら向かってきても、徹夫は動じない。通知表をフリスビーのように人垣のほうへ放って、「見ていいから、みんな」と言う。

おまえは行く手をさえぎる机をなぎ倒した。振り向くと、エリは教室を出ていくところだった。

「電話してくれ！」

怒鳴った。

「手紙、書いてくれ！」

叫んだ。

「頼む！」机をまた一つなぎ倒す。「手紙でも電話でもいいから、向こうに着いたら教えてくれ！　どこにいるのか教えてくれ！」

誰かが床に置いていたスポーツバッグにけつまずいて、つんのめった。

エリは振り向かずに教室を出た。

それを確かめた瞬間、おまえは後ろから尻《しり》を蹴《け》られ、前のめりに床に倒れ込んだ。

「俺のバッグ、踏んだな、おまえ」

柔道部の一年生でただ一人黒帯をとっている原田義弘だった。

起き上がると、すでに徹夫たちに取り囲まれていた。

徹夫が言った。

「パンツ脱がしてやろうか。ちんちん見せてやれよ、南波恵利に、なあ。おい、横山、ちょっと南波恵利連れてこいよ、松葉杖取ったら、あんなオンナ一発……」

おまえは徹夫に飛びついた。

制服の胸ぐらをつかみあげて、体当たりをするように机に押しつけた。

首を両手で絞めた。

ぶっ殺す――。

エリが退院した日に初めて徹夫を組み伏せたときのように、うめき声の溶けた息が、ごぼごぼと耳に響いた。

ぶっ殺す、ぶっ殺す、ぶっ殺す、ぶっ殺す、ぶっ殺す……。

原田に背中を殴られた。

柳本が「二年生呼べ、二年生！」と誰かに怒鳴った。

徹夫は首を激しく左右に振り、手や足をばたつかせる。だが、あの日のようには謝らない。泣きだしそうな声も出さない。息の詰まった声で「誰か、こいつ、殺せ」と仲間に命じる。

おまえは徹夫にのしかかり、両手にさらに力を込める。机が倒れ、おまえと徹夫はいっぺんに床に転げ落ちた。だが、おまえの両手の指は徹夫の首に食い込んだまま離れない。離さない。徹夫一人、殺せばいい。

原田がおまえの肩を後ろからつかみ、強く揺さぶって、最後に徹夫とおまえの間に体をねじ込んで、おまえを突き飛ばした。

徹夫の首から、指が剝《は》がれた。

おまえは仰向けに倒され、頭の後ろを床に打ちつけた。

原田が腹に馬乗りになった。

固く重い尻を、はずみをつけて何度もおまえのみぞおちに落とす。酸っぱいものが喉《のど》を逆流して、鼻の奥に入った。咳《せ》き込んだところに、原田はまた尻を――今度は両脚を浮かせ、体の重みをすべてかけて、みぞおちの少し下に落とす。

吐いた。

口から噴き出した反吐《へど》はおまえの顎《あご》を汚し、頰を汚し、床に撥《は》ねたしぶきが誰かの上履きにも散った。

「汚えなあ、てめえ!」

顔を蹴られた。

鼻の付け根が熱くなり、重くなって、奥のほうでかすかに、なにかがぷちんと破れる感触がして、鼻が詰まった――と思う間もなく、なまあたたかいものが流れ出てきた。

原田が、「うわわっ」とおびえた声をあげておまえから離れた。顔を蹴った男も、そのまわりにいる男も、はじかれたようにあとずさる。

「ヤバいよ、テッちゃん……」

横山がわななくように言った。

「正当防衛だろ、正当防衛だよな、おまえら見てるもんな、俺、こいつに殺されそうになったんだからな、みんな証人だもんな、正当防衛だから、だいじょうぶなんだよな」

徹夫の声もうわずっていた。

おまえは仰向けに倒れたまま、鼻の下に指をあててみた。水よりは粘り気があったが、思ったよりさらさらしていた。鉄錆《てつさび》のにおいがする。指を浮かせると、きれいな赤に染まっていた。

おまえを取り囲んでいた輪は、いつのまにかずいぶん広がっていた。

鼻血が怖いんだな、おまえらは——。

ヘヘッと笑った。

制服の袖《そで》で鼻の穴をふさぎ、奥のほうがじんと痺《しび》れる瞼《まぶた》をゆっくりと瞬《しばた》いて、もう一度笑った。

袖を鼻にあてたまま、立ち上がる。体を起こすと、頬に流れていた反吐と鼻血が、顎から伝い落ちた。

徹夫たちは、それを見て、さらにあとずさる。

袖を鼻からはずすと、まだ止まっていない血がまた唇のほうへ落ちていく。

舌先で、舐《な》めるように血を受けた。錆のにおいと味と、ほんとうに、鼻血というのはなまあたたかい。

「殺してもいいから」

おまえは徹夫に言った。血が詰まって息がうまく抜けなかったので、くぐもった声になった。

「俺のこと殺してもいいけど……そのときは、絶対におまえも殺してやるから」

自分の席にあった鞄を手に取った。徹夫たちに背中を向ける恰好《かっこう》になったが、誰も、なにもしなかった。

おまえは鞄を右手に提げ、左手の袖をまた鼻にあてて、エリの席に戻っていく。まだその場にとどまっていた人垣が、大きく割れる。息を呑《の》む沈黙に包まれるというのも、意外と悪くない。おまえはまた短く笑って、床に落ちていた通知表を拾い上げた。

血に濡《ぬ》れた手で持ったので、白い紙の通知表は、拇印《ぼいん》をでたらめに捺《お》したように汚れた。かまわない。すべては遠い世界の出来事だから。

通知表を鞄に入れて、教室を出ていく。しんと静まり返った教室に、徹夫の「放火よりましだよなあ、なあ？　なあ？」という声が響いて、誰にも応《こた》えてもらえずに消えた。

廊下を歩く。

エリの姿は、もう、ない。

おまえは廊下を歩く。

別のクラスの生徒がおしゃべりをしている脇を通り過ぎる。ふざけて追いかけっこをしながらトイレに向かう生徒とすれ違う。誰もがぎょっとした顔でおまえを見て、誰もが声をかけられず、誰もが道を空ける。

悪くない。

おまえは、エリが歩いた廊下を歩く。

エリのもういない廊下を歩く。

さっきは訊く順番を間違えたんだ、といまになって気づく。

おまえがほんとうに訊きたかったことは、エリがこの町を出ていく日時ではなかった。ほんとうに言いたかったのも、見送りに行きたい、ということではなかった。

エリが「ひとり」でいられるための誇りは、なんだったのだろう。

エリのような強い「ひとり」でいるには、どうすればいいのだろう。

俺も「ひとり」でいるから――。

そう言いたかった。

廊下を歩く。

頭がくらくらする。

鼻血はまだ止まらない。

走りたかった。もう走れないひとのぶんも、風を切って走ってみたかった。

だが、おまえの両脚は体を支え、前に運ぶのが精一杯で、どんなにしても宙に浮いてはくれなかった。

第八章

I

干拓地の工事が本格的に始まった。最初につくられたのは、ダンプカーや大型トラックが出入りするための広い道路だった。国道と「沖」を一直線に結ぶその道路は、一年後——予定では来年の夏休みの直前にリゾートランドが完成したあかつきには、中央分離帯のついたメインアプローチになる。

駅前に巨大な看板が立った。リゾートランドの完成予想図だった。ヘリポートとヨットハーバーの付いた高層ホテル、分譲リゾートマンション、開閉ドーム式のプール、蒸気船が行き交う運河を縦横に配したテーマパークは南欧の町並みを模していて、中央に立つ展望タワーはこの地方で一番の高さになるのだという。

リゾートランドの名前は公募で決まった。

『ゆめみらい』——。

同じ案が十数通あったうち、抽選でO市に住む小学二年生の女の子が特賞のハワイ旅行に招待された。

東京から七百キロ以上離れたこの町では、史上空前と呼ばれた好景気の浮かれ騒ぎがまだつづいていた。すでに東京では祭りが終わりかけていた頃になっても。

沈みゆく船から逃げだすネズミのように、コンサルタントやコーディネイターやディベロッパーやプランナーやプロデューサーやマーケッターやデザイナーは食い扶持《ぶち》を地方に求めた。『ゆめみらい』の工事現場には、毎日のように各地の自治体の視察団が訪れた。一行はたいがい、だぶだぶのスーツを着た男か長髪を後ろで束ねた男に先導されていた。


「アホや」


アカネは縁側に腰かけて、ヒマワリの咲く庭を眺めながら笑う。

「誰が?」と隣に座るおまえが訊《き》くと、「誰でもや」と答え、「舌先三寸でだまくらかすアホと、だまされるアホしかおらんねん、世間」とまた笑う。

そして、アカネは体をよじって家の中を振り向き、「なあ」と神父に声をかける。

「あんたはどっちなん?」

座卓で手紙を書いていた神父はペンを止めることなく、「どっちでもありませんよ」と子どものわがままをいなすように答えた。

アカネは少し鼻白んだ顔になったが、まあええわ、と庭に向き直り、ブラウスの襟を開いて風を入れた。

おまえはあわててアカネから目をそらし、足元の白く乾いた土を見つめる。

アカネが教会にふらりと顔を出すようになったのは、梅雨が明けた頃からだった。その少し前に、四十がらみの男と一緒にこの町に帰ってきた。二人はO市でマンションを借りていたが、仕事先はこの町の駅前に事務所をかまえる瀬戸リゾートピア——県と町と数社の大企業が集まって建設を進める『ゆめみらい』の、いわば現場監督を務める不動産開発業者だった。

男の名前は、新田という。表向きは大阪に本社のある瀬戸リゾートピアの開発事業本部長というもっともらしいものだったが、「浜」のひとびとは、あいつはやくざだ、地元の青稜会を傘下に収める組織の幹部だ、と噂する。

アカネは新田の秘書だった。「浜」のひとびとに言わせれば——新田の情婦。去年の秋に偶然出くわしたときには青稜会のちんぴらが運転するベンツで町を回っていたアカネだったが、教会を訪ねるときは、いつも真新しいメタリックグレイのBMWを一人で運転してくる。

教会の中には入らない。玄関から庭にまわり、窓を開け放した縁側に腰かけて、神父やおまえを相手にとりとめのないおしゃべりをして、小一時間ほど過ごすと帰っていく。

神父は「いらっしゃい」も「またおいで」も言わないが、「帰りなさい」「もう来るな」

ると言わない。陸上部の練習を休みがちになったおまえが通学鞄《かばん》を提げたまま教会を訪ねるときと同じ。なぜ来たのか理由を問いただすこともない代わりに、客として扱ってくれることもない。おまえやアカネがいてもかまわず庭仕事や書き物や掃除をつづけ、話しかけても短い受け答えをするだけだった。けれど、どんなに忙しそうに立ち働いているときも、神父は決しておまえやアカネから見えない場所へは行かない。いつも目の届くところにいる——いてくれる。

それがおまえには嬉《うれ》しかった。たまらなく心地よかった。胸がわくわくする心地よさではなく、むしろ逆、教会にいれば胸の高鳴りがゆっくりと鎮まる。こわばっていたものがほぐれていく。楽に笑えて、なめらかにしゃべれるようになる。

アカネも、だから教会に来るんじゃないか、とおまえは思う。それを口に出して訊いたら、もうアカネは来なくなってしまうかもしれないな、とも。

アカネは大きなあくびをして、首筋の汗をハンカチで拭《ぬぐ》った。

「暑いなあ、ほんま……うだってまいそうや、かなわんなあ」

確かに暑い。まだ午前中なのに、日なたに出ると頭がくらくらするほどだ。今年の夏はひどく暑い。昼間の熱気が夜になっても消えず、風のぴたりと止まる夕凪《ゆうなぎ》も去年までより時間が長くなった、と「浜」の誰もが言う。

「大阪もヤっちゅうほど蒸すけど、このへんはアレやな、陽射しが違うな、ぎらぎらぎらぎら、ほんま暑いわ」

アカネは腰に張りついたタイトスカートの裾《すそ》を、うっとうしそうに手で払う。スリットからふくらはぎが覗《のぞ》く。素肌だった。おまえはうつむいたまま横目でそれを盗み見て、いまの気づかれちゃったんじゃないかと思って、頬と顎《あご》を固くする。

「田んぼがなくなったからですよ」

神父がぽつりと言った。

聞きそこねたアカネは、また体をよじって神父を振り向いた。胸元がはだけ、ベージュのブラジャーのレース模様が見える。おまえの目は、そんなものばかり見てしまう。おまえは学校が夏休みに入る前に、十四歳になった。

「なあ、いまなんて言うたん?」

神父はペンを持つ手を休めずに答えた。

「干拓地の田んぼがつぶされたから、今年の夏は暑いんです」

「そんなん関係ないやろ」

「ありますよ」

「なんで?」

「田んぼには水が張ってあります。夕方に庭に水をまくのと同じですよ。去年までは、『浜』も『沖』も、大きな庭にいつも水をまいてあったようなものだったんです。だから、どんなに暑い午後でも、吹いてくる風は涼しかった。田んぼの稲は、アスファルトのように陽射しをまともに照り返すこともなかった。昼間の暑さが夜中になっても残るようになったのは、田んぼがなくなったからなんですよ」

「ほな、工事のせいや言うん？」

「いいえ」

「そう言うとるやないの。うちらが工事しとるさかい、暑うなったんやろ？　文句つけとるやないの、上等やないの、あんた」

気色ばむアカネに、神父は初めて顔を上げ、おだやかに微笑んだ。

「アカネさん、私は、そんなことは一言も言ってませんよ」

「言・う・た、言うてんねん」

「私は、今年の夏が暑いのは田んぼがなくなったからだ、と言っただけです。工事のせいだとは言ってないでしょう？」

「同じことやないの、そんなん」

「いいえ、違いますよ」

神父はそう言って、また便箋《びんせん》に目を落とし、ペンを走らせた。便箋はすでに数枚目に入っていた。神父はときどき長い手紙を書く。誰に宛てているのか、おまえは知らない。手紙を書くときはいつも悲しげな表情になる、その理由も。

「……なに言うてんねん、ほんま屁理屈《へりくつ》やわ」

アカネはおまえに向き直って、「なあ、シュウジもそない思うやろ？」と言った。

おまえは苦笑交じりに首をかしげる。そんなあいまいな反応ではアカネが満足しないのはわかっていた。「なんやのん、煮えきらん子ォやなあ」と厚ぼったい唇をぐいと前に突き出して、軽くにらむ、そのときの顔が好きだった。

「あーあ、でも、ほんま、クソ暑いなあ。エアコンも買えんような貧乏臭い教会、はよ更地にしたったらええのに」

アカネは背中からゆっくり縁側に倒れ込んで、仰向けになった。スカートが上に引っ張られ、スリットから腿《もも》の内側が見えた。

「なあ、神父さんも正味の話、そない思たはるんやろ？　出すでェ、うちの会社、なんぼでも」

縁側の天井に向けたアカネの言葉に、神父の返事はなかった。アカネもそれは最初からわかっていたのだろう、つまらなそうに鼻を鳴らして笑って、シャボン玉を吹くようにつぶやいた。

「アホや」

鬼ケンも同じようなことを言っていた。声は思いだせない。憎しみと嘲《あざけ》りの混じり合った響きだけ、耳の奥深くに残っている。

五年前だった。

ほんの――なのか。

もう——なのか。

わからない。

ただ、あの頃には二度と帰れない。すべてがあの頃とは変わってしまった。

壊れたのはシュウイチだけではなかった。パワーショベルの爪で次々に崩されていったのは「沖」の集落だけではなく、消え失せてしまったのも干拓地の水田だけではなかった。

風景も、ひとも、変わってしまった。壊れて、崩れて、消え失せた。

誰のせいなんだ——。

唇が小さく動いたが、声にはならない。

アカネが「暑いなあ、ほんま」とけだるそうに言った。

＊

「沖」で立ち退きをすませていないのは、教会を含む数軒だけだった。教会以外の家には毎日——真夜中にも、瀬戸リゾートピアの連中が交渉に通い詰めている。嫌がらせや脅しめいたことも、やる。

だが、教会のまわりは不思議なほど静かだった。アカネが顔を出すようになってから無言電話はかかってこなくなり、外の通りをうろついていた男たちの姿も消えた。

このまま、あきらめてくれればいいのに――おまえは、思う。

教会はずっとここにあってほしいし、なくなってしまっては困る。

教会だけが、おまえの居場所だった。学校にも、家にも、いたくなかった。

四月の始業式から七月の終業式まで、おまえは学校で誰とも話さなかった。ずっと「ひとり」だった。学校を牛耳る徹夫に殴りかかった報いだ。声をかけてくる生徒も目を合わせる生徒もいない。そんなことをすれば、今度はその生徒が、やられる。弱々しく剽軽《ひょうきん》ないじめられっ子だった徹夫は、相手をいちばん痛めつける手口をよく知っている。体ではなく、財布でもなく、心を狙う。罪にはならない。授業中しか教室に来ない教師には、なにもわからない。静かに、ひそやかに、おまえは教室から消されていく。

家に帰っても、「ひとり」は変わらない。

地元での仕事をすべて失ってしまった父親は、月に一週間からせいぜい半月、隣の県の工事現場で住み込みの臨時雇いとして働くだけだ。仕事のないときは朝から家にいる。点《つ》けっぱなしのテレビをぼんやりと見つめ、ときおり思いだしたようにぬるい番茶を啜《すす》り、煙草をふかして、長い昼間をやり過ごす。夜になれば酒を飲む。押し黙って、舐《な》めるように、冷やの日本酒やぬるい水で割った焼酎《しょうちゅう》を飲みつづける。酔ってくだを巻くことはないが、その代わり陽気になったり饒舌《じょうぜつ》になったりということもなく、おまえが居間にいても、めったに話しかけてこない。

夕食はたいがい冷凍食品を電子レンジで温めて食べる。そうでなければスーパーマーケットやコンビニエンスストアで買ってきた惣菜《そうざい》。母親は毎日忙しい。激減した収入を埋め合わせるために、O市で化粧品の訪問販売員の仕事を見つけた。朝早く車で出かけて、毎晩九時頃まで帰ってこない。まだ歩合給は数万円に過ぎないが、この町の外に出られるだけで気分が楽になるのだろう、「行ってくるからね」と「ただいま」の声を比べると、「行ってくるからね」のほうがずっと明るい。

シュウイチはO市の少年鑑別所から、もっと遠い町の施設に移されて、壊れた心の治療を受けている。いつ我が家に戻れるかはわからない。両親の面会はあいかわらず拒みつづけている。弁護士に強く勧められて、両親はシュウイチに手紙を書いた。おまえも便箋を渡されたが、〈お兄ちゃん、お元気ですか。ぼくは元気です〉から先の言葉は浮かばなかった。両親が手紙になにを書いたかは知らない。それをシュウイチが読んだのかどうかも。いずれにしても、返事は来なかった。弁護士も、二通目の手紙を書いたほうがいいとは言わなかった。

みんな「ひとり」になったんだ、とおまえは思う。

「ひとり」と「ひとり」と「ひとり」と「ひとり」で、四人家族。

それでいいじゃないか、と笑う。薄笑いが頬から消えると、いつも、東京にいる「ひとり」の姿が浮かぶ。

エリは、手紙も電話もよこさなかった。東京のどこに住んでいるかもわからない。もしかしたら教会には連絡をしているのかもしれないが、神父はなにも言わないし、それを訊《き》くのも、なんとなくためらわれた。

もしもエリの居場所を知ってしまったら、会いに行きたくなるかもしれない。「ひとり」を背負いきれず、押しつぶされて、逃げだした、みじめな姿をさらしてしまうかもしれない。

エリは、東京のどこかにいる。きっといまも「ひとり」で、誰にも頼らず、誰にもすがらず、松葉杖《まつばづえ》をついて歩いている。その後ろ姿を思い浮かべるだけで、よかった。

2

八月に入って間もなく、ひさしぶりに父親に仕事の声がかかった。隣の県の工事現場だった。電話を切った父親は食べかけの夕食をそのままにして、バッグに着替えを詰めていった。

「いまから行くの?」

おまえが訊くと、「急ぎの仕事なんだ」と答え、今度は少し長くなりそうだからなあ、と言い訳するようにつぶやいて、薄手のセーターもバッグに入れた。

母親はまだ仕事から帰っていない。それを待ってから出かけるものだとおまえは思い込んでいたが、父親は身支度を整えると居間の壁に貼った時刻表を確認して、「じゃあ、行ってくる」と玄関に向かった。

「お母さん、もうすぐ帰ってくると思うけど」

「時間がないんだ。九時の電車で行くから」

「そう……」

珍しいことだった。いつもなら、朝一番の電車で発つ。父親はなにも言わないが、人目を避けているということくらいは、おまえにもわかる。夜九時。まだ駅前はにぎやかで、『ゆめみらい』の工事が始まってから急に増えた安普請のスナックや居酒屋では男たちが胴間声でしゃべったり歌ったりしているだろう。

「向こうの電話番号って、お母さん知ってるの？」

「ああ、いつもの木本建設だから」

「長くなりそうって……どのくらい？」

「向こうに行ってみないとわからんな。まあ、詳しいことがわかったら、すぐに電話するから」

父親の受け答えはなめらかだった。なめらかすぎる――ような気もした。

くたびれた革靴を履いた父親は、玄関のドアを開け、外に一歩出たところでおまえを振り向いた。

「シュウジ」

「なに？」

「駅まで一緒に行くか。かき氷でも食わせてやるから」

「でも、ごはん、まだ食べてる途中だし」

「いいから。そんな冷凍食品じゃなくて、もっと美味《うま》いもの食わせてやる」

困惑し、ためらいながら、おまえは黙ってうなずいた。

父親はおまえの押す自転車の荷台にバッグを載せ、「背がだいぶ伸びたな」と笑った。

父親は背があまり高くない。壊れた頃のシュウイチはもう父親の背丈を抜いていた。すでに母親を抜いたおまえもきっと、シュウイチより少し早く、中学を出る頃には父親より大きくなるだろう。

我が家から駅までは、干拓地を横に見る恰好《かっこう》で徒歩十五分。工事現場には煌々《こうこう》と明かりが灯《とも》っていた。工事の騒音と照明のせいで魚やイカが獲れなくなった隣町の漁協が抗議書を送った、と何日か前の新聞の地方版に出ていた。

父親は黙って歩く。おまえもなにも話さない。遠くの工事用の道路をダンプカーが何台も連なって駆けていく。前を走るダンプのまきあげた土埃《つちぼこり》が、後ろのダンプのヘッドライトに照らされて、そこだけ白い霧がかかったように見える。晴れた日がつづいていた。夕立も七月の終わりに降ったきりだった。乾ききってひび割れた干拓地は、死んでしまった大地のように思える。

父親は歩きながら煙草を吸った。煙草の先の赤い火を見ていると、今年の夏は蛍を一度も見なかったな、と思いだす。カエルの鳴き声を聞かない夏も生まれて初めてだった。土の中で冬を越した生き物たちは、いったいどうなってしまったのだろう。

駅に近づくにつれて、町はにぎわってきた。電車が着いたばかりなのだろう、サラリーマンや若者の姿が目立つ。父親は通りの端を歩き、おまえもうつむいて自転車を押す。暗がりに紛れたおまえたちに気づくひとはほとんどいない。だが、おまえの耳の奥には、誰ともつかない誰かの声が響きわたる。

赤犬の親父と弟だ――。

この男の息子は赤犬だ――。

このガキの兄貴は赤犬だ――。

嘲《あざけ》りと蔑《さげす》みと憎しみに満ちた言葉は、一度耳にもぐり込むと、決して消えてなくなりはしない。たとえ耳の奥で干からびて忘れかけていても、ほんのわずかなことで、よみがえってくる。干からびていたぶん、まるで濃縮されたように、嘲りと蔑みと憎しみがどろどろと濃くなって。

『みよし』の前を通り過ぎるときは、息を詰めた。換気扇から、お好み焼きのソースが焦げるにおいが吐き出される。男たちの笑い声が聞こえる。店の脇の路地にマウンテンバイクがあった。徹夫がいる。店の中なのか、物置にしている二階なのか、睨《ね》め付けるような視線を体のあちこちに感じて、おまえは足を速める。

六月に開店したばかりの食堂に入った。店は込み合っていたが、見知った顔はない。「浜」のひとびとではなく、仕事を終えた工事現場のひとたちのための店だった。

父親はビールを、おまえはカツ丼を注文した。力仕事をする客に合わせているのだろう、カツ丼の飯は丼からこぼれそうなほど盛られていた。

席についてからもしばらく黙っていた父親は、ビールを一口飲むとようやく緊張のほぐれた顔になって、「食べきれるか?」と笑った。

おまえは丼に顔を埋《うず》めるようにして、「うん、まあ……」と言った。量はなんとかなりそうだが、飯がぱさぱさで、醬油《しょうゆ》の味が濃すぎる。

「欲しいだけでいいからな」

「うん……」

「かき氷も、いまのうちに頼んどくか」

小さくかぶりを振ったが、父親は気づかなかったのか、気づかないふりをしたのか、別のテーブルに酒を運んでいた店員を呼び止めて氷イチゴを注文した。若い女の店員だった。顔立ちからはわからなかったが、厨房《ちゅうぼう》にオーダーを伝える声のぎごちないイントネーションで、アジアのどこかの国から来たひとだとおまえは知った。客の中にも外国人らしい若い男が何人かいる。彼らは皆、駅の裏に何棟かまとめて新築されたアパートに寝泊まりしていて、駅前が物騒になった、と付き合いで酒を飲んだ夜は車をO市に置いて電車で帰る母親はよくこぼしている。

店のテレビはナイター中継を映していた。テーブルの下の棚には、ヌードグラビアのついた週刊誌が何冊も積み重なっていた。酔った男たちが、どっと笑う。笑われたのは外国人の若者だった。男たちの冗談を真に受けて、コップ酒に七味唐辛子を振りかけたらしい。

若者は同じテーブルの年かさの男に言われるまま、唐辛子の浮いた酒を一口啜《すす》り、激しくむせ返った。男たちはまた笑う。「ニッポンをなめるなよ」と誰かが言った。

父親はそれをちらりと見て、薄笑いの顔でビールを飲んだ。

「シュウジ、カツ丼、早く食えよ。氷が来るぞ」

「うん……」

「あ、でも、欲しいだけでいいからな」

「うん……」

「いや、まあ、やっぱりいいか、そんなに美味そうじゃないしな、もうやめとくか」

ぎくしゃくしたやり取りが自分でもおかしかったのか、父親はまた薄く、つまらなそうに笑って、「まあ、どっちでもいいか」と言った。

ほどなく氷イチゴが運ばれてきたが、まだ半分以上残っているのを下げてもらうのも悪いような気がして、おまえはカツ丼を食べつづけた。

「陸上部の練習、最近行ってるのか？」

「……ときどき」

「そうか」父親は煙草に火を点《つ》けた。「学校、おもしろいか？」

ふつうだけど、と口を動かしたが、声がうまく出なかった。

「シュウイチがあんなことになったからな、おまえも肩身が狭いと思うけど、いじめられたりしてないか？」

ご飯を頬張って、黙ってうなずいた。

どうしてそんなことを訊《き》くのだろう。初めてだ。父親の心配を嬉《うれ》しく思うより、怪訝《けげん》で、不安で、少し腹立たしくもなった。

父親は一口しか吸っていない煙草を灰皿に捨てて、壁の時計に目をやった。

「お父さんも、昔は足が速かったんだ」

「そうなの?」

「速いっても、たかが知れてるけどな、走るのは好きだった」

初めて聞いた。

「おまえも、せっかく陸上部に入ったんだから、途中でやめずにがんばってみろ。なあ?」

そういうことを言われるのも、初めて。腹立たしさが不意に薄れ、入れ替わりに悲しさが湧いてきて、煮崩れたタマネギと卵をかき込むように口の中に押し込んだ。

父親は席を立ち、レジで勘定を済ませて、また戻ってきた。椅子には座らず、床に置いてあったバッグを提げて「じゃあ、お父さん、そろそろ電車の時間だから」と言う。「お金は払ってあるから、ゆっくり食ってろ」

箸《はし》を置きたかった。食べるのをやめて立ち上がり、父親のあとを追いたかった。

だが、おまえはカツ丼を食べつづけた。汁を吸って衣がふやけたカツをにらみつけて、丼から顔を上げなかった。

父親が歩きだす。

まいど、ありがと、ござした――。

さっきの女店員の声が聞こえる。

引き戸が開き、閉まる。

おまえはカツ丼を食べつづける。テレビの画面の中では、ジャイアンツの誰かがホームランを打った。かき氷が溶けて、ガラスの器の縁から、シロップで赤く染まったかけらがこぼれ落ちた。

3

左頬を腫《は》らし赤黒い痣《あざ》をつくったアカネが教会を訪ねてきたのは、旧盆の数日後のことだった。

おまえと神父は広間にいた。おまえは夏休みの宿題をして、神父はまた長い手紙を書いていた。教会に突っ込んでくるような車の音に、急ブレーキの音、ドアを乱暴に閉める音がつづいた。

アカネはいつものように庭から入ってきて、縁側に腰かけるなり「ああーっ、もうっ！」と悔しそうに一声叫び、履いていた靴を両方とも庭に放り投げた。

縁側に出てきたおまえを振り向きもせず、そっけなく「ちょっとシュウジ」と転がった靴に顎《あご》をしゃくる。「拾うてきて」

しかたなく、裸足で庭に下りて、靴を拾った。本物なのか紛い物なのか、銀色の鱗《うろこ》をびっしり貼りつけたパンプスだった。

「履かせて」

「……え？」

「拾うたんやさかい、履かせるまでしてくれな意味ないやろ」

アカネは両脚をぶらつかせた。黒い革のミニスカートに、黒に緑を織り込んだメッシュのストッキング。白いシャツの胸元も大きくはだけていた。

おまえはためらいながら、靴を手にアカネの横に立った。頬の痣に気づいたのも、そのときだった。

おまえが靴を近づけても、子どもがプールサイドで水を蹴《け》るように、爪を赤く塗ったアカネの足はぶらぶらと止まらない。笑っている。唇がうごめくようにゆがむ。

「ちゃんと履かせて」

「……ごめんなさい」

「謝ることと違うやろ、なに言うてんの。ええから、はよ履かせて」

横から靴を履かせようとしたが、とにかく足が止まらないのでどうにもならない。

「正面に来ればええやん。そのほうが履かせやすいやろ」

そんなことをしたらまともに蹴り上げられるような気がして、おまえは動けない。

「なにしてんのん」

少しでも履かせやすい体勢を探して、地面に膝《ひざ》をついてみた。

「ホストみたいやなあ」

アカネはおかしそうに笑って、「そのまま正面においで」と言った。

今度は、さっきとは別の理由で動けない。この姿勢でアカネの正面にまわると、スカートの奥が見えてしまう。

だが、アカネは命令する口調で「はよ、して」と言う。

やり取りはすべて聞こえているはずなのに、神父が部屋から出てくる気配はない。

困惑していたら、アカネの足が手に当たって、靴が撥《は》ね飛ばされたように地面に落ちた。

アカネも一瞬「あっ」と声をあげたが、すぐに口をつぐみ、おまえから目をそらして、吐き捨てるように言った。

「そやから邪魔や言うてるやろ。はよ拾うて、はよ履かせて」

おまえは黙って靴を拾いに行った。日盛りの庭は、素足でいると足の裏がひりつくように痛くなる。アカネに蹴られた手の甲も、じんと痺《しび》れたままだった。

それでも——腹は立たない。むしろ悲しい。アカネの左頬がなぜ腫れているかはわからなくても、頬を腫らしたアカネが来る場所が教会だった、ということが悲しい。

おまえは靴を手に、今度は言われたとおりアカネの正面に立った。

「ほな、履かせてえな」

アカネはもったいぶった口調で言って、脚をぴんと伸ばした。立ったまま履かせようとしたら、「さっきみたいにしゃがんで」と言われた。

ひざまずく。アカネは両脚を少し開いた。黒と緑の交じったパンストの奥に、白いものが透けて見えた。

「はよ履かせて」

「……はい」

アカネは脚をさらに開く。白いものが、あらわになった。そこにちりばめられた小さな薔薇《ばら》の花も、わかる。

左の靴を履かせた。アカネは両膝を開いたまま、立てる。白いものを見せつけるように、腰を前に突き出した。

おまえはうつむいて、右の靴を履かせる。

いやらしい子ォやなあ——。

ささやく声で言われた。

うちのパンツ、見たいん?

パンツの中のもん、見たいん?

おめこ、したいんやろ、あんた——。

うつむいたまま逃げるようにあとずさると、アカネは右足をゆっくりと上に振った。幼い子どもの「あした天気になあれ」のように。

パンプスが脱げて、ふわっと宙に浮かんで、盛りを過ぎたヒマワリの花壇のそばに落ちた。

つづいて、左足も振る。左のパンプスは花壇の中まで飛んだ。

「シュウジ、拾うてきて」

笑いながら言う。

「はよ拾うて、はよ履かせて」

声は確かに笑っているのに、たまらなく悲しそうに聞こえる。

「わんわん、言うて拾うてきて」

「……え？」

「ええやん、犬になって拾うてきて」

顔も笑っている。けれど、腫れあがった左頰は、ゆがんだようにしか動いていない。

おまえは花壇に向かって歩きだす。とがった小石を踏んで、右の親指の付け根が痛くなったが、かまわず歩く。

「そういうのは、やめましょう」

部屋の中から、神父のおだやかな声が聞こえた。

「あんた関係ないやん、黙っとって」

「いいから、やめましょう」

「黙っとき言うてるやろ」

「シュウジ、裸足で歩くと怪我をしますよ。上がってきなさい」

おまえは花壇の手前で立ち止まり、神父とアカネを振り向いた。神父は部屋の真ん中に座ったまま、便箋《びんせん》から顔を上げてアカネを見ていた。アカネも上体をよじって神父を、たぶん、にらみつけている。

神父はアカネの頬の痣に気づいても、ほとんど驚かなかった。

「冷やしたほうがいいですね、タオル、濡《ぬ》らしてきましょうか」

静かに言う。

「いらんわ、そんなん」

「殴られたのですか」

「……ほっとき」

「灰皿かなにか、ですね。拳《こぶし》で殴られただけじゃないでしょう」

また庭のほうを向いたアカネの背中に、神父はつづけた。

「目や骨は、だいじょうぶですか。押してみて痛むようなら、すぐに病院に行ったほうがいい」

「ほっとき言うてるやろ!」

アカネはいらだたしげに叫んで、庭に下りた。憤然とした足取りで花壇に向かい、靴を拾って、また縁側に戻る。居場所をなくした感じのおまえも、どんな顔をしていいのかわからないまま縁側に上がった。

それを待って、神父は言った。

「私のせい、ですね」

アカネは黙って靴を履く。

「あなたが来ることはない。いままでどおり、やくざでもなんでもいいですから、あの連中をよこしてください」

「……なに言うてんのか、わからんわ」

「どんなひとが来ても、結果は同じなんです。私はこの土地から動く気はありません。だから、あなたが無理をしてもしょうがないんです」

「なんのこと言うてんのん、あんた」

「もう、ここへは来ないほうがいいのかもしれませんね」

「はあ？」

アカネはとぼけた声で笑いかけたが、それを自ら断ち切って、「アホなこと言うとるわ」と吐き捨てた。

勢いをつけて庭に飛び下りる。

「あのなあ、言うとくけど、極道なめとったら、痛い目遭うで」

「ええ」神父は立ち上がって、縁側まで出てきた。「よくわかってます」

アカネは神父を振り向き、なにか言いかけたが、唇がひくつくだけだった。

代わりに、神父がいままでよりさらにおだやかな、祈りを捧《ささ》げるような声で言った。

「ありがとう、いままで」

　アカネの唇が、またひくつく。

「でも、ここは、あなたが傷ついてまで守るほどの教会ではありません。私が一人で守れば、それでいいのです」

「……守るて、なんでうちがこんなボロ教会を守らなあかんの。うちはなあ、仕事でここに来とるんよ。あんたが判子捺《お》したら、それでもう、こんなところ、その日のうちに更地にしたるさかい」

「私は判子など捺しませんよ」

「拇印《ぼいん》でええねん、なあ、親指ぶち切られて、それをポンって紙につかれたら、もうおしまいや。それをするんが極道やねん。わかっとるんやろ、あんたもそれくらいのことは」

「わかってます。でも、捺しません」

　アカネは感情の高ぶりを抑えるように、ゆっくりと肩を上下させて息をついた。

「なあ、あんた……よう手紙書いたはるけど、それ、誰に書いとるん」

　神父は微笑みで問いをかわす。

「手紙書くて、楽しい？」

　神父は微笑んだまま、首をかしげる。

「うちなあ、手紙いうて、もう何年も書いたことないねん。貰《もろ》うたこともない。好きやないねん。字ィ書いたら、嘘になるやろ、なんでも。あんた、なんで手紙書くねん、それがな……なんやしらん、めっちゃ腹立つねんな、うち」

　神父は静かに言った。

「手紙は、ここにいないひとのために書くのです」

「そんなん、あたりまえ違うん」

「届かないかもしれない。それでも、ここにいるひとは、ここにいないひとのために手紙を書きつづけなければならないのです」

　聖書の一節のようにも聞こえた。そんな言葉を読んだ記憶はないし、神父から教わったこともなかったけれど。

　アカネは少し口ごもり、無理につくったような笑い声で、「ほな、電話すればええやん」と言った。

　神父も笑い返した。「そうですね」とうなずいて、もう一度うなずきながら、言った。

「あなたも、手紙を書きませんか。シュウジも手紙を書いてみればいい。手伝うことはできませんが、ここで一緒に書くのなら、私は邪魔はしませんよ」

　誰に——おまえは一瞬思い、一瞬よりもさらに短い刹那《せつな》、エリのことが浮かんだ。

　アカネは黙って、庭の外に向かって歩きだした。何歩か進んだところで立ち止まり、おまえを手招く。

「シュウジ、ドライブしよ。気分直しや、しょうもない話聞かされて、胸が悪うなったさかい」

初めてのことだった。戸惑うおまえに、神父は「行ってきなさい」と声をかけた。命令するような口調ではなかったが、「いやです」とは言えない響きがあった。

アカネはもう教会の敷地の外に出ていた。

おまえは小走りにあとを追う。

リモコンキーでドアロックを解除したアカネは、おまえに気づくと、ぷいと横を向いて、「乗るんやったら、はよ乗り」と言った。

＊

急発進したBMWは、もう通る車もひとともない「沖」の道をしばらく走って、国道に出た。行き先はわからない。アカネは黙って、やはり痣《あざ》になったところが痛むのだろう、ときどき左手を頰にあてて、片道二車線の国道を、強引な車線変更を繰り返しながら、西──K市の方角へ向かう。

最初の赤信号で車が停まった。

やっとアカネは一息ついて肩の力を抜き、「ほんま、かなわんなあ、あの神父さん」と笑った。「神さんのことばっかり考えよるさかい、頭ん中、もう、半分あっちに行ってしもうとるん違う？」

どう答えていいかわからず、おまえはダッシュボードをぼんやり見つめて、かたちだけ笑い返した。

「シュウジは、あの教会のどこが気に入ったん？　べつにクリスチャンいうわけと違うんやろ？」

「うん……」

「うちが顔出すときは、いっつも、あんたおるもんなあ」

「暇だし、遊びに行くところもべつにないし」

「友だちは？」

「いるけど……なんとなく」

「なに見栄張っとんねん」

アカネはからかうように言って、信号が青になるのと同時にアクセルを踏み込んだ。

「あのな、子どもが見栄張っても、おとなにはちゃーんとわかんねん。シュウジ、友だちおらんのやろ。な？　友だちおらんさかい、教会しか行き場がないねん。そうやろ？」

あんただってそうじゃないか――と言いたくても、言えるわけがなかった。

「そういうたら、去年のいつ頃やったかなあ、うちが初めて教会に来たとき、女の子も一緒におったやろ。ちょっとかわいらしい子ォやったなあ。あの子はどないしたん？　もう教会に来とらんのん？」

「……転校しました。一年生が終わって、東京に引っ越して」

「そしたら、立ち退き？」

「そう……」

「なんや、そうしたら、うち、あんたらの仲引き裂いた憎まれ役やん。寝覚め悪いなあ」

アカネは少しおどけて言ったが、おまえは今度は笑い返さなかった。

「まあ、でも、その子の親も立ち退きでごっつお金儲《もう》けたんやさかい、ええことなんよ。うちらが買うたらんかったら、あんな干拓地、二束三文やさかいな。その子もお小遣いたくさん貰うて、東京や、こんな田舎とは違うんや、楽しいにしとるやろな」

「あいつ……でも、親、いないから」

「ほんま？」

「そう。叔父《おじ》さんと叔母《おば》さんの家で、あいつ、叔父さんのことも叔母さんのことも嫌いで、叔父さんや叔母さんもあいつのこと可愛がってなくて、だから……」

なるべく感情を込めずに話したつもりなのに、胸がぎゅっと締めつけられた。

「お父さんとお母さん、おらんのん？」

アカネの口調も、もう笑ってはいなかった。

「小学生の頃、死んだ、って」

「両方？　交通事故かなにか？」

おまえは小さくかぶりを振って、それ以上はなにも言わなかった。

話が途切れた。沈黙の間に、車は軽トラックやワゴン車を何台も抜き去った。歩道橋の下をくぐる。K市まではあと十キロ足らずだった。

「あの子、でも、ほんま、かわいい子ォやったなあ」

アカネはまたのんきな声に戻って、「ポニーテールにしとったやろ、髪の毛」と訊《き》いてきた。

思い違いだ。アカネは髪を切ってからのエリしか知らない。だが、あのポニーテールは、妖精《ようせい》や天使の羽のようなものかもしれない。見えるひとには見えるし、見えないひとには決して見えない。おまえは思う。「ひとり」のひとにしか見えない羽だ。アカネも「ひとり」だから、それが見えた。おまえはクスッと笑う。嬉《うれ》しくて、悲しくて、寂しくて、笑う。

「シュウジ」

「……はい」

「うちのこと、恨んどるん？　『沖』をわやくちゃにして、あの子の家を買うてしもうて……恨んどるん違うん？」

おまえはなにも応《こた》えなかった。

「恨んでもええで」とアカネは言った。

「……アカネさんの、ふるさとでしょ？」

「恨んでくれたほうがええわ。な、恨んで、うちのこと」

「アカネさん……『沖』が嫌いだったの？」

「恨んでくれ、言うたやろ。はよ恨んで、しばくなり刺すなり、好きにしてやぁ、もう」

アカネはクラクションを鳴らした。長く、何度も。対向車線を走ってきたトラックの運転手が、すれ違いざま、なにか怒鳴った。アカネは窓を開け、トラックのお尻《しり》に向かって「ドアホ!」と怒鳴り返した。

＊

K市の市街地に入る手前で、車は国道からはずれた。細い川に沿って、山のほうへ向かう。

道はしだいに細くなり、登り坂も急になった。左右の風景が田んぼから畑に変わり、やがて生い茂る緑が迫ってきて、森の中を突っ切るように車は走る。

「どこに行くんですか?」

「どこや思う?」

「さあ……」

「墓参りしよ思うて。あんたも知っとるひとや」

「鬼ケン……さん、ですか?」

「『さん』はいらんて。鬼ケンや、鬼ケンのアホや」

カーブがつづく。谷を渡る短い橋のガードレールは、もともとの色がわからないくらい錆《さ》びついていた。

「さっきな、神父のおっちゃんが手紙のこと言うたやろ。会えへんひとにどうたらこうたら、て。それ聞いたら、なんやしらん、鬼ケンのこと思いだしてん。シュウジも懐かしいやろ、鬼ケンのアホ」

「うん……」

「何年前になるんかな、鬼ケンと三人でドライブしたん」

おまえは右の手のひらを開いた。

「五年いうたら、うち、二十四やったんやなあ。若いなあ。ぴちぴちしとったんやなあ、あの頃。あないなアホにひっかからんかったら、もうちぃとまともな人生やったんやけどなあ。ほんま、貧乏くじ引いてもうた」

「お墓参り、よく来るんですか」

「大阪から出張で来とった頃は、たまにな。それだけでもひと苦労や。青稜会の若い衆に車で新幹線の駅まで送ってもろて、ホームまで行く言うんを理由つけて断ってな、こそこそ、こそこそ、墓参りしとってん」

O駅で見送りのやくざと別れると、新幹線のホームではなく駅の反対側の出口に向かう。そこからタクシーに乗って、鬼ケンの墓へ急ぐ。

「大阪で新田が……新田いうて、うちのいまのダンナな、まあ、内縁やけど、新田が待っとるんや。奥さんは何時に駅に着かれましたさかい、何時の新幹線に乗って、新大阪に着くんは何時や思います、て青稜会の者から電話が行くねん、会社に。出迎えに来るほど暇やないねんけどな、待っとんねん、うちの帰り。そやから、新大阪でお茶しとったんやとか友だちとばったり会うたんやとか、そういう口実のつく時間までに墓参りすませなあかんねん。もう、手ェ合わせる間もあらへん」

アカネは早口に言って、「アホくさ」と吐き捨てる。カーブの曲がり方が、少し乱暴になった。

「こっちに来てからは、初めてなんですか」

「あったりまえや。そないなことして、新田にばれたら、半殺しやさかい」

「……なんで?」

「頭おかしいねん。酒に酔うとな、ときどき鬼ケンが出てくんねん、ぼーっとな、血まみれの鬼ケンが新田の目の前に立っとんねん。鬼ケン、アホやさかい執念深いねん」

キャハハハッ、と甲高く笑う。

入れ替わるように、おまえの頰はこわばっていく。

「ゆうべもな、出てきてん、鬼ケン。そうなったら、もう、あかんの、新田。難しい言葉で言うたら、錯乱や、頭くるくるパーになんねん。若い衆しばき倒して、しまいには、うちがな、笑うで、神父のおっちゃんとデキとるん違うか言うて、そやさかい教会の立ち退きができんのやないか言うて、キレてもうた」

「それで……灰皿で?」

「アホやろ、ほんま。朝になったらぜーんぶ忘れとんねん。うちの傷見てな、もう土下座や、うち女王さまや、すまんのうすまんかったのう言うて、しゃぶりついてくんねん。泣くんやで、極道が。アホアホアホアホアホアホ、ほーんま、アホや。なあ、あんたもアホや思うやろ?」

おまえには、なにも答えられない。頰はこわばったまま動かない。

車が停まる。赤土が剝《む》き出しになった崖《がけ》の前だった。

墓地というより、崖と道路に挟まれた空き地——にも至らない、アスファルトを敷き忘れただけのような狭い一角に、言われなければそれとはわからないような、小さな墓石が、雑草に埋もれていくつか並んでいた。

＊

鬼ケンの墓は、狭い墓地のいちばん奥まったところ、崖に寄り添うような場所にあった。戒名はない。立ち仏の姿が浮き彫りにされているだけだった。

車から降りたアカネは雑草を足でかき分けて、線香立ても花筒もない墓の前に立ち、ふう、と息をついた。

「すごいところやろ」

「うん……」

「お寺、ないねん、鬼ケンの家は。死んだらここに埋めて、それでおしまい。成仏できるわけあらへんけど、まあ、成仏しとうもないやろな。なぶり殺しにされて成仏しとったら、鬼ケンの名がすたるさかい」

アカネはそう言って、シャツのポケットから出した煙草を墓の上に置いた。

おまえは、喉《のど》の奥につっかえていた言葉を、やっと口にした。

「新田っていうひとが……鬼ケンさんのこと……」

アカネは答えてくれなかった。代わりに、墓の背丈を超えて伸びていたネコジャラシの穂を次々にちぎり取りながら、言った。

「うちなあ、クリスチャン違うし、べつにあの教会はどないでもええねん。でもな、昔、鬼ケンが言うとったん。柿の木の、実ィがあるやろ、それな、秋になって熟しても、ぜんぶ穫ったらあかんねん。一つか二つだけでも、木に残しとくんやて。鳥やら虫やらに食べさせたらな、あかんねんやて。秋になったら、みんな生き物はおなか空かしとるさかい、残しといてやらな、あかんねんやて。鬼ケンがな、教えてくれてん。柿だけやのうて、なんでもそうやて、根こそぎ穫るような真似したらあかんのやて……アホやけどな、鬼ケン、そういうところあるひとやってん。おんなじや、それと。あの教会が更地になってもうたら、『沖』がぜーんぶのうなってしもうたら、なあ……やっぱり、あかんやんなあ、そういうの」

アカネは鬼ケンの墓に語りかけた。

気がつくと、墓のまわりのネコジャラシの穂はすべてむしり取られ、ほんの少しだけ、墓はすっきりしたように見えた。

「そうや、シュウジ」アカネはおまえを振り向いた。「鬼ケンの供養せえへん？」

「……はあ？」

「あんたも中学二年生やさかい、おめこのこと、知っとるやろ」

思わず一歩あとずさると、アカネは笑いながら、シャツのボタンをはずし、ブラジャーのホックもはずした。

乳房が、皮を剝いたぶどうのように、ぷるんとはずみながらあらわになった。

「吸うたり揉《も》んだりしてみたいやろ、おっぱい。まだおめこはさせられんけど、ええよ、吸うても」

おまえはまた一歩後ろに下がる。

「怖いことあらへんのよ。鬼ケンに見せたり、もう、ぼく、こないに大きいなったんやて。おんなのおっぱいしゃぶれるんや、て……」

ほら、とアカネは乳房を手で揺すった。

おまえはふらふらとアカネに近づいていく。体の重みがなくなった。ズボンの中で、あそこが、固くなる。

「はよおいで」とアカネは両手をおまえの肩にまわした。

おまえは顔を乳房に埋める。

「友だちのおらん寂しい子ォはな、お母ちゃんが慰めてあげなあかんの。ほんまのお母ちゃんのおっぱいはもう吸えんさかい、こないしてな、おんながおるねん。おんなが慰めるねん、おとこを」

乳首にむしゃぶりついた。よだれが驚くほどたくさん湧いてくる。

アカネはおまえの肩から右手をはずし、ズボンの前をまさぐった。ジッパーが下ろされる。指がうごめいて、下着の前合わせを開く。

触れた。吸った。包まれた。

「痛いやん、もっと優しいに吸うて」と息苦しそうな声で言われた。

包まれながら、ゆっくりと動かされる。

熱くなる。目をつぶる。

いつもの、自分でするときとは違う。おんなの指は、こんなに細く、こんなに長く、こんなに吸いついてくる。

もっと熱くなる。腰から力が抜けた、と思う間もなく、なにかが腰の奥を突き抜けて、ほとばしった。

＊

ぐったりと助手席に座った帰りの車の中で、おまえは何度も鬼ケンの声を聞いた。

アホどもが。

すごんだ声だったが、きっと顔は笑っているんだ、と思った。

＊

その夜、おまえはひさしぶりに干拓地を走った。

家には、伯父《おじ》――母親の長兄が訪ねてきていた。母親と二人で、ときどき怒声と泣き声をぶつけ合いながら、長い話をつづけていた。

捜索願、という伯父の声がおまえの部屋にも届いた。キャッシュカードのことを母親は心配しているようだった。心当たりはもうないのか、と伯父が訊《き》く。おんなができたんだ、と母親が泣く。明日の朝一番に銀行に行ってカードを使えなくしろ、と伯父が言う。シュウイチになんて言おうどう説明しよう、と母親が甲高い声で言う。まだ決まったわけじゃないんだから、と伯父がなだめる。

Tシャツとショートパンツに着替えたおまえが居間に下りると、伯父はあぐらをかいた膝《ひざ》を小刻みに揺すりながら、訊いた。

「ほんとに、なにも言ってなかったのか」

おまえは「うん、なにも」と答える。

「もっとちゃんと思いだせ、とにかくシュウジが最後に会ったんだから」

「思いだしてみたけど、なにも言ってなかった」

伯父は顔をゆがめ、膝をさらに激しく揺すった。

母親は、もうおまえの顔など見たくもないというふうにそっぽを向いて、「お母さんが帰るまで行かないでって、なんで言えなかったの」と声を震わせる。「あんたが悪いんだから、あんたが」

言い訳はしない。謝るつもりもない。黙って居間を出ていきかけると、伯父が「どこに行くんだ」と訊いた。

「ちょっと、そのへん走ってくる」

伯父の「どうなってるんだ、この家は」という舌打ち交じりの声と母親の嗚咽《おえつ》を背中に聞いて、玄関のドアを開けた。

柔軟体操は省いて、ジョギングシューズを履くと、そのまま走りだした。蜘蛛《くも》の巣のようにまとわりついてくる蒸し暑さを払い落として、一気にスピードを上げる。唇を舌で湿すと、アカネの乳首の感触がまだうっすら残っているような気がして、舌先が少し痺《しび》れる。

父親は、行方をくらました。連絡はいっさい入らなかった。心配した母親が心当たりに電話をかけても、父親を現場で雇ったひとは誰もいなかった。今日の午後になって、母親が銀行のキャッシュコーナーで金をおろそうとしたら、数十万円あったはずの残高が――来週までに支払わなければならない放火の被害者への慰謝料も含めて、ほとんどゼロになっていたのだった。

おまえは「浜」の路地を抜けて、干拓地に足を踏み入れた。

父親は、いなくなった。

驚きはしない。悲しみも、憤りも、ない。そういう感情は、たぶん、あの夜、溶けてしまった氷と一緒にどこかに流れ落ちてしまったのだろう。

あのひとは――と、父親のことを思う。

あのひとは、「ひとり」を背負ったまま逃げた。ほんの半年前までは「ひとり」ではなかったこの町で「ひとり」になってしまったことに耐えられなかったのだろう。

それだけだ。ほんとうに、ただそれだけのことなのだ。

おまえは干拓地を走る。田んぼの緑と水を喪《うしな》って、ただ道路だけが残った平原を走る。

父親は別れを告げずに出ていった。託された言葉は、走るのをやめるな、という一言だけだった。もう街灯に電気は来ていない。月明かりだけを頼りに、死んでしまった土地を、おまえは走る。空を見上げた。月と、星が見える。夜空の根元をぼんやりと照らして、『ゆめみらい』の工事は、今夜もつづいている。

第九章

I

天気予報では午後からみぞれ、夜には雪に変わるかもしれないとのことだったが、結局朝になるまで雨は雨のままだった。真夜中のうちに電気毛布のスイッチを切った。夜明け前の冷え込みもゆるかった。素足で階下に降りて板の間の台所で朝食をつくった。カーディガンを羽織らなくても、もうぞくっとするような寒さは感じない。

冬が終わったんだな、とおまえは思う。季節に終わりの日があるのだとしたら、きっと今日が、それだ。

ただ、まだ春は始まっていないんだろうな、とも思う。暖房を点《つ》ける前の居間に入ると、吐き出す息が白い。今年の春の始まる日はいつだろう。あと数日、だろうか。晴れた日の午後、中国大陸から西風に乗って飛んでくる黄砂で空が霞《かす》めば、それが春の訪れの合図になる。

おまえはトーストをかじりながら、朝刊を開いた。社会面にはいつものように、殺人事件や交通事故や詐欺や強盗の記事が載っている。名前だけ知っている町の事件もあれば、海辺なのか山あいなのかもわからない町の事故もある。

中学生の自殺が一件。遠い町の出来事だった。同い歳の、二年生。昔のアイドル歌手のような、洒落《しゃれ》た名前の少年だった。遺書があった。いじめを苦にして自宅で首を吊《つ》ったらしい。

きれいに焼き上げた目玉焼きをフォークの先でつついて、黄身をつぶした。とろりとした黄身が涙のように皿を伝う。

母親が起きてきた。「雨、よく降るねえ……」と上着を羽織りながらあくび交じりに言って、台所で水道の水を飲んだ。コップにたてつづけに二杯。今朝の二日酔いはいつもより重そうだ。

「ごはん、どうするの？」

「無理無理、頭も痛いし、気持ち悪いから」

「インスタントの味噌《みそ》汁《しる》あるけど」

「いい、もう時間ないし」

母親は三杯目の水を胃薬と一緒に飲んで、みぞおちをさすりながら低くうめいた。酒のにおいが居間にまで届いたような気がして、おまえはつぶれた目玉焼きを一口に頰張った。

「あー、ほんと、気持ち悪い……」

母親は台所の流しに手をついて、ふと思いだしたように「シュウジ、あんた今日学校は？」と訊《き》いた。

「午後から」

「なんで？」

「午前中は卒業式の予行練習があるから、二年生は学校に来なくていいって」

早口に言った。トーストの載った皿の模様を目でなぞりながら。

最初ふうんとうなずいた母親は、「あんた、この前もそんなこと言ってなかった？」と居間を振り向いた。

「この前は……球技大会の準備」

声が少し揺れたが、悟られずにすんだ。母親は「ああ、そうだっけ」と軽く返し、時計を見ると急にあたふたと部屋に戻っていった。

おまえはまたトーストをかじる。遠い町で首を吊った少年は、遺書に両親への詫《わ》びの言葉を書き綴《つづ》っていたらしい。

午前九時。学校ではもう一時限目の授業が始まっている。火曜日の一時限目は——と思いだそうとして、数学だったか英語だったかあやふやで、どうでもいいや、と口の中のトーストを熱い紅茶で喉《のど》に流し込む。

自殺した少年は、首を吊る当日まで毎日きちんと学校に通っていたのだという。いじめのことは両親も教師も知らなかった。校長は取材に応《こた》えて、明るくて活発な生徒だった、と彼のことを話した。あってはならないことが起きてしまった、生徒たちには動揺しないよう伝え、学校でも命の重さをあらためて教えたい。いつものコメントが並ぶ。文部省か教育委員会が台本を渡しているのだろうか。それとも、事件が起きるとあわてて古新聞を引っ張り出して、当たり障りのないコメントのお手本を探すのだろうか。

バカだな、とおまえはまた笑う。死んでしまった少年と、生きているおとなたちの、両方を笑う。

そして、「今日は、まあ、いいか」とひとりごちて、命を絶つ日を一日繰り延べることに決めた。昨日もそうだった。おとといもそうだった。その前の日も、さらにその前の日も……。

だが、明日は、わからない。

化粧を手早く終えた母親は居間を通らずに玄関に出て、「じゃあ、行ってくるね」と言った。「今夜はちょっと遅くなるけど」

「適当にやるからいいよ」

「保護者会だけど……」

「欠席で出しとく」

「ごめんね、いま営業所の決算前だから、ほんとに忙しくて」

「いいってば」

母親が外に出ると、家の中は静けさに包まれた。ひとりきりの、がらんとした居間にも、もう慣れた。

シュウイチが警察に捕まってから、一年。母親がO市で化粧品の訪問販売を始めてからの日々も、ほぼ一年。父親が行方知れずになってから、半年。ひとめぐりした季節は、この家から笑い声を奪い去っていった。母親の帰りの遅い夜は、おまえも自分の部屋に籠《こ》もったきり、一晩じゅう居間に明かりが灯《とも》らない。秋も深まった頃、居間の隅にまだ扇風機が出ていることに気づいた母親は、からからと甲高い声で笑い、息を継いだあと、少し泣いた。

シュウイチは遠い町の施設で、心なのか頭なのか胸の奥深くなのか、とにかく目に見えないどこかの——粉々に砕けてしまったどこかの治療をつづけている。弁護士からの連絡は秋の初め頃から途絶えた。母親が最近面会に出かけた様子もない。

父親の行方は、手がかりすらつかめないままだった。夏休みに母親がキャッシュカードの使用停止の手続きをとったときには、すでに銀行口座の残高は千円単位になっていた。定期預金を解約してとりあえず残高は元に戻したが、それも長くはつづかなかった。年末に父親の古い友人が訪ねてきた。夏になる前に金を貸したのだという。父親が行方不明になったことを知らされた友人は、いまにも殴りかかりそうな勢いで母親に詰め寄り、借用証を突きつけた。数十万におよぶその借金を返すと、通帳に記された数字は、また千円単位に戻ってしまった。

母親の仕事も、昨年のうちはなかなかうまくいかなかった。朝早くから夜遅くまで、土曜も日曜もなくセールスに回っても、月に十万円の歩合を稼ぐのがやっとで、基本給と合わせてもぎりぎりの生活費にしかならなかった。

　ところが、年が明けてから状況が変わった。得意客をつかんだのだ。不動産会社の専務夫人だった。一瓶で一万円近くする化粧品や健康食品を次々に買い込むだけでなく、しばしば——ゆうべのように、そしておそらく今夜も、母親を食事や酒に誘って、行きつけのクラブのママやホステスたちにも商品を売り込んでくれるのだという。そのおかげで、先月——二月の営業成績は、一躍、営業所のトップになった。

「お母さん、意外とこの仕事が向いてるのかもね」

酔って帰宅した夜、呂律《ろれつ》のまわらない声で上機嫌に言うときもある。

だが、別の夜には、もっと呂律のまわらない声で、こんなふうにも吐き捨てる。

「あんたねえ、知ってる？　愛想笑いの笑い皺《じわ》っていうのが、いちばん取れないんだから。もう、お母さん、ほっぺたが疲れて、顔面神経痛になっちゃうよ……」

新聞をめくる。

死んだ少年の名前は、もう忘れた。

＊

中学校の校門をくぐると、三時限目の終わりを告げるチャイムが鳴った。

静かだった校舎が徐々にざわめきたち、昇降口で靴を履き替える頃には、キンと耳に刺さるような笑い声や、誰かが誰かを呼ぶしわがれた声も廊下に響きわたっていた。

右の上履きの甲に赤いボールペンで書かれた「殺」の文字を、おまえはぼんやりと見つめる。左の甲には、やはり赤いボールペンで、女性器の落書きがある。先週、書かれた。週末に家に持ち帰って洗ったが、落ちなかった。

おまえは息を大きく吸い込み、蓋《ふた》をするように唇を固く結んで歩きだす。

三階建ての校舎は、学年順に下から教室が並んでいる。昇降口の前の廊下を行き交う一年生が、おまえをちらちらと見る。「ひとり」になってから一年──もう、学校中が知っている。教師を除く誰もが。

階段の踊り場には、隣のクラスの男子が数人たむろしていた。おまえに気づくと、気の弱い者は目をそらし、気の強い者は挑発するように薄笑いを浮かべ、もっと気の強い者はおまえが通り過ぎるのとタイミングを合わせて尻《しり》を蹴《け》る真似をして、みんなで笑う。

三階から、三年生の男子が降りてきた。丸刈りの両端を剃《そ》り上げた連中だった。早退するのだろう、薄い鞄《かばん》を提げていた。その中に陸上部の先輩を見つけ、おまえは黙って会釈をする。顔を上げると、鞄の角で頬を小突かれた。横を向いてかわそうとしたら、鞄は今度は平手のように頬を張った。笑い声と一緒に、「死ね、バーカ」と誰かが言った。

おまえはもう一度会釈をして、階段を上る。もっとしつこくからまれることも覚悟していたが、三年生たちはそのまま階下へ降りていった。道ばたの石ころをなにげなく一蹴りしたようなものだった。

いつ頃からだったろう、おまえを「ひとり」に追い込む連中の顔やしぐさから、感情の高ぶりが消えてしまった。一学期のうちは憎しみや嘲《あざけ》りやいらだちが痛いほど突き刺さっていたのに、いまは誰もが、ごくあたりまえのようにおまえをいたぶる。いまおもしろいことをやっているんだ、という浮き立った気分さえ感じられない。赤信号になれば止まって、青信号になれば歩きだすように、奴らはおまえを嘲笑《あざわら》い、殴りつけ、持ち物を壊し、汚し、傷つけ、盗んで、捨てる。おまえの尻を蹴る真似をした隣のクラスの男子も、おまえを鞄で殴った三年生も、きっとすぐにそのことを忘れてしまうだろう。「俺、そんなことしたっけ?」と真顔で言うだろう。

百パーセントの「ひとり」だ——と、おまえは思う。「徹夫を敵にまわしたせいで誰からも口をきいてもらえないひとりぼっち」という特別な存在でも、もはやいられなくなってしまった。もしかしたら、おまえをいたぶる連中は、そもそもなぜおまえが「ひとり」になったかの理由すら忘れてしまったかもしれない。

「ひとり」でいることがあたりまえになってしまった「ひとり」。つまり、百パーセント。旅先の知らない町を歩いているようなものだ。

だから——教室に入る前、おまえはうつむいて、にやりと笑う。

徹夫たちの騒ぐ声を聞き流して、いつだっていいんだぞ、と声に出さずにつぶやく。

誰も知らない。百パーセントの「ひとり」の胸の内は、誰にもわからない。

死のう。

そう決めてから、もう三カ月近くになる。いつでもいい。その日はいつも目の前にある。手を伸ばせばすぐに届く。

自分の席につく前に、椅子と棚の中を確認した。今朝は画鋲《がびょう》も落書きもない。三日前には給食のマーガリンが塗りたくられていた棚の中も、今朝はだいじょうぶだった。

じゃあ、今日は死ぬの、やめといてやるよ――。

鞄から教科書やノートを取り出しながら、おまえらラッキーだなあひと殺しにならずにすんで、とまた心の中でつぶやいた。

一冊のノートを細く開いた。真ん中に封筒が挟んである。封筒の中身は、遺書。ボールペンで一言、〈忘れるな、おまえたちが死ぬまで〉と書いた。恨みを奴らに刻み込むには少し弱いような気もしたが、それをくどくどと並べ立てると、なんだか自分が負け犬として死んでいくようで、嫌だ。

ノートの最後のページには、小さな文字で旧約聖書の一節を書き写してある。「ヨブ記」第一四章の、中ほどのくだりだった。

〈木には望みがある。
たとい切られてもまた芽をだし、
その若枝は絶えることがない。
たといその根が地の中に老い、

その幹が土の中に枯れても、
なお水の潤いにあえば芽をふき、
若木のように枝を出す。
しかし人は死ねば消えうせる。
息が絶えれば、どこにおるか。
水が湖から消え、
川がかれて、かわくように、
人は伏して寝、また起きず、
天のつきるまで、目ざめず、
その眠りからさまされない。
どうぞ、わたしを陰府《よみ》にかくし、
あなたの怒りのやむまで、潜ませ、
わたしのために時を定めて、
わたしを覚えてください。
人がもし死ねば、また生きるでしょうか。
わたしはわが服役の諸日の間、
わが解放の来るまで待つでしょう〉

言葉とはなんだろう。おまえは思う。いつも思う。旧約でも新約でも、聖書の教える内容は難しすぎてよくわからない。ただ、言葉だけがある。言葉だけが、おまえの目をとらえ、胸にひっかかって離れない。

言葉とはなんだろう。

なぜ、自分は遺書を書いたのだろう。

話す相手のいなくなったおまえは、たくさん本を読むようになった。新聞でも雑誌でも、折り込み広告でも、読む。言葉がすべて自分に向く。言葉はすべて、おまえに語りかけている。そんな錯覚に陥ることもある。本を読むと——言葉に触れると、不思議と気持ちが安らぐ。

シュウイチの書棚には、参考書や問題集以外の本は一冊もなかった。シュウイチは言葉の代わりに炎を見つめて楽になっていたのかもしれない。

聖書の言葉はシュウイチを救ってくれなかったのか。救ってもらうことなど求めてはいなかったのか。施設で、いま、なにを読んでいる？　聖書をいつか差し入れてやりたい。思うだけで、母親には言わない。ほんとうは聖書に読みふけるシュウイチではなく、聖書をびりびりに破り裂くシュウイチの姿を見たいのかもしれない——そんなふうにも思うから。

2

数日間降りつづいた雨がようやくあがると、今度は冷たい北風が何日も吹きすさんだ。嵐を思わせるような強い風だった。

真夜中に、電線が鳴る。昔のような、女のすすり泣きに似た細い音ではない。幾重にも重なった、男のうめき声だ。『ゆめみらい』の工事のために縦横に延びる仮設電線が、それぞれにたわみ、引っ張られ、揺れ、震えて、鳴っているのだった。

干拓地の風景は、もはや広大な工事現場と呼んだほうがいいほど変わった。用水路はとうに埋め立てられた。いつもこの時季にはレンゲの花で赤く染まっていた田んぼも、そろそろツクシが顔を出すはずの畦道《あぜみち》も、消えた。

季節に終わりの一日があるように、風景の記憶にも終わりの一日がある。それはもう過ぎてしまったのだろう、とおまえは思う。ホテルやテーマパークの建物は骨組みができあがり、道路も整備された。かつての干拓地の面影を探すより、すべての工事を終えてオープンしたときのたたずまいを思い描くほうが簡単だった。

ウインドブレーカーのフードの顎紐《あごひも》をきつく締めて、おまえは干拓地を走る。放課後まっすぐに家に帰ると、宿題もそこそこに服を着替え、暗くなるまで、ひたすら走りつづける。

正式な届は出していなかったが、陸上部では退部同然の扱いを受けていた。顧問の高橋と学校の廊下ですれ違っても「練習出てこいよ」と声をかけられることはないし、秋から冬にかけての大会の名簿にも名前はなかった。

風が強い。深い前傾姿勢をとらないと腰や膝《ひざ》がふらつく。長距離を走るときには、うつむくと肺や気道が狭まって呼吸の効率が悪くなる。一年生の頃、高橋に何度も注意された。いつも走りだすときには胸を張ることを意識しているのだが、途中から、つい自分の足元に視線が落ちてしまう。南波恵利を見てみろ、とよく言われた。あいつのフォームがお手本だ、あんなふうに背筋を伸ばして、あんなふうに顎を引いて、あんなふうに腕を振って、あんなふうに足を跳ね上げていくんだ……。

いまも忘れてはいない。エリの背中は、いつでも、おまえの走る先のほうに浮かんでいる。

あいつは走りながらなにを見つめていたんだろう――。

幻のエリを追って走りながら、思う。

あいつは、どこに、向かって、走っていたん、だろう――。

答えのわからない問いが、はずむ息に溶ける。

エリが「沖」を出ていって、もうすぐ丸一年になる。結局一度も手紙は来なかった。教会に出かけても神父がエリの話をすることはないし、教室のおしゃべりに聞き耳をたてててもエリの名前は出てこない。

エリが松葉杖《まつばづえ》をつくようになるまで、あれほど期待して熱を込めた指導をつづけていた高橋も、いまはエリを懐かしむことすら、ない。まるで消しゴムをかけてしまったように、エリはおまえの世界から消えた。たぶん、それはエリ自身の望むことでもあったのだろう。

吹きつける風に逆らって、顔を上げる。ナイロンのフードがばさばさと音をたてる。

俺は、そんなのは嫌だ――喉《のど》の奥で言う。まっさらに消えてしまいたくはない。誰かの記憶になにかを残して、たとえそれが苦い思い出でもかまわないから、自分が確かにここにいたという足跡を残して、消えたい。

足を速める。渇いた口の中を舌で舐《な》める。

先を走るエリの背中は、夕闇に半ば溶けながら、しかし決して消えることはない。ポニーテールを束ねる赤いリボンが、揺れる。

広い干拓地のはずれまで来た。『ゆめみらい』に隣接するゴルフ場のコースの外、工事の車の行き来もない静かな一角だ。このあたりまで来ると、工事の始まる前の干拓地の面影がわずかながら残っている。

鬼ケンと出会ったのは、このあたりだった。記憶はあやふやで、たぶん違うだろうなという気もしないではないが、勝手にそう決めた。

そろそろいいかな、と適当な場所で踵《きびす》を返した。遥《はる》か彼方に、『ゆめみらい』の工事の明かりが見える。展望台を兼ねたシンボルタワーの上のほうが赤く点滅している。骨組みの工事がその高さまで進んだ、という証《あかし》だ。

工事は急ピッチで進む。ホテルとドーム式のプールは今年の夏、テーマパークやゴルフ場やショッピングモールは来年の春に開業する予定だった。

だが、町のひとびとは、もう、夢のような未来を思い描いて完成を待っているわけではない。

好景気は終わった。まばゆい浮かれ騒ぎの反動の、重苦しい不況の雲が、好景気とは逆に今度は地方からたちこめていく。『ゆめみらい』が開業しても予想ほどの集客力はないのではと問う新聞記事が一月には出た。ショッピングモールの核になるはずだった大手デパートも、進出の規模の縮小を考えているらしい。駅前に立つ巨大な完成予想図の看板も、四隅が錆《さ》びてきた。

アカネは去年の暮れに新田と二人で大阪に帰った。「本家とな、『ゆめみらい』のことでいろいろ相談せなあかんねん」と、ため息交じりに言っていた。

それでも、工事は進む。シンボルタワーは空に向かって伸びていく。

強い北風を、今度は背中に受けながら、おまえは走る。タワーの赤色灯の瞬きに合わせて息を吸って、吐く。風に後押しされたおかげで、体が少し軽くなった。

もっと強く吹けばいい。もっと、もっと、もっと、もっと……。

ひときわ強い北風に襲われたタワーが海に向かってゆっくりと倒れていく、そんな光景を、ときどき思い描く。

＊

春休みに入ってからも、空模様はぐずついたままだった。明け方に激しい雷雨が襲ったかと思えば、午後からは汗ばむほど気温が上がる。逆に、朝は雲一つなかった空が半日かけて厚い雲に覆いつくされ、夕方には冷たい雨が降りだす日もあった。桜の開花予想は二度にわたって繰り延べられ、春休み早々に開かれるはずだったK市の市民ロードレースも雨天中止になった。

三月の終わり近くのその日も、早朝に降った雨が中途半端な雨脚であがってしまった。このまま晴れ間が覗《のぞ》くのか、あるいはさらにまた降りだすのか、雲行きははっきりとしない。

「洗濯物、どうする？　干していい？」

脱水の終わった洗濯物をカゴに移し替えながら訊《き》くおまえに、母親は居間のコタツに突っ伏したまま「それくらい自分で考えなさい」と面倒臭そうに言った。

いつもの二日酔いが、今朝は特にひどい。迎え酒だと言いながら朝から缶ビールを空け、二本目の途中でどこかに電話をかけて、先方が留守番電話になっていたのだろう、泣き声で「とにかくご連絡をください、待ってます」と繰り返し、電話を切ったあとはいまいましげにコードレスの受話器を放り投げて、またビールを呷《あお》って……もう、三本目の缶が空いた。

「お母さん、仕事、休むの？」

「行くわよ。行かなきゃ食べていけないんだから」

「だったら、お酒……」

「うるさい！」

顔を上げて一声怒鳴ると、それで張り詰めていたものが切れてしまったのか、母親はうめくように泣きだした。

だまされた——何度も言った。

裏切られた——とも言った。

おまえは洗濯物の入ったカゴを提げてたたずんだまま、ぼんやりと母親を見つめる。髪に白いものが増えた。仕事柄、外に出るときにはくどいほどの化粧をしているが、そのぶん、素顔に戻ったときは急に年老いたように見える。

「ひとなんか信じちゃだめだからね、みんな裏切るんだから、だますんだから」

飲みかけのビールを手に取って、唇の縁からこぼしながら呷る。

「ちょっとねえ、あんた、聞いてよ、すごい話なんだから……」

得意客だった奥さん——不動産会社の専務夫人に、逃げられた。

「言葉のアヤじゃなくて、逃げたんだよ、会社ごと」

奥さんの会社は、バブル景気のさなかにO市の中心街に次々と建ったワンルームマンションの転売を繰り返して利ざやを稼いでいた。それが地価の急落でたちゆかなくなってしまい、ついに倒産したのだという。専務夫妻はどこかに姿を消し、債権者が押しかけたときには事務所はすでにもぬけの殻だった。

「汚いよ、ひどいよ、あのひとは……」

母親は空になったビールの缶を両手で挟んでへこませた。パキパキ、と甲高くとがった音が、耳に刺さる。

「だけど」おまえは母親を励ますつもりで言った。「お母さん、お金を貸してたわけじゃないんでしょ？」

だが、母親は目をキッと吊り上げて、ひしゃげた缶をおまえに投げつけた。

「知ったふうなこと言うな！」

おまえは黙って缶を拾い、コタツの天板に載せた。

母親はまた突っ伏して泣きだした。

「貸してるんだよ、何万円……何十万円も……売掛で……あさって集金だったんだから……」

集金の責任は、母親が負う。専務夫人が踏み倒した化粧品や健康食品の代金は、すべて母親が会社に支払うしかない。

おまえは目をつぶって息をつき、カゴを提げ直して庭に出た。

雲の色は、すぐにでも陽が射し込みそうな明るいところもあれば、どんよりと重たげなところもある。雲の切れ目から陽光がスポットライトのように射し込むとき、その光の下では誰かが死んでいる。子どもの頃に聞いたことがある。教えてくれたのは、シュウイチだった。

洗濯物を干しながら、今日死んじゃってもいいんだけどな、とおまえは思う。春休みなので、朝のホームルームの時間に担任の教師が「じつは……」と切り出してみんなを驚かせるという楽しみはなくなってしまったが、もしかしたら臨時の全校集会が開かれるかもしれない。新聞やテレビも来るかもしれない。誰が泣くだろう。誰も泣かないような気がする。べつにかまわない。あいつらから、へらへらした笑いを奪い取ってやれれば、それだけで、いい。

居間では、母親がまだ泣いている。嗚咽《おえつ》交じりの声が聞こえる。シュウイチぃ、シュウイチぃ、と呼んでいた。あんたがいなくなったから、もう、ウチはめちゃくちゃだよぉ、と泣いていた。

バカだな。おまえは物干し竿《ざお》に掛けたランニングシャツの裾《すそ》を伸ばして、笑う。あいつがいたから、ウチがめちゃくちゃになったんじゃないか――。

今日、死のう。はっきりと決めた。おまえのできなかったことをやってやるよ、とシュウイチに言った。

3

小一時間ほどして母親は家を出ていった。酔いが醒《さ》めているとはとても思えなかったが、軽自動車をカーポートから急発進させて、どこかに向かうというより逃げるように、家から離れていく。

二階の窓からそれを見送ったおまえは、まずトイレで用を足した。小便のあと、その気はなかったが便器に腰を掛けて、大便も少しだけ出した。にんげんは、死ぬと大小便を垂れ流す。クソとションベンにまみれるのは嫌だもんなあ、と尻《しり》を拭《ふ》きながら笑った。

トイレから出ると、風呂《ふろ》で熱いシャワーを浴びた。体を清めるだけでなく、血行を良くしておけば、早く楽に死ねるだろう、と思った。

素裸で風呂から居間に移る。股間《こかん》に手をあて、性器を握りながら、居間をぐるぐると回る。性器が熱くなる。固くなる。結局童貞のままで人生が終わるのかと思うと少し寂しかったが、セックスの体験を知らずに死ぬのも百パーセントの「ひとり」にはふさわしいかもしれない、という気もする。

最後のマスターベーション——相手を誰にするか、考えた。エリにはしたくない。アカネも嫌だ。二人のことは死ぬ間際、意識の消える瞬間に思っていたい。アイドル歌手の顔も何人か思い浮かべてみたが、性器がいきりたつほどの衝動は感じなかった。

クラスの女子。「ひとり」になったおまえを遠巻きに眺め、徹夫たちに「かわいそうだから、やめてあげれば？」と言う、決して手は下さないけれど、ほんとうは男子の連中よりも残酷なのかもしれない女子の顔を、思いだすまま順に浮かべた。あいつらをいたぶってやるのもいい。制服を着せたままスカートをめくり上げて、パンツを引き裂いて、股《また》を開く。縛ってやる。親の見ている前で犯す。同級生の見ている前で、マスターベーションをさせる。尻をこっちに向けさせて、鉛筆を突っ込んでやる。写真を撮る。鏡に映す。それを本人に見せてやる。ぜんぶで何人だ？　クラスの女子は十九人。十九個の性器が横にずらりと並んだ光景は、きっと壮観だろう。ひゃははっ、と笑う。手のひらの中で性器がひときわ熱くなる。犬を連れてこよう。盛りのついた牡犬《おすいぬ》だ。十九匹の牡犬が、十九人の牝豚《めすぶた》どもにのしかかる。ひゃははっ、ひゃははははっ、ひゃはははは……。

脇腹が痛くなるほど笑って、シュウイチが壊れてしまった頃の笑い方に似ていることに気づいた。右手の中の性器が、空気が抜けたように萎《な》えていった。手のひらを前後させてみても、性器の雁《かり》の下に軽く爪を立ててみても、だめだった。

ふざけるな、と性器の根元を強く握る。左の手のひらに唾《つば》を垂らし、性器の先端に塗りつける。ぬるぬると濡《ぬ》れたそこを手のひらのくぼみにあてて、小さな円を描く。

同級生の女子ではだめだ。あんな女たちを辱めるだけでは、ものたりない。もっとひどいことを、背筋のぞくぞくするような、やってはならないことを、したい。

居間を出た。薄暗い廊下を少し歩いて、襖《ふすま》を開けた。

雨戸をたてたままの暗い和室に、母親の布団が寝乱れたまま敷いてある。枕元に丸まっているのはパジャマ、その横に、ゆうべのシュミーズ。

性器を右手で握ったまま、布団の上に膝立《ひざだ》ちした。化粧のにおいがする。汗のにおいも交じっている。薄く目をつぶって、性器をこする。ほのかに甘いにおいが、鼻の奥からちのぼってくる。

母親と最後に一緒に風呂に入ったのは、小学三年生か四年生の頃だった。どんな裸だったかはもう忘れた。だが、裸身が浮かばなくても、母親はおんな、だ。掛け布団を両膝で挟んだ。性器が熱い。固い。シーツの端が尻の割れ目に触れる。母親はおんなだ。おんなだ。おんなでしかありえない。父親が家にいた頃は、週に何度だったのだろう、セックスをしていたはずだ。二階に声が漏れないよう気づかって、腰を動かしていたはずだ。父親の性器を口に含んでいたのだろうか。父親に性器を舌でまさぐられていたのだろうか。四つん這《ば》いになって父親を迎え入れていたのだろうか。父親の上にまたがって、自分で乳房を揉《も》みしだいて、あえいでいたのだろうか。甘いにおいが鼻の奥に満ちる。半ば開いた口から、よだれが垂れる。腰だけ浮かせて、うつぶせた。枕に顔を埋《うず》めた。鼻をこすりつけ、頬ずりして、俺はいまひどいことをしてるんだぞ、と自分に言う。性器を握る。手のひらを動かす。動かす。動かす。動かす。動かす。動かす……。

父親が家を出ていってから、母親はどうやって性欲を処理しているのだろう。性欲はある。絶対に。おんなだから。にんげんだから。あれをしたいとき、男のあそこを入れたいとき、あのひとは、どうしているのだろう。違う、あのひとではない、このひと、ここに、ずうっと昔はおまえと体がつながっていた、ここ、この、お母さんは、マスターベーションをしているのだろうか。どこかで男と会って、男に抱かれて、お母さんが、お母さんが、俺のお母さんが、お母さんはお兄ちゃんとセックスをしたいと思ったことはなかったのだろうか、お兄ちゃんはお母さんを犯したいと思わなかったのだろうか、お兄ちゃんとお母さんが裸で抱き合っている、見える、はっきりと見える、嫌だ、お母さんとやるのは俺だ、俺がお母さんを犯す、お母さんの股を広げ、あそこに顔をつけて、お母さんは嬉《うれ》しいだろうか、気持ちよくて泣きながら笑うだろうか、お母さんのあそこは熱いだろうか、ぬるぬるしているだろうか、締めつけてくるだろうか。性器が熱い。ちんぽが熱い。お母さん、俺のちんぽ、入れさせて。こする、こする、こする、シュミーズを手に取った、シュミーズであそこを包んだ、やわらかい、甘い、滑る、強く包む、俺はお母さんを犯す、犯す、犯す、にんげんのやってはならないことをする、死ぬ前に、死ぬから、死ななければならないから、お母さん泣いてくれるかな俺が死んだら泣いてくれるかな、お兄ちゃんが死ぬより悲しいかな、お父さんが死ぬより悲しいかな、泣いてくれなかったら嫌だな、俺は百パーセントの「ひとり」だから誰も泣いてくれないのかな、べつにいいや、お母さんのおまんこに俺のちんぽが入れば俺とお母さんはひとつになるから俺はもう「ひとり」じゃないから、お母さんも一緒に死んでくれたらいいのにな、お母さんを殺してから死のうかな、でもかわいそうだから犯すだけでいいかな、お母さんお母さんお母さんお母さん出るよもう出ちゃうから出していいでしょお母さんお母さんお母さんお母さん……。

＊

汚れたシュミーズを洗面所で水洗いして、固く絞った。母親が帰ってくるまでに乾くかどうかわからなかったが、かまわない、帰宅した母親が最初に気づくのは——気づかなければならないことは、別にある。

服を着たおまえは二階に上がり、自分の部屋の机に向かった。

抽斗《ひきだし》から、遺書を挟んだノートを取り出した。封筒を抜き取って、机の真ん中に置く。表書きのない封筒の白さを目に流し込んで、瞬くと、瞼《まぶた》の裏が少し熱くなる。

十四歳。

短い。それは、もう、間違いなく。

だが、おまえはすでに疲れていた。年老いていた。

百パーセントの「ひとり」で過ごした今日までの日々に耐えきれなかったわけではない。だが、百パーセントの「ひとり」のまま、明日からも生きていくということに疲れた。明日が今日になり、昨日になっていく間に降り積もるはずの疲れを、おまえはもう先に背負ってしまった。「こんなことがあった」から死ぬのではなく、「こんなことがあるだろう」と思うから、死ぬ。ひとは首をかしげるだろうか。あきれて笑うだろうか。「だって」と返してやろう。「死なないと、ずーっと『いない』ままになっちゃうじゃないか」。死ねば、「いる」。苦い記憶になって、いつまでも奴らの胸に残る。ざまあみろ。

折刃式のカッターナイフをペン立てから取った。手首では死にきれないかもしれない。ならば、首筋の頸動脈《けいどうみゃく》。血が噴水のように勢いよく飛び散る、らしい。部屋が汚れる。首を吊ろうか。どっちがいい。電気コードのビニールを剝《は》がしてコンセントに挿し込むのも悪くない。

とりあえず、手首だな――。

右手に持ったナイフの刃を出して、左手の手首にそっと押し当てる。青い血管が肌に透ける。ここを、こう。力を入れずに刃の角度を立てて、できるよな、だいじょうぶだな、と自分に確かめて、手首から浮かす。

肩の力を抜いた。額の生え際ににじむ汗を、シャツの袖《そで》で拭《ふ》いた。右の手のひらも汗ばんでいる。左の手のひらは、なにもしていないのに、痺《しび》れたようにピリピリして、うまく閉じられない。

死ぬんだもんな、緊張するよな――。

無理に笑おうとしたが、頰も動かない。椅子から立ち上がる、ただそれだけのしぐさをこなすために、両手を机に叩《たた》きつけるようにして勢いをつけなければならなかった。

窓を開けた。干拓地を見渡した。雲は重く垂れ込めていたが、海のほうはだいぶ明るくなっている。風はない。『ゆめみらい』の工事の音がかすかに聞こえる。クレーンを何本も従えたシンボルタワーは、うっすらと靄《もや》のかかった空に、いまもまだ倒れることなくそびえている。

机に戻り、分厚い聖書を開く。栞《しおり》を挟んである。死ぬときには最後にここを読もう、と決めていた。

「イザヤ書」第六〇章――。

〈あなたは捨てられ、憎まれて、
その中を過ぎる者もなかったが、
わたしはあなたを、とこしえの誇《ほこり》、
世々の喜びとする〉

〈昼は、もはや太陽があなたの光とならず、
夜も月が輝いてあなたを照さず、
主はとこしえにあなたの光となり、
あなたの神はあなたの栄えとなられる。
あなたの太陽は再び没せず、
あなたの月はかけることがない。
主がとこしえにあなたの光となり、
あなたの悲しみの日が終るからである〉

聖書を閉じた。怖いか？　と自分に訊《き》いた。答えを探る前に、カッターナイフを握った。

さっき手にしたときよりもナイフの柄が太く、分厚くなったように感じられる。

やるぞ、と自分に言った。やるんだぞ、と念を押した。

さっきと同じように左の手首を少し持ち上げて、青く透ける血管の真上にナイフの刃をあてた。

手が震える。目がかすむ。奥歯がカチカチと鳴る。喉《のど》がつっかえて、息ができない。

あと少し。右手をグッと押し込む、それだけでいい。手首が血を噴き出して、そこからどれくらい時間がかかるのだろう。早く意識がなくなってくれればいい。睡眠薬を買っておけばよかった。酒に酔っていれば少しは違うだろうか。だが、いまナイフを手放してしまうと、もう二度と柄を握ることができなくなりそうな気もする。

早くしろ、と自分を叱った。

なにやってるんだ、とどやしつけた。

「ヨブ記」の一節を頭に浮かべる。

人は死ねば消えうせる。

人は死ねば消えうせる。

人は死ねば消えうせる——。

右手が動かない。左手が震えながら下がっていく。うめいた。みぞおちが絞られるように痛くなった。瞼の裏で鈍い光が明滅する。喉が渇く。水を飲みたい。だが、小便にまみれて死ぬのは嫌だ。

両手がぶるぶると震える。ナイフの刃の銀色が溶けて流れだす。目をつぶった。歯を食いしばった。右手というより、むしろ左手のほうから押しつけるようにして刃を手首に食い込ませた。

切れない。手ごたえは確かにあるのに、まだ刃は肌を切り裂いてはくれない。

刃を折って、新しい刃にしておくべきだった。いや、カッターナイフの薄っぺらな刃ではしょせん無理なのかもしれない。手首の肌は、こんなに薄いのに。爪を本気で立てれば破れそうなほどなのに。

包丁に変えよう。首吊りでもいい。感電死でもいい。別のやり方を探せ。

だが、右手はナイフの柄を握ったまま、凍りついたように動かない。

くそったれ——と自分を叱りつけた、そのときだった。

窓の外から、音が聞こえた。

『おさるのかごや』のメロディーに乗って、しわがれた男の声が、家のすぐそばで響きわたる。

「ご家庭でご不要になりました、古新聞、古雑誌がございましたら、トイレットペーパー、ポケットティッシュ、化粧紙とお取り替えいたします……」

ああ——。

つぶやきが漏れる。

春なんだ、と知る。

冬の間は焼き芋を売っていた軽トラックが、暖かくなるとちり紙交換に変わる。

春なんだ、もう、春なんだ、と目をつぶったまま繰り返すと、鉛のように重かった体が急に軽くなった。

目を開ける。

カッターナイフの刃は確かに手首に食い込んでいた。だが、肌は刃に引き裂かれることなく、血は青い血管の中にとどまったままだ。

右の手のひらを少し開いた。ナイフの柄は情けないくらい小さく薄っぺらだった。まるで、それは、射精を終えたあとの萎《な》えた性器のように。

ナイフが床に落ちる。

傷ひとつない左の手首をじっと見つめ、おまえはぽろぽろと涙を流した。

泣いているという意識はなく、ただ、泣いた。泣きつづけた。途中で頬がゆるむ。泣き笑いの顔になる。

春なんだ、とおまえはもう一度つぶやいた。

第十章

I

明日、ちょっと遠くに出かけてみませんか——と神父が誘ってきたのは、旧盆の少し前、夏休みが半ばを過ぎようとする頃だった。

「遠く、って?」

おまえが訊《き》くと、神父は座卓で書き物をしながら「遠くです」と返した。答えにはなっていなかったが、「遠く」という言葉が、耳よりもむしろ胸に心地よく響いて、おまえは広間に仰向けに寝ころんだまま「行く」と言った。

「朝早いうちに出ます。早起きですよ」

「だいじょうぶ」

「帰りは夜になるから、晩ごはんは外で食べて帰りましょう。お母さんにもそう伝えておいて……」

神父の言葉をさえぎって、「だいじょうぶ」と少し強い声で言った。自分の声が耳に刺さる。隠しておいたものがぽろりと覗《のぞ》いてしまった。おまえはにらんでいた天井板から目をそらし、隠してたってしょうがないだろ、と心の中で吐き捨てた。

少し間をおいて、神父は言った。

「シュウジ、学校の先生やお母さんには、もう話したのですか？」

おまえはまた天井板をにらみつける。

「ほんとうは、まだ決心がついてないいんじゃないですか？　シュウジにも」

「そんなことない」

「後半の補習はどうするんですか」

「行かない」

「先生には、どんなふうに説明するつもりなんですか？」

「……いま、考え中」

おまえは寝返りを打って神父に背中を向け、枕にしていた両手で頭を強く抱え込んだ。

「シュウジ、私は高校に行ったほうがいいと思いますよ。学歴がどうこうというのではなくてね」

黙っていたら、神父はさらにつづけた。

「もう一度、ゆっくり考えてみたほうがいいと思いますよ」

あんた――と言おうとしたが、口が勝手に、子どもの頃からの呼び名をなぞった。

「……神父さんには、関係ないだろ」

「じゃあ、なんで私に話したんですか？」

また、答えに詰まる。言葉だけでなく、それについてなにか考えようとしても、先に進むとすぐに壁にぶつかってしまう。横に動いてもだめ。あとずさっても、そこは壁。閉じこめられている。そして、身動きがとれないうちに壁や床や天井がじわじわと迫ってくる、そんな気もする。

起き上がった。神父のほうを見ないようにして、軽く背伸びをした。

「昼飯、買ってくるけど、神父さんはなにがいい？」

「私はいいですよ、冷蔵庫にあるもので適当につくりますから」

「なにもないだろ、冷蔵庫の中なんて」

神父は、あはは、と気のない笑い声をあげた。

「いいから、買ってくるよ。幕の内弁当みたいなのでいい？」

「じゃあ、おそばかサンドイッチにしましょうか。玄関に財布がありますから、そこからお金を……」

「いいって、金、あるから」

濡《ぬ》れ縁に出た。まぶしい陽射しに顔をしかめた。タンクトップの胸を広げて風を入れ、ショートパンツを少し引き上げた。

ジョギングシューズをつっかけて、庭に下りる。広間を振り向くと、神父は書き物の手を休めてこっちを見ていた。

「お金、お母さんから？」

笑顔で、けれど寂しそうに訊く。

「そう」おまえはそっけなく答え、膝《ひざ》を軽く屈伸させる。「先週の競艇で勝ったから」

「今日は……仕事ですか？」

「わかんない。どうせ途中でパチンコに行くと思うし」

おまえは屈伸をつづけながら冷ややかに笑って、「ああそうだ」と振り向いた。

「明日行くところって、電車かバスに乗っていくんでしょ。いくらぐらいかかるの？」

「いいですよ、それは」

「よくない」

「こっちが付き合ってもらうんだから」

「千円あれば足りる？」

神父は黙ってかぶりを振った。

「二千円だとオッケー？」

ショートパンツのポケットに入れた財布には、千円札が二枚と小銭が少し。競艇で母親が儲《もう》けた金は十万円近くあったはずだが、息子によこした小遣いは五千円だけだった。朝昼晩の三食をコンビニエンスストアで弁当を買ったら、二日で半分以上遣ってしまった。腹が減ってしかたない。食べるものすべてが体に染み込んでいく気がする。十五歳。一年前より身長が七センチ伸びて、体重が三キロ増えた。そして、千五百メートル走のタイムは、もうすぐ五分を切る。

「あのね、シュウジ……」迷い顔になった神父は、ためらいを断ち切るように早口につづけた。「明日はもうちょっと遠くまで行くんですよ、新幹線に乗って」

「新幹線？」

「そう、大阪まで行くんです」

「……大阪、って？」

神父はそれには答えず、書き物に戻った。手紙を書いている。長い手紙だ。誰に宛てているのかは知らない。

「大阪まで、日帰り？」

「ええ。泊まるほどの距離じゃないですし」

神父はもう顔を上げない。文面に迷っているのか、便箋《びんせん》に目を落としたまま、何度か首をかしげた。

まあいいや、とおまえは踵《きびす》を返し、庭の外に向き直った。坊主刈りの頭を直射日光から守るためにキャップを目深にかぶり、腕時計のストップウォッチをスタートさせてから、ゆっくりと走りだす。

玄関にまわって表の通りに出て、コンビニエンスストアのある国道を目指す。足がアスファルトの固さに慣れる前に、汗が噴き出してきた。

今年の夏は、うんざりするほど暑かった去年の夏よりも、さらに暑い。『ゆめみらい』の工事は仕上げの段階に入り、「沖」の風景に昔の面影を探すのも難しくなった。蝉の声が聞こえる。ひとすじ、ひとすじ、聞き分けられる。走りだすと神経がピンと張り詰める。足の運びに合わせて流れ去っていく風景は、立ち止まって眺めるときより、色も形も遥《はる》かにくっきりと目に飛び込んでくる。

スピードを上げる。自転車にはもう何カ月も乗っていない。徹夫たちがこっそり乗り回している原付バイクや、もっと大きなバイクにも、興味はない。走ることが楽しい。走っていると、自分が「ひとり」だということが誇らしくなる。エリのことを思う。幻のポニーテールが揺れる、幻の後ろ姿が浮かぶ。だが、いまは、追いつこうとは思わない。「ひとり」の強さを教えてくれたひとの背中をただ見つめ、「ひとり」と「ひとり」が同じ道を走っているのなら、それでいいんだ——と思う。

おまえは毎日黙々と走りつづける。ゴールがどこにあるのかわからない長距離走を、競う相手のいないまま、つづける。

＊

母親にはツキがあった。

「シュウイチとお父さんには泣かされたんだから、ちょっとくらいはいい目を見たっていいんだよ、こっちだって」

ときどき、自分を納得させるように言う。

実際、嘘のようなツキだった。神さまがいたずらを仕掛けたとしか思えないほどの。不動産会社の専務夫人は、三月の終わりに夫とともに夜逃げしたまま、まだ行方はわからない。化粧品や健康食品の売掛の代金は、百万円近かった。母親には、三十万円ほどを工面するのが精一杯だった。

五月。支払日を二日後に控えて、母親は車をあてもなく走らせた。

「半分、死ぬつもりだったんだよ」

母親は知り合いと長電話をするとき、しょっちゅうその話を繰り返す。

「もう死んでもいいか、って。お金は、それは、まあ、サラ金で借りることもできるかもしれないけど、もう疲れちゃったんだよねえ、いろんなことがありすぎたから……」

午後の遅い時間になって、母親の車はK市の中心部を抜けて、海沿いに延びる国道を進んだ。道の両脇に、競艇場と競輪場の看板が目につくようになった。競艇場はK市の南側と隣接するS市に、競輪場は東側と隣接するT市にある。

「ギャンブルでお金をどうこうっていう気はなかったんだよ、ほんとうに。ただねえ、車の中でずっと思ってたんだ、この世には神さまも仏さまもいないのか、って。だってそうだろう？　頭がおかしくなった長男に、金かっさらって逃げだしたダンナに、とどめが客の夜逃げだよ、ひどいもんだよ、生き地獄だよ、なんで私がこんな目に遭わなくちゃいけないの、私がなにか悪いことした？　なにもしてないんだよ、こっちはねえ、こつこつこつこつ働いてきたんだ、ダンナに仕えて、息子を育ててやって、それでなんでちっともいいことがないの？　神さまだの仏さまだのが、ほんとうにいるんなら、たまにはパーッといい目を見せてくれたっていいじゃないか」

母親はそこの部分をまくしたてるように言ったあと、しばらく黙って、電話の相手の慰めや励ましを待つ。いつもだ。話すたびに言葉はなめらかになり、沈黙は深く沈むようになる。

「だからね」と母親は話をつづける。

「運試しっていうか、逆だね、役に立たない運なら、ここでいっぺんに使い切っちゃってもいいと思ったんだね、私は。どうせ死ぬ気なんだから、本気で死のうと思ってたんだから」

やがて車は交差点にさしかかった。まっすぐ進めば競艇場のあるS市、左に曲がれば競輪場のあるT市。S市までは五キロで、T市までは八キロ。

「ふつうなら、べつにどっちだっていいんだから、近いほうに行くだろう？　誰だって行くよね、そっちに。でもね、なーんでかわからないんだけど、私、左に曲がったのよ。競輪場のほうに行ったの」

生まれて初めてのギャンブルだった。残り三レースに間に合って、見よう見まねで車券を買った。

「こういうところがねえ、やっぱり母親なんだろうねえ、シュウイチの誕生日が四月二十二日だったから2―4と、シュウジは六月三日だから3―6と、千円ずつ買ったのよ。もう、そんなの、競輪のことなんてなーんにもわからないんだから、いいのいいの、ほんとにね、財布の中身、すっからかんにしちゃおうと思ってたんだから」

最初のレースは、2―4が来た。そこそこの配当だった。

次のレースも2―4と3―6を、今度は五千円ずつ買った。

すると、また2―4。

「競輪のレースなんて、あっという間なのよ。五分も走ってないんだと思うんだけど、それで、なにがなんだかわからないうちに、手持ちのお金が十万円近くになってたんだから、怖いわよ、ほんとうに博打《ばくち》って怖いわよねえ……」

最終レースで、母親はおまえを捨てた。2―4に有り金をすべて注ぎ込んだ。

「苦労させられたんだから、あんたにちょっとでも親孝行するつもりがあるんだったら、こういうときくらいお母さんを喜ばせてよ、ってね。シュウイチはあんなふうになるまでは、ほんとうに優しい、親思いの子どもだったんだから……」

最終レースは、また2―4だった。十倍を超える配当がついた。売掛金の不足分をすべて支払っても、お釣りが来る。

「神さまはいるんだよ、仏さまはいるんだよ、ほんとうに。嘘みたいだもの、信じられなくて、うん、夢みたいだった」

そう言いながら、母親は待っているのだ。電話の相手が「シュウイチくんがお詫《わ》びの印に助けてくれたのよ」と言うのを。その一言を聞くために、長い話をつづけてきたのだ。

電話の相手が鈍感だったら、母親は自分で、少し悔しそうに言う。

「まあ、結局ねえ、シュウイチのおかげみたいなものよねえ……」

おまえの名前は、出てこない。

「それでね、私、自分で言うのもなんだけど、博才っていうらしいんだけど、そういうのがあるみたい。うん、競輪も競艇も、よく当たるのよ、これが。ダンナが『はずれ』だったぶんねえ、そっちに出たみたい、ツキが。最近は、だいぶ予想の立て方もわかってきて、そうそうそう、流れっていうのがあるからね、競輪にも競艇にも。だいじょうぶよお、平気平気、三日負けたって、四日目に大きいのを当てればいいんだし、当たるのよ、ほんとに、うん、嘘みたいだけど、ほんとうなの。それにね、車券でも舟券でも、たとえ負けても買ったぶんしか損しないでしょう？　そうでしょう？　安心なのよ。うん、私、意志強いほうだし。そりゃあそうよ、心持ちが弱いひとだったらあんた、とっくに首吊ってるんだから。だいじょうぶだいじょうぶ、博打の怖さなんてね、金持ちぶってる奥さんに売掛で化粧品せびられるほうが、今日び、よっぽど怖いわよ……」

実際、母親にはツキがあった。細かい勝ち負けはおまえには話さないが、競輪や競艇に通うようになってから生活に余裕ができたことは確かだった。たとえ二日つづけてむすっとした顔で帰ってきても、三日目には、二日ぶんの沈黙を埋め合わせるようにはしゃいだ様子で帰宅する。S市やT市に出かける時間のない日には、国道沿いのパチンコ屋へ向かう。パチンコではさすがに十万円の単位で勝つことはできないが、小遣い銭ぐらいは稼いでいるようだった。

母親はときどき、おまえに言う。

「勉強できる者が金持ちになるんだったら、世の中は簡単でいいよ。でも、そうじゃないんだよ、お母さん、やっとわかった。勉強だの学歴だのって関係ないね。お兄ちゃんなんか、いい例だろう？　あれだけ勉強ができてたのに、最後はああなっちゃうんだから、なんのために勉強したんだか、わからないだろう」

シュウイチは遠い町の、病院と少年院が一つになったような施設で、いまもまだ壊れたままだ。母親はずっと面会に行っていない。それを咎《とが》める伯父《おじ》に、「どうせ本人に会う気がないんだから、行ったってしょうがない」と言い返していた。壊れたシュウイチを見たくないのだろう。

だが、競輪でも競艇でも、母親はすべてのレースで必ず2―4の券を一枚買う。電話で知り合いと話すときには「まあ、お守りみたいなものだから」とごまかすが、ほんとうはそうではないのだろう、とおまえは思う。3―6の券を母親がお守り代わりに買った、という話は聞かない。

＊

朝のうちに数キロ走ってから教会に顔を出し、昼飯を食べたり庭の草むしりを手伝ったり昼寝をしたりして、夕方まで過ごす。陽が落ちると、夕凪《ゆうなぎ》のべとついた蒸し暑さに包まれて、また走る。朝よりも少し長い距離——夕立が気持ちよく降ったあとなどは、十キロ近く走ることもある。

夏休みは、ずっとそうして過ごしてきた。三年生の希望者が受講する補習授業は、実質的には毎年全員参加になっていたが、おまえは一度も出席していない。

必要ない。高校へは進まないんだ、と一学期の終わり頃に決めた。

自宅の留守番電話には、何度かクラス担任の伊藤からのメッセージが入っていた。家で一人で受験勉強をするよりも補習に来たほうがずっと能率的だから、定員が決まっているわけではないのでいつ来てもいいんだから、と繰り返していた。

伊藤は母親と歳のほとんど違わない女性教師だった。前任校から去年異動してきたので、シュウイチのことは直接は知らないはずだが、職員室での会話に出てくることもあるのだろう、一学期の半ばを過ぎたあたりから、おまえを見るときのまなざしが少し変わった。悪いふうに、ではない。かわいそうな少年を見つめる、同情のまなざしだ。廊下ですれ違うとき、なにか言いたそうな顔になることもある。

がんばって——か？

元気出して——か？

お兄さんとシュウジくんは関係ないんだから——なのか？

おまえは、だから、伊藤が大嫌いだ。

＊

「ひとり」になって、もう一年半近く。徹夫たちの嫌がらせはあいかわらずつづいていたが、おまえはそれをやり過ごすコツを覚えた。気づいてみれば簡単なことだった。悪意や嘲《あざけ》りや暴力に歯向かってもしかたない。決して話しかけてこない連中の口を無理にこじ開けても無意味だ。目を合わせようとしない奴らの胸ぐらをつかんで、それがいったいなになる？

運命だから――と、すべてを受け容《い》れた。そういう運命なんだからしょうがないんだ、と教科書に落書きされた卑猥《ひわい》な絵を修正液で消し、上履きに仕込まれた画鋲《がびょう》を捨て、留守番電話のテープに録音されたガラスをひっかくような音をボタン一つで消去する。

世の中には、さまざまな運命がある。蟬に生まれつくのも運命、人間として生まれるのも運命。男に生まれるのも、女に生まれるのも、運命。日本人、これも運命。背が低いのも運命、太っているのも運命、勉強ができるのも運命、足が遅いのも運命、誰かと出会うのも運命、命が思いがけない時点で絶ちきられてしまうのも運命……。

自分ではどうしようもない。「ひとり」になる運命だった。なにかを失ってしまったわけではない。どこかから転げ落ちてしまったというのとも違う。収まるべきところに収まった、それだけのことだ。

そう考えれば、悔しさや悲しさは消える。徹夫を恨む気も失せる。あいつは俺を「ひとり」にする運命だったんだ、と納得してしまえば、いままでのことをすべて受け容れられる。

学校にいる時間、おまえは表情を消して過ごすようになった。「ひとり」を受け容れ、悪意や嘲りや暴力を、なんの感情も持たずに受け流すようになった。

学期末の個人面談で、おせっかいな伊藤が「友だちとあまり遊んでないみたいだけど……」と切り出したときも、ひらべったい声で「いいんです、べつに」と答えられた。「もし、いじめかなにかがあるんだったら……」と言いかけたのを薄笑いでいなすことができた。

いじめは不思議だ。被害者が被害者だという意識を持たないかぎり、それは成立しない。そして、さらに不思議なことに、加害者は、被害者がいじめられているという意識を持ってくれないと、どうやらひどく困ってしまうようなのだ。

こっちを盗み見る徹夫たちのまなざしに、しだいに困惑といらだちが交じってきたのを、おまえは感じる。ひそひそと言い交わす声に、「あいつ、ちょっと怖いよ」「気味が悪いよ」という言葉が交じっているのを、おまえは聞き取る。

誰かが言った。

「あいつ、ナイフ持ってるんじゃないか？」

ばかだな、とおまえは思う。ナイフなど持っているわけがない。ナイフの刃が刺さっているだけだ。

ここに。

制服の上から左胸を軽く押さえて、へへっ、と笑う。

2

翌朝、六時半に家を出た。

隣の部屋で寝入っている母親に居間から一声かけると、「うるさいから、勝手に行っちゃえ」と不機嫌そうな声が返ってきた。パチンコ屋で一日過ごした次の朝は、いつもそうだ。パチンコの玉が落ちる音や鈴が鳴る音やファンファーレや店内放送の濁声《だみごえ》が床に就いてからも耳に貼りついて離れず、それを消すために酒を飲むと、必ずひどい二日酔いになってしまうのだ。

襟のゆるんだTシャツに、洗いざらしのチノパンツ。家を出て軽く走ってみたが、ひさしぶりに穿《は》いた長ズボンは思いのほか窮屈で、膝《ひざ》や股《また》が破れそうな気がした。走るのをやめて、膝のまわりの布地を指でつまんで、少しだけ余裕をつくった。

脚が太くなったのを実感するのは、こういうときだ。筋肉だけでなく、骨も太くなった。背が伸び、体重も増え、体の隅々にまで力がみなぎっているのが実感できる。

父親は、大工という仕事柄がっしりした体つきだったが、上背はそれほどなかった。六月頃、母親の留守中に両親の洋服ダンスを開けて、父親の背広を着てみたことがある。肩幅はまだ一回り大きかったが、着丈のほうはちょうどよかった。ズボンのほうはウエストはぶかぶかでも、丈が短すぎる。親父の背は抜いたんだな、とわかった。

シュウイチはどうだろう。シュウイチの服は二階にそっくり残っていたが、袖《そで》を通すのは少し怖い。伯父《おじ》がいつか母親に話していた。おまえは最近シュウイチによく似てきた、らしい。赤犬の家系には赤犬が多いのだと、徹夫たちが聞こえよがしに言う。気をつけろ、気をつけろ、赤犬は遺伝するんだぞ、と笑いながら言う。だから赤犬を出した一家は親も子もきょうだいも村八分にされるんだ、結婚なんてできないんだ、子どもも産めないんだ、血筋を根絶やしにしないとだめなんだ……。

まるっきりの嘘だ、そんなものに根拠などありはしない。

だが、ときどき、エリと二人で見た夜の火事の光景が夢に出てくる。暗闇に浮かぶ赤い炎は、実際に見たときよりも記憶に残ってからのほうが美しく感じられる。きれいだった。炎も、崩れ落ちる家も。目覚めると、いつも性器が固くなっている。そのままマスターベーションをすることも多い。黒い影になった壁が崩れ、炎に包まれた柱が、火の粉を舞い踊らせながら焼け落ちる、その瞬間に、射精する。女の裸を思い描いてするときよりも、ずっと気持ちがいい、ような、気がする。

駅に着くと、神父はもう待合室のベンチに座っていた。長い髪を後ろでひっつめているのは変わらず、無精髭《ぶしょうひげ》もいつもどおりだったが、服は初めて見る背広姿だった。

「切符はもう買ってありますから」

「あの……これ……」

チノパンのポケットから五千円札を出すと、神父は「いいんです、それは」と笑った。

「私が誘ったんですから」

「でも……いいです、いらないし、お金」

「しまっておきなさい」

「どうせ、おふくろがパチンコで儲《もう》けた金だし」

「そういうのは関係ないですよ、剝《む》き出しのお金をこんなふうに外に出すものじゃありません、いいからしまいなさい」

言葉遣いはいつもどおり丁寧だったが、声の響きが少し強い。笑っていないときの神父の目つきは意外に鋭いんだと、いま、気づいた。

おまえは気おされて、しかたなく金をポケットにしまった。それを確かめて、神父は、いつもの神父のおだやかな表情に戻った。

「お母さん、昨日も勝ったんですか」

「……最初、けっこう負けてたらしいんだけど、夕方から調子よくなったって」

「強いですよね、ほんとうに。ああいうのも一種の才能ですからねえ」

「よくわかんないけど」

「シュウジは、どう？　自信ありますか、自分のツキに」

あるわけがない。あんな父親の息子に生まれ、あんな兄を持った、その時点でツキなど消えうせているのだと思う。

それを認めるのが少し悔しかったから、「神父さんは？」と話を返した。神父にだってあるわけがない——わかっていたけれど。

「私ですか……どうでしょうねえ、ツキねえ……」

神父は首をかしげながら立ち上がり、右下の隅の画鋲《がびょう》がはずれていた掲示板のポスターを留め直した。東京ディズニーランドの入場券と往復の旅費とホテルの宿泊費を割引で販売するパックのポスターだった。シンデレラのお城を背に、ミッキーマウスとミニーマウスがダンスを踊っている。ミッキーの股間《こかん》にはサインペンで性器が描かれていた。雲一つない青空には〈SEX〉の落書きと、その隣にもう一言——〈アジア狩り夜露死苦〉。

ベンチに戻ってきた神父は、足元に置いたボストンバッグをベンチの隣の席に移して、

「この町は、ツキがありませんよね」と苦笑した。

おまえも黙って頬をゆるめる。意地の悪い笑い方になってしまったかもしれない、と自分でも思った。

駅舎は半年前に改築されたばかりだ。それまでは待合室といっても、切符売り場の脇にベンチが何脚か並んでいるだけだったのが、名産品の陳列ケースと観葉植物で仕切られた広いスペースになった。売店もできたし、コインロッカーもできたし、壁には大きな観光案内図も掲げられている。

建物だけではない。客待ちのタクシーが三台並べばいっぱいだった駅前ロータリーも拡

張された。駅から国道へ出る道路も幅が広くなった。以前は国道沿いの停留所から駅までは歩くしかなかったが、この夏からは駅前までバスが乗り入れるようになった。土産物屋が一軒、レストランは二軒、できた。徹夫の母親が営む『みよし』は、お好み焼き屋から郷土料理を出す割烹《かっぽう》に変わった。すべて、『ゆめみらい』の開業を見込んでのものだった。

だが、この七月——学校が夏休みに入るのに合わせてホテルとプールが開業するはずだった『ゆめみらい』は、事故やトラブルが相次いで、工事が大幅に遅れてしまった。

特に痛手だったのが、四月に入ってほどなく、シンボルタワーの周囲に地盤沈下の兆候が見られたことだった。干拓地への建築ということで地質調査は一般の工事以上に念入りにおこなわれたのだが、調査の時点でシミュレーションされた数値よりも実測値はそうとう悪かった。このままだと倒壊の恐れすらあるという。

すでにタワーは外観がほぼ完成していたが、内部の工事はストップしたまま、防護ネットもはずされていない。専門家は地盤沈下の原因の一つに地下水の汲《く》み上げを指摘し、地下水利用を前提としていたドーム式プールは設計の根本から手直しせざるを得なくなった。

さらに、ホテルの工事では、梅雨のさなか、大型クレーン車のフックが操作ミスで作業現場を直撃した。死者三人、重軽傷五人。いずれもアジアから来ていた作業員だった。その補償をめぐって、O市に本社のある建設会社と作業員側が揉《も》めに揉めて、現場事務所が真夜中に荒らされる騒ぎまで起きた。

来年の春に開業予定のショッピングモールは、七月に入って、テナントの核になるはずだった大手デパートの撤退が正式に発表された。南欧の古都をイメージしたテーマパークも、県知事と業者の癒着が県議会で問題になり、秋までに真相究明のための百条委員会が議会内に設置されるのは避けられない情勢だった。

「皮肉な名前になっちゃいましたね、『ゆめみらい』なんてね……」

神父はぽつりと言って、さて、というふうにバッグを提げて立ち上がった。上り電車がそろそろ入ってくる。O駅までは在来線で二十分ほど——七時半には新幹線に乗り換えられる。新大阪駅には九時前に着くはずだ。

待合室にいた数人の老人も、ぱらぱらと改札に向かう。会社員の通勤時間にはまだ早いし、O市やK市に通うひとはたいがい自家用車を使う。駅の利用者は高校生や病院通いの老人たちが中心で、学校が休みのいまは、二ヵ所ある改札口のうち一つは閉じたままだ。

この町の外に出かけるのは、シュウイチが警察に捕まって以来初めてだった。

これから大阪のどこへ向かうのか、なにをするのか、神父からは聞かされていない。途中で説明してくれるような気配も感じられない。

神父のあとについて改札を抜け、ホームに出た。このまま遠くに行っちゃってもいいんだよな、と思った。

大阪には、アカネがいる。もっと遠くなら——東京に、エリ。

ホームから身を乗り出して、東に向かって延びる線路を眺めた。新幹線に乗り換えなくても、在来線の、この線路をずうっとたどっていけば、やがて大阪に着き、さらに東へたどれば東京へと至る。

　エリもここから電車に乗って東京に向かった。見送りは誰もいなかったはずだ。電車に乗り込むときに後ろを振り向くこともなかっただろう、あいつなら、きっと。きちんと別れられなかった後悔が一瞬胸をうずかせたが、そのほうがエリらしいんだ、と自分に言い聞かせた。

　アナウンスが、電車の到着の近いことを告げる。

　このまま遠くに行っちゃうの、ほんとうに「あり」なんだよな。

　もう一度、思った。「ほんとうに」を付けたぶん、逆に冗談めいてしまった。

＊

　電車の中は閑散としていて、四人ぶんそっくり空いているボックス席に座ることができた。

　おまえが窓際に腰を下ろすと、神父は「膝《ひざ》がぶつかっちゃいそうですね」と笑って、斜《はす》向《む》かいの通路側の席に座った。

　電車が走りだす。加速するモーターの音に紛らすように、神父が言った。

「弟に会うんです、今日は」

　耳に流れ込んだ声を、とらえそこねた。半ば無意識のうちに軽く相槌《あいづち》を打ちかけて、あ、と息を呑《の》んだ。

「大阪の拘置所に入って、もう八……九年になります。判決はとっくに出ていて、地方裁判所でも高等裁判所でも死刑でした」

淡々とした、薄笑いさえ溶けていそうな口調だった。おまえはなにも応《こた》えない。どんなに深くうつむいても、斜向かいの角度だと、神父のまなざしから表情をすべて隠すことはできない。

「最高裁でも死刑判決が出れば、それで確定です。確定囚になれば面会も制限されますからね、あとは、もう、刑の執行を待つだけなんです。それがいつになるのかはわからない。判決の一年後なのか、半年後なのか、それとも十年後なのか、判決の次の日なのか……」

神父はそこで言葉を切り、一息ついて、「来週、東京で判決が出ます」と言った。重みを預けるような言い方ではなかったから、逆に、胸に強く響いた。

おまえはのろのろと、目に見えない糸に引っ張られるように顔を上げた。

神父はそれを待っていたように言った。

「死刑が確定する前に、弟に会ってほしいんです」

どうして——と訊《き》こうとしたが、口が思うように動かない。

「弟が、あなたに会いたがってるんです」

どうして——。

「ごめんなさい、ときどきシュウジのことを手紙に書いてたんです」

どうして——。

「私とあなたは同じだから。どっちも、兄弟を恨んでしまうような目に遭ったから」

でも、どうして――。

「嫌かもしれませんが、会ってやってください、弟に」

だから、どうして――。

おまえはまたうつむいてしまう。神父の言葉は、もうつづかなかった。

電車は最初の駅に停まり、数人の客が乗り込むと、すぐに走りだした。窓の外に広がる水田の緑が、電車のスピードに合わせて視界の隅を流れていく。

上目遣いで神父を見た。神父は腹の上で両手を組んで目をつぶっていた。うたた寝をしているようにも、祈りを捧《ささ》げているようにも、見えた。

3

新大阪駅でＪＲの在来線に乗り換え、さらに私鉄、バスを乗り継いで、十一時頃、拘置所の近くのバス停に着いた。

灰色のコンクリートに覆われた、緑の少ない町並みだったが、どこで鳴いているのだろう、蟬時雨が耳にうるさいぐらいに響く。今日も暑い。

長身の神父の背丈よりも高く、さらにその上に有刺鉄線の巡らされた塀に沿って、しばらく歩いた。神父は新幹線を降りた頃から口数が極端に減った。なにかをじっと考え込むような顔で、ぽつりぽつりと拘置所の決まりごとを問わず語りで話すだけだった。

未決囚のうちは、弁護士以外の面会も一日一組だけ許されているのだという。時間は三十分以内。建物の中に入ってすぐのところにある受付所で面会願を提出する。「他人でもいいの？」とおまえが訊くと、神父は「だいじょうぶですよ、取材のマスコミだって会えますから」と答え、「その代わり、取材活動はいっさいしないとか、面会の内容を公表しないとか、そういうのを誓約書に書かされますけどね」と付け加えた。

神父の弟――宮原雄二との面会時間は、三十分。だが、それはあくまでも建前としてのもので、面会室の隅で話の内容をメモする刑務官が「終わります」と声をかければ、たとえそれがわずか五分後だとしても、切り上げなければならない。

拘置所の門をくぐってからは、神父が説明したとおりの手続きを踏んだ。面会願を受け取った職員は、宮原雄二への面会の先客がいないことを確認してから、番号札を神父に渡し、控え室に向かうよう低い声で指示を出した。

控え室は、駅の待合室によく似た雰囲気の部屋だった。長椅子があり、自動販売機があり、小さな売店がある。数人の男たちが部屋の隅にいた。学校の教師ふうの初老の男を真ん中に、左右から書類を覗《のぞ》き込んでいる。「弁護士さんかな」と神父はつぶやき、「今日はやくざがいませんから、静かですよ」と声をひそめて言った。

数分たつと、番号を呼ばれ、さらに建物の奥へと移動した。途中で金属探知器のゲートをくぐり、職員のボディーチェックも受けて、陽光も風もほとんど通さないような小さな窓が天井近くにあるだけの薄暗い部屋に入った。

神父はおまえを長椅子に座らせると、差し入れ用の窓口へ行き、書類に記入して、ボストンバッグの中から取り出した服や本を職員に渡した。本は薄っぺらな文庫本が一冊——隣の窓口に誓約書を提出した神父はおまえのもとに戻ってくると、「雑学クイズの本です」と言った。「好きだったんですよ、昔から、そういうのが」

「テレビのクイズ番組とか？」

「そうそう。自分が出場したら絶対にチャンピオンだとか、全問正解だとか、テレビを観ながらしょっちゅう言ってました」

神父は昔を懐かしむ顔になった。

シュウイチと似てるんだな、とおまえは思う。シュウイチもクイズが大好きだった。テレビのクイズ番組を観ているときも、解答者よりも先に正解を口にして、「こんな簡単な問題もできないくせに、よく出る気になるよな」と冷ややかに笑っていた。宮原雄二も、きっと物知りで、頭もよかったのだろう。

それでも、どんなに本を読んで知識を増やしても、宮原雄二はそれをどこにも活かせない。誰にも伝えられない。最高裁で無期懲役の判決が出ることを信じて、祈っているのだろうか。もう死刑を覚悟しているのだろうか。だとすれば、なんのために知識を増やすのだろう。死刑執行をただ待つだけの体に、なにを、どうして注ぎ込もうとするのだろう……。

神父はぽつりと言った。

「いまになって、こういうことを言うのはずるいんですが……迷ってるんです。よくわからないんです、シュウジを今日、ここに連れてきてよかったのかどうか」

おまえは黙ったままなにも応えない。

「もし、シュウジが嫌なら、もうこれで帰りますけど……」

嫌だ――とは言わなかった。

「会ってくれますか?」

うん――とも言わなかった。

壁に掛かったスピーカーから、男の声が聞こえた。番号札の数字と面会室の数字をぶっきらぼうに告げる。

神父はためらいがちに長椅子から立ち上がった。

おまえも、同じように。

＊

向こうとこちらは、金網の入ったガラスで区切られていた。こちらには折り畳み椅子が三脚――面会の人数は三人までと制限されているから。

神父は中央の椅子に座り、おまえは左隣に腰を下ろした。向こうには、まだ誰もいない。

おまえは息の音をたてないように深呼吸をした。一家四人を皆殺しにした男が、もうすぐ部屋に入ってくる。死刑判決を待つ男が、もうすぐ目の前にやってくる。

ドアが開いた。最初に入ってきたのは、制服姿の刑務官。つづいて、痩《や》せた男が、うつむいて部屋に足を踏み入れた。

淡いブルーのTシャツを着ていた。首筋が、クリームかなにかを塗ったのではないかと思うほど白かった。

宮原雄二は椅子に座ってもうつむいたままだったが、刑務官がドアの脇にある椅子に座り、バインダーに挟んだ紙になにか書きつけると、それを合図にしたように顔を上げて、神父を見た。

「シュウジを連れてきました」

神父は静かに言った。弟に対しても、丁寧な口調だった。

宮原雄二は無言で、視線を神父からおまえに移した。

暗い目をしていた。シュウイチのようなうつろさはない。虚空をさまよっているわけでもない。まっすぐに、確かに、おまえを見据え、けれどそのまなざしに感情の光は宿っていない。

穴ぼこだ、とおまえは思う。暗く、深い、二つの穴ぼこが、おまえを見つめる。おまえを吸い込もうとする。どこへ――？　それがわからないから、怖い。

沈黙がつづいた。神父は最初からわかっていたのか、動揺や困惑の様子は見せずに沈黙に付き合っていたが、刑務官は怪訝《けげん》そうに宮原雄二の横顔を見つめる。

さらに沈黙がつづく。

陽射しをほとんど浴びていない宮原雄二は、顔も、腕も、白い。もう塀の外の世界に出ることは叶《かな》わない。陽光を全身に浴びるときは、きっと、息絶えた亡骸《なきがら》になっている。細い腕だ。手元はカウンターが邪魔をして見えなかったが、腕の太さからすると、それほど大きな手のひらではないはずだ。そんな手のひらで包丁を握りしめて、四人の命を奪った。包丁でめった刺しにする光景は、マンガで読んだ似たようなシーンの記憶をつなぎ合わせれば、なんとなく思い浮かべることができる。だが、最後の被害者となった父親が帰宅するまで、母娘三人の死体が転がった家の中でテレビを観ていた——その光景は、瞼《まぶた》の裏で像を結びかけたとたんに、粉々にはじける。すべての犯行を終えて、返り血を全身に浴びたまま夜の住宅街を歩く姿は、深夜にテレビ放映されるホラー映画の記憶を重ねればいい。しかし、自動販売機でウーロン茶を買う姿は、輪郭ができあがりそうになったかと思うと、また粉々にはじけてしまう。

おまえは自分の足元にまなざしを落とした。息苦しい。胸の底に、黴《か》びたにおいのする空気が澱《よど》む。

神父がなにか言った。最初の言葉は聞き取りそこねたが、つづいて体の具合を尋ね、新しい下着を差し入れしたと伝え、クイズの本もあるから、と付け加えたのはわかった。

宮原雄二の返事はない。椅子に座った体も、ぴくりとも動かない。

「シュウジに、なにか話したいことがあったんじゃないんですか？」

神父が言った。おまえは顎《あご》をさらに深く引いて、灰色のコンクリート床をにらみつける。

宮原雄二はまだ黙っていた。

耳鳴りがする。胸がむかむかする。全身の毛穴がすべてふさがったような、息苦しさというかたちすらない重さが、ある。

トイレに行きたい。吐けるかどうかわからないが、しゃっくりが喉《のど》の奥でせきとめられてしまったような苦しさから、早く逃れたい。

トイレに行っていい？――

顔を少しだけ上げて、神父に声をかけようとしたとき、宮原雄二は初めて口をきいた。

「なんで、死ななかった」

しわがれた低い声――舌も唇もうまく動いていない、ぎごちないしゃべり方だった。

目が合った。あいかわらず穴ぼこのような暗さだった。ぞっとして、すぐにうつむこうとしたが、顎が動かない。まなざしだけでも逃がしたかったが、遅かった、もう、穴ぼこに吸い込まれて、身動きがとれない。

宮原雄二はおまえを射すくめたまま、唇の端をゆがめた。青白かった顔色に、ほんのわずか血の気が戻ったように見えた。

「おまえ、死のうとしたことがあるだろう」

口調のぎごちなさはさっきと変わらなかったが、声は強くなった。尋ねるというより、俺はすべて知っているんだぞと念を押すように。

「違うか」

認めなかった。打ち消すこともできない。全身が凍りついたように、動かない。

「わかるんだ、見てるだけで」

宮原雄二はそう言って、ガラス板のぎりぎりまで身を乗り出して、おまえを食い入るように見つめた。

「死ななかった……おまえは。なんでだ？　死ぬことが怖かったのか？」

穴ぼこの、からっぽの、闇のような目がおまえを射すくめる。

「おまえは、俺だ」

宮原雄二は言った。「俺は、おまえだ」と言葉をひるがえして、繰り返した。「俺たちは同じだ」

神父が「やめなさい」とうわずった声で言った。

だが、宮原雄二は神父には一瞥《いちべつ》すら向けずに、じっとおまえを見つめる。

「俺たちは、同じ、だ」

吸い込まれた。

穴ぼこに。

なのに、風景とは名付けられない色や形がいちどきに全身に流れ込んでくる感覚も、ある——いつかの、鬼ケンの車に乗せられたときのように。

声の輪郭が溶けていく。言葉が音になる。

俺は死ねなかった。しねなかった。しぬにあたいするぜつぼうがそこにあったのに、どうしてもしねなかった。ぜつぼうだけがのこった。ぜつぼうはけせなかった。ぜつぼうはかこのひさんなたいけんがうむのではなく、みらいになにもたくせないことなのだ。俺はおまえだ。ぜつぼうをせおった。せおったまま、そのぜつぼうを、べつのひとにぶつけた。みらいをたちきった。おれがしんでいれば、あいつらはしななかった。おれはしななかったが、あいつらをころした。だから、おれももうすぐころされる。これはむくいだ。おまえは、俺だ。おまえはせいしょをよんでいるか。おれはよまない。おれはあにきとはちがう。おれにことばはいらない。おれはからっぽになってしんでいきたい。からから、からっぽのおれだ。おれはおもうのだ、ことばがあるから、ひとはなやむ。そうだろう。ひとはことばでものをかんがえる。ことばでかこをきおくにのこし、ことばでみらいをおもいえがく。ぜつぼうはことばがうむ。きぼうもことばがうむ。つみはことばによってかたられ、ばつもことばがつくる。しあわせをせつめいするにはことばがいる。ふしあわせだとわかるのにことばがいる。だから、うそだ。かこもみらいもぜつぼうもきぼうもつみもばつもしあわせもふしあわせも、ほんとうは、さいしょは、もともとは、ことばなどないせかいにあったものなのだ。おれはことばなどおぼえるのではなかった。ことばさえなければ、おれはあんなにもくるしまずにすんだ。ひとをころさずにすんだ。あにをにくまずにすんだ。おれにはことばはいらない。おれは、からっぽのぜつぼうでありたい。からから、からっぽのおれが、ぜつぼうだ。俺たちは、同じだ。ことばとは、なんだ。ひとがかいわをするためのものだ。だが、おれにはことばをかわすあいてはいない。ことばをかわすあいてがいないおれには、ことばなどいらない。ことばをうしなえば、もうなにもかんがえないですむ。おまえはなぜことばをほしがる。なぜおれにあいにきた。おれとことばがかわせるとでもおもっていたのか。おれはからっぽだ。からっぽのましんでいってやる。おまえも、やがてそうなる。おれにはわかる。俺はおまえだ。おまえは、俺だ。俺たちは、同じだ。

「もう終わりです」

刑務官が怒気をはらんだ声で言った。

その直後、宮原雄二の体は後ろにあとずさった。

違う、椅子から立ち上がった神父がおまえを羽交い締めにするように抱きかかえて、ガラス板から遠ざけたのだった。

シュウジ、ごめんなさい、こんなはずじゃなかったんです、ごめんなさい、あなたはなにも聞いていない、忘れなさい、ばかなことはぜんぶ忘れてください……。

神父は、泣いていた。

＊

建物の外に出ると、夏の暑さが肌に押しつけられた。陽射しのまぶしさに目がくらみそうになる。

「弟は、追い詰められているんです。死刑になる覚悟はできていても、やっぱりね、弱いんですよ、誰だって」

神父はまだ涙の残る声で言った。

宮原雄二が拘置所から書き送ってきた手紙には、シュウイチの事件で「ひとり」になったおまえを励ましたい、と書いてあったのだという。

「手紙ではいつもまともなんです。自分のやったことをちゃんと反省して、被害者のひとに謝って……ほんとうなんです。でも、面会に行くと、ときどき、あんなふうになっちゃうんです、もう限界なんですよ、精神的に」

拘置所の通用門に向かって歩きながら、おまえは、血の海になった部屋でテレビをぼんやりと見つめる宮原雄二の姿を思い描いた。見える。今度ははっきりと——身震いするぐらいはっきりと、浮かぶ。

乾いた血のこびりついた手で自動販売機にコインを入れ、ウーロン茶の缶を取り出す宮原雄二も、いる、ここに、手を伸ばせば触れられそうなほどくっきりと。

からから、からっぽの、ひとごろし——が、いる。

いつか絞首台にのぼるはずの「ひとり」が、穴ぼこのような目をこっちに向けている。

「上告が棄却されて、死刑が確定して、そうすれば、もういいんです、あとは一日も早く執行してもらったほうが、弟は幸せなんです」

神父は涙の名残を断ち切るように、口調を強めて言った。

門を抜ける。

外の世界に、戻ってきた。陽射しがひときわ強くなったような気がする。

「シュウジ、おなかが空いたでしょう。お昼ごはんは美味《おい》しいものを食べましょう。ねえ、なんでもいいですよ、おなかいっぱい、美味しいものを食べてから帰りましょう」

神父がそう言って肩を軽く叩《たた》くと、吐き気が急にこみ上げてきた。

おまえは神父の体を突き飛ばすような勢いで歩道の端に向かい、拘置所の塀の前で身をかがめた。

激しく嘔吐《おうと》した。熱く、苦く、酸っぱいものが、噴き出すように喉《のど》を逆流する。

からっぽのはずなのに、たくさん出るんだな——吐きながら、思う。

蟬時雨が聞こえる。神父が背中をさすりながら「かわいそうに、ごめんなさい、私が悪かったんです」と詫《わ》びる声が、それに重なる。

嘔吐は、まだ止まらない。

第十一章

I

二位の生徒に三十メートル以上の差をつけてゴールした。

「四分五十七秒」

ストップウォッチを手にした高橋の声が聞こえたとき、おまえはトラックの内側に走り込みながら、やったぞ、とあえぐ息につぶやきを溶かした。千五百メートル走のタイムが、ついに五分を切った。

足を止める。膝《ひざ》に両手をついて体を支え、肩というより背中ぜんたいで息を継ぐ。苦しかった。一周四百メートルのトラックの最後の一周は、喉の奥がめくれて心臓が飛び出してきそうなほどだったが、ゴール前の直線にさしかかると体がぐいぐいと風を切って進んでいるのが実感できた。

高橋は授業を見学していた生徒にストップウォッチとバインダーを預け、陽に灼《や》けたいかつい顔をほころばせながら、おまえに歩み寄った。

「学年でトップだぞ」

おまえは膝に両手をついたまま、地面を見つめる。

「でも、まだ伸びるな。体育の授業でズックを履いてこれなんだから、スパイクにすれば四十秒台も無理じゃないぞ」

おまえは足元に唾《つば》を吐いた。口の中が渇いていたので唾はほとんど出なかったが、かまわない、黙って地面に唾を吐く、そのしぐさだけ伝わればいい。

案の定、高橋は急に不機嫌になって、つづく言葉の口調を強めた。

「陸上部に戻る気はないのか、ほんとうに」

おまえは無言で膝を屈伸させる。

「来月のロードレース、おまえがその気だったらエントリーしてもいいんだぞ」

こめかみを流れ落ちる汗を手の甲で拭《ぬぐ》い、首と肩をゆっくりと回す。

空を見上げた。いい天気だった。刷毛《はけ》でさっと一塗りしただけのような雲が、空の、うんと遠くにある。

十一月。こういう天気――日本語では小春日和と呼ぶ暖かい日のことを、英語ではインディアンサマーと言うのだと、何日か前に英語の授業で教わった。

おまえは深呼吸で息を整えながら、高橋に背を向けて、一歩、二歩と歩きだした。

「おい」とがった声が背中に刺さる。「まだ話は終わってないぞ」

そんなもの、始まってたのか？

ひとりごとじゃなかったのか？

陸上部の顧問教師でもある高橋は、最近しょっちゅうおまえに話しかけてくる。十月の体育祭で三キロの持久走に出場したおまえが歴代の最高記録で優勝したのがきっかけだった。最初は「こんなに走れるのに、なんで陸上部をやめたりしたんだ」と咎《とが》める声で言われた。だが、おまえは退部届を出してはいない。練習に顔を出さなくなっただけで、それを理由に大会のエントリー名簿からおまえの名前をはずしつづけたのは高橋だったのだ。

「ちょっと待て、おい」

おまえは足を止め、また膝を屈伸させる。

うるさい。ほんとうに、うるさい。

高橋は今度は無理にやわらかい声をつくって、「才能があるんだ」と言った。「おまえには長距離ランナーの才能がある、先生にはわかるんだ」

ひとが話しかけてくるときの声は、どうしてこんなにうるさく響くのだろう。教室で聞く同級生の話し声は、風のように耳をすり抜けてくれるのに。

「でもな、このままだと宝の持ち腐れになるんだよ。わかるんだ、おまえの走り方だと、いつか必ず膝かアキレス腱《けん》を故障する。いまのうちにフォームを直して、基本からやり直しておかないと、将来……」

その先の言葉に詰まった高橋は、咳《せき》払いを挟んで、「なあ」とつづけた。「高校に行く気、やっぱりないのか」

「はい」――背中を向けたまま、おまえは初めて口を開いた。

「長い目で見なくちゃだめだぞ、なんだかんだ言っても学歴社会なんだから、せめて高校ぐらいは出とかないと苦労するんじゃないか？」

「べつにいいです」

「……お母さんも困ってるって、こないだ伊藤先生が言ってたぞ」

クラス担任の伊藤の、いつもなにかを心配しているような眉間《みけん》に皺《しわ》の寄った顔を思い浮かべ、その上に缶ビールを呷《あお》る母親の顔を重ねて、二人まとめて瞬きで消した。

千五百メートルを走り終えた生徒が次々にゴールして、トラックの内側はにぎやかになった。まだゴールしていないのは数人――だらだらと、笑ったりしゃべったりしながら、歩く。

その中に、徹夫がいる。

こっちを見た。

おまえは足元に目を落とし、ズックのつま先でグラウンドの砂を軽く蹴《け》った。

二学期に入ってから、徹夫は教師も手を出せないほど悪くなった。坊主刈りの髪に剃《そ》り込みを入れ、眉《まゆ》も細く剃った。授業中でも平気で教室を出ていき、仲間のいるほかのクラスにずかずかと入り込んで、大声で騒ぐ。校内で煙草も吸う。シンナーも吸う。トイレのドアの鍵《かぎ》をモップの柄で壊して回り、たまに朝から姿を見ないと思ったら、昼休みに無免許の原付バイクでグラウンドを乗り回す。退屈しのぎに、たまたま目に留まった下級生を、鼻血が出るまで殴りつける。恐喝する。教室での噂話によると、一年生の女子を体育館の用具室に連れ込んで輪姦《りんかん》したこともあるらしい。

徹夫たちはトラックの向こう側の直線にさしかかった。あいかわらず、だらだらと、へらへらと、焦《じ》らすように、歩く。

高橋がホイッスルを吹いた。

「ちゃんと走らんか！」――怒鳴り声もつづいた。

だが、徹夫たちは目配せしあって、にやにや笑うだけだった。走りだすそぶりも見せなければ、悪びれた様子もない。

高橋も、それ以上はなにも言わなかった。かたちだけだ。本気で怒って、もっと踏み込んでしまうと――やられる。徹夫たちはその瞬間を舌なめずりしながら待っている。英語教師の水城《みずき》の手の甲にシャープペンシルの先端を突き刺したのは、つい二週間ほど前のことだ。

おまえはグラウンドに腰を下ろし、ふくらはぎを拳《こぶし》で叩《たた》いた。

四分五十七秒。タイムの数字を頭の中に浮かべ、うつむいたまま徹夫たちをちらりと見ると、五分を切った喜びが消えうせた。

あいつらさえいなければ、あと五、六秒はタイムを縮められた。トラックを四周する間に、徹夫たちを二回追い抜いた。そのたびに、足をひっかけられたり横から小突かれたり背中に小石をぶつけられないよう、大きく迂回《うかい》したのだった。

高橋はほかの生徒にクールダウンの体操をするよう指示を出し、またおまえのそばに来た。

「ロードレースに出ないか」

しつこい。

「高校の陸上部の監督もたくさん見に来るから、そこでアピールすれば、特待生入学の可能性だってあるんだぞ」

「お金の問題じゃないですから」

「いや、そういう意味じゃなくて……インターハイだって狙えるかもしれないんだ、本格的に鍛え直せば」

高橋は「おまえは才能があるんだから」と念を押すように言った。

十二月のロードレースはO市やK市とその近隣の地域の中学校が参加して開かれる。部活動を引退した三年生は希望者が一般参加するというかたちになるが、私立高校へのスポーツ推薦入学を狙う連中にとっては、これが実質的な選抜試験でもあった。

「まあ、高校受験はともかく、ロードレースには出てみたらどうだ？　中学生の部は五キロだ。おまえは長距離のほうがいいんだから、ウチの学校のトップはもちろんとれるし、入賞……優勝だって可能性があるんだから」

毎年各地域の持ち回りで決まるコースは、今年は『ゆめみらい』周辺の干拓地だった。

地元の中学として好成績を挙げたいという目論見《もくろみ》も、高橋の胸にはあるのだろう。

「もったいないだろう、これだけ才能があるのに」

しつこい。ほんとうに。

おまえはゆっくりと立ち上がり、高橋を振り向いた。

けっこう背が低いんだな、と思う。入学したばかりの頃は見上げるようにして話を聞いていたのだが、いまでは高橋との身長の差はほとんどない。あと一年、いや半年もすれば抜いてしまうだろう。

おまえの身長は、この秋、百七十センチを超えた。「ひとり」のおまえは学校で誰かと正面から向き合うことはほとんどないが、学校ぜんたいでも背の高いほうから数えたほうが早い。

「先生」

「うん？」

「俺と南波と、どっちが才能あると思いますか」

「南波って？」

「南波恵利、です。覚えてませんか」

きょとんとした顔になった高橋は、一呼吸おいて、ああそうか、あいつか、と小刻みにうなずいた。

「いたなあ、そういうのも。うん、南波だ、一年生の終わりに転校しちゃったんだよなあ」

「あいつと俺、どっちが才能ありますか」

「……怪我しただろう、あいつは」

「事故に遭う前は？」

「まあ、そこそこ、だったかな。一年生としては速かったけど、女子はわからんからな、伸びない奴もいるし」

なるほどね、とおまえは高橋を見つめる。頭の中で声が聞こえる。歌うように、呪文《じゅもん》を唱えるように、同じ言葉が繰り返される。

からから、からっぽ——。

宮原雄二の声だ。

からから、からっぽの、ひとごろし——。

「先生、俺が言うまで忘れてたでしょ、あいつのこと」

高橋は「はあ？」と、とぼけた声で聞き返した。だが、目は気まずそうに横に逃げる。

からから、からっぽ——。

宮原雄二の上告が最高裁で棄却されたのは、夏の終わりだった。死刑が確定した。国選弁護人にも為《な》すすべはなく、あとは刑の執行を待つだけの日々が、もう三カ月もつづいている。

「才能あったと思うけど、あいつ」

高橋を見つめる。

「……なかったなんて言ってないだろう」

「でも、先生、あいつのこと忘れてる」

「それがどうしたっていうんだ」

「べつに、なんでもないです」

ぼんやりと、高橋を見つめる。宮原雄二の穴ぼこの目を思いだしながら、あんなふうにひとを見つめられたらいいのにと願いながら。

先に目をそらしたのは、高橋だった。

だが、高橋はすぐに体育教師としての威厳を取り戻し、あらためておまえをにらみながら、「なんだ、その顔は」と怒気をはらんだ声で言う。「言いたいことがあるんなら、ちゃんと言ってみろ」

やはり、だめだった。視線を険しくしたつもりはないし、感情も込めてはいないのに、相手はそれを反抗的な目つきだと受け止めてしまう。

どういうふうに見つめれば、宮原雄二のような暗い穴ぼこの目になるのだろう。まなざしから光を消すことができるのだろう。

「……もう、俺に話しかけないでください」

「なに？」

「どうでもいいんです、陸上なんて」

高橋は一瞬たじろぎかけたが、舌打ちして、またおまえをにらみつけた。

ここだ、とおまえは思う。相手の怒りをはじき返すのではなく、吸い込むようなまなざしになれば、いい。からから、からっぽの——がらんどうの体になってしまえば、いい。

「……俺はおまえのためを思って、親切で言ってやってるんだぞ」

うるさい。話しかけてくる声は、ほんとうにうるさくてたまらない。

「死にますよ」

おまえは言った。考えて口にした言葉ではなく、ため息が漏れるようにするりと、喉《のど》のどこにもひっかからずに、そんな言葉が出た。

「同じこと、しつこく言われると、死んじゃいますよ」

からから、からっぽの——声。

唖然《あぜん》とする高橋をその場に残して、おまえはトラックの内側を、どこに向かうというのでもなく歩く。クラスの連中からも離れ、グラウンドの中央にひとりきりでたたずんで、晴れた空を見上げる。

いまの、けっこうよかったな。自分が口にした言葉を耳の奥で反芻《はんすう》して、くくっ、と笑う。「死ぬぞ」と脅すのは、「殺すぞ」と脅すのより、ずっとリアルだ。腕力の強い弱いなど関係ない。ひとを殺すより自殺するほうが簡単だ。自殺者と殺人者の数を比べたら、自殺者のほうが遥《はる》かに多いのだから。

人質だ、と思う。自分自身を人質にして生きていけば、怖いものなんてなにもないじゃないか。

空の青を目に流し込む。春休みのあの日、死のうと思って死ねなかったときの涙を思いだす。悔しさとも悲しさとも喜びとも安堵《あんど》ともつかない涙だった。記憶の中では、二度と繰り返したくない苦みと、もう一度貪《むさぼ》ってみたいとろけるような甘みが入り交じっている。

死ぬのは怖いよな、やっぱり。

頬をゆるめると、耳にホイッスルの音が刺さった。

「おまえら、いいかげんにしろ！」

高橋の怒鳴り声がグラウンドに響く。

徹夫たちはトラックのバックストレッチに座り込んで、へらへらと笑っていた。

2

宮原雄二の顔は、いつも虚空に浮かんでいる。穴ぼこのような暗い目が、おまえをじっと見つめる。

からから、からっぽ——。

歌のような拍子をつけた声が耳の奥にこだまする。

おまえは干拓地を走る。一日ごとに早くなる夕暮れに身を隠すように、ロードレースのコースを毎日走る。

カラスの鳴く声が、遠くから聞こえる。何重にもかさなって響く。カラスが急に増えた。代わりに、白い毛をした海鳥の姿が消えた。季節が秋に入った頃——『ゆめみらい』のシンボルタワーの工事が正式に中止された頃から。

エリがいる。いつもおまえの先を走っている。どんなに足を速めても追いつけない。ポニーテールが揺れる。リボンが揺れる。エリは決しておまえを振り向かない。おまえは決して距離を縮めることができない。

カラスがときどき頭上をよぎる。びっくりするほど低く飛んでいることもある。宵闇よりも暗い影が、翼をせわしなく動かしながら、おまえを包む静けさを切り裂いていく。

カラスのねぐらはシンボルタワーだった。十月頃までは作業現場のごみ箱に捨てられた弁当の残飯を漁っていたが、タワーの倒壊の危険が出てきてホテルやプールの工事も中止になってからは、餌を探す範囲を「浜」にまで広げた。生ゴミの収集日には、ゴミ捨て場のポリ袋を端から食い破って、中身を道路にぶちまける。

おまえは闇に紛れて、干拓地を走る。うつむいて、ただ、走る。

鬼ケンの軽トラックに乗せられたときの、目の前に広がる風景が押し寄せてきて自分を呑《の》み込んでしまう感覚を、もう一度味わいたい。ひとが走るスピードでは無理なのだとわかっていても、味わいたい。その体験と引き替えに、たとえばアキレス腱《けん》が断ち切れて、たとえば心臓が麻痺《まひ》して動かなくなっても、かまわない。走りたい。もっと速く、もっと速く、もっと速く……もっと遠く。

カラスが鳴く。濁ったくせに甲高い声で、なににいらだっているのか、小刻みに鳴きつづける。

夜十時からの全国ネットのニュース番組が、特集コーナーで『ゆめみらい』をとりあげたのは、十一月に入って間もない頃だった。『ゆめみらい』は好景気の終焉《しゅうえん》とリゾートブーム崩壊の象徴として扱われ、そのさらなる象徴が、番組内で「バベルの塔」に重ね合わせられたシンボルタワーだった。

ホテルやプールはシンボルタワーが建っているかぎり開業はできず、地盤沈下をつづけるシンボルタワーは補修工事よりも新たに建て直したほうが安上がりで、『ゆめみらい』のプロジェクトを進めるにはシンボルタワーを取り壊すしかないのだが、その費用が出ない。

大手デパートが撤退したショッピングモールの後継テナントの目処《めど》は立っていないし、ゴルフ場の会員権は計画当初の予定の半額に引き下げられたものの、予定の五分の一しか売れていない。

テーマパークの誘致をめぐる県知事と業者の癒着が明るみに出て、野党は年内にも知事の不信任案を提出するのだという。

十月にはプロジェクトの中核を担っていた大手ゼネコンが膨大な不良債権を赤字計上し、会社更生法の適用の噂さえささやかれはじめた。

『ゆめみらい』は、終わった。干拓地の姿を変え、「沖」の集落を消し去っただけで、終わった。

剽軽《ひょうきん》で皮肉なコメントが売り物のキャスターは、VTRが終わったあと、ため息交じりにこう言った。

「夢も未来もないとは、まさにこのことですねえ……」

もう干拓地の道路をトラックやダンプカーが走ることはない。工事現場の明かりも消えた。アジアから来た労働者も、いまはほとんど見かけない。

土地を動物の体に譬《たと》えるなら、道路は血管のはずだった。だが、いま、おまえは干拓地を走るたびに、図鑑で見た恐竜の骨格標本を思い描く。骨の上を這《は》い回る蟻みたいなものだ、と自分のことを笑う。

からから、からっぽ――。

宮原雄二の声が聞こえる。穴ぼこのような目が虚空からおまえを見据える。

いまはまだかろうじて直立しているシンボルタワーも、やがて少しずつ傾きはじめ、いつの日か、倒壊する。

宮原雄二と同じだ、とおまえは思う。

エリはあのニュース番組を東京で観ただろうか。『ゆめみらい』のありさまを知って、どんなことを思うのだろう。

闇のずっと先に、エリのリボンが揺れる。

鬼火のように揺れる。

アカネは大阪でなにをしているのだろう。瀬戸リゾートピアはまだ駅前に事務所をかまえているが、黒塗りのベンツを見かけることはめったにない。

大阪のやくざは、もう『ゆめみらい』から手を引いたのだろうか。だとすれば、アカネが再びこの町に来ることはないのだろうか。鬼ケンの墓参りにも来ないのだろうか。アカネを思いだすときは、軽く、浅く、さっと思い出をなぞるだけにしている。記憶を深くまさぐりすぎると、アカネの乳房に吸いついたときのやわらかさと、アカネの手のひらに性器を包まれたときの熱さとがよみがえってきて、走れなくなってしまうから。

カラスが鳴く。からから、からっぽ——と鳴いているように聞こえる夜もある。

一人で走っていると、会えないひとのことばかり浮かぶ。

父親は行方不明のままだ。シュウイチは壊れたまま。鬼ケンは死んだまま。宮原雄二は、いつか死ぬ。エリとアカネに——会いたい。

かつて海だった過去を消し、二年前までひとびとが暮らしていた過去を消した干拓地は、『ゆめみらい』という未来も消されてしまった。どこにも行けない。先に進むことも元に戻ることもできない。

息絶えた土地のあばら骨を、おまえは走る。汗を流し、息を切らせて走りつづける。だが、どんなに速く走っても、空の彼方から見下ろせば、それは蟻がよたよたと這っているようにしか見えないだろう。

＊

学校から帰ると、母親は珍しく家にいた。十二月半ば——夜のいちばん長い時季、すでに陽は暮れかかり、それにつれて冷え込んでいたが、母親は明かりの点いていない居間で、ストーブの火も落としたまま、コタツにも入らず、ぼんやりと座って、おまえが帰ってきたことにも気づかなかった。

「ただいま」

声をかけると、肩がぴくっと跳ね上がったが、おまえのほうは振り向かず、くぐもった声で「お帰り」と返す。

「電気……点けていいの？」

答えはなかったが、照明のスイッチを入れた。同じようにストーブにも火を点《つ》けようとしたら、母親は窓のほうに目をやったまま「すぐに出かけるから」と言った。「あんたが寒いんだったら点けなさい。お母さんはいいから」

おまえは黙って点火スイッチを押し込んだ。夕方に出かけるのだから、パチンコかスロットマシンだろう。そして、ぐったりした様子からすると、昼間のギャンブルで大きく負けてしまったのだろう。

このところ、母親のギャンブルの調子はよくない。おまえに気前よく小遣いを渡すことも減った。朝から出かけた競艇で、最終レースまでまったく当たらないまま帰ってきたのは、つい二、三日前のことだ。十万円以上負けたらしい。ゲン直しだと言ってウイスキーをオンザロックで呷《あお》りながら、「次に二十万勝てばいいんだから」と、うめき声で繰り返していた。同じようなつぶやきを、おまえはすでに何度も聞かされている。次に勝てばいいんだから、という金額が少しずつ上がっていることにも気づいている。

ぼっ、と小さな音をたてて点火筒に火が回る。灯油の燃えるにおいを嗅《か》ぎ、青白い炎を見つめながら、おまえは言った。

「来週、進路の三者面談があるんだけど」

少し間をおいて、母親は「進路って……」と言いかけて、噴き出した。「高校に行く気のない生徒に進路もなにもないだろうに」

投げやりな口調と表情だった。ギャンブルで負けると、いつもこうなる。勝てば勝ったで、酒を飲みながら思いつきのように「あんたも博打《ばくち》で稼げばいいんだ、そのほうがずっと率がいいんだから」と上機嫌に言い、酒が少し回りすぎると、今度は、これも思いつきで「高校ぐらい出なきゃみっともないじゃないか、親が」と毒づく。

結局のところ、どうでもいいんだ――と思う。

シュウイチに裏切られ、父親に裏切られた時点で、母親も、壊れた。みんな、壊れた。俺だって――壊れてるよな、たぶん、と炎を見つめたまま笑う。

「じゃあ、欠席でいい？」

「あんたが来てほしいんだったら、行くけどねえ」

行きたくはないはずだ。壊れる前のシュウイチを開校以来の秀才だともてはやした教師たちとは、もう二度と会いたくないだろう。

「来なくてもいいよ」おまえはストーブに手をかざす。「どうせ、高校に行く気なんてないから」

「……まだそんなこと言ってるの」

「決めてるから」

「高校ぐらい出てないと、苦労するのはあんたなんだよ。あとになって気が変わったって、一年遅れちゃうんだし」

「もしそうなったら、大学検定受けるから、いいんだ」

母親は「はあ？」と聞き返したが、大学検定の意味を説明するのは面倒だったし、どうせ聞いてもすぐに忘れるだろうと思ったので、「とにかく」と無理やり話をまとめた。

「高校なんか行きたくないんだ」

なんか——という言葉を、母親は勝手に解釈して、「そうだよねえ、シュウイチがあんなふうになっちゃったのも、高校に入ってからなんだものねえ」と勝手に納得してくれた。

おまえはもう、なにも言わない。高校に行かないほんとうの理由を母親に話す気は、ない。

「まあ、自分のことなんだから好きにすればいいけど、ぶらぶら遊んで親の臑《すね》をかじるのだけは、やめてよ」

「……わかってる」

「中卒の半端者で、仕事なんて簡単には見つからないと思うけどねえ」

「年が明けたら探すけど、この町だと無理だよ」

だよねえ、と母親は気のない様子でうなずいた。O市かK市で職を見つけ、家から通うのだろうと思い込んでいる。おまえも、そう思い込むように仕向けてきた。

卒業まで、あと三カ月と少し。

四月には、この町を出るつもりだった。

3

給食は牛乳とミカンだけにした。その代わり、コンビニエンスストアで買ったおにぎりを学校に持っていって、五時限目と六時限目の間の休憩時間にトイレの個室の中で食べた。臭いにおいを嗅がないよう気をつけて、顎《あご》がくたびれるほどよく嚙《か》んだ。

放課後、まっすぐに家に帰ると、スポーツ飲料で喉《のど》を潤し、氷砂糖をひとかけら口に含んだ。

天気は曇り。風はほとんどない。気温は十二度。長距離を走るには少し高めだったが、陽が暮れるにつれて下がっていくだろうし、天気予報によると明日も似たような陽気だというから、条件としては同じだ。

家から干拓地までの数百メートルを、ウォーミングアップを兼ねてゆっくり走った。足が軽い。軽すぎない。膝《ひざ》や腰には張りが残り、といってそれが重みにはならない。いい調子だ、と肩を回しながら笑う。

明日——土曜日の午後、干拓地でロードレース大会が開かれる。五キロの中学生部門と十キロの高校生と一般部門。『ゆめみらい』が予定どおり来年の四月に開業することになっていれば、日曜日にはプレオープンのイベントとしてオリンピックや世界陸上に出場したランナーを招いた二十キロのハーフマラソンもおこなわれるはずだったが、そちらは昨年のうちに中止が決定していた。

スタート地点では、準備を担当する陸上部の部員が役員用のテントを設営していた。

おまえは知らん顔をして準備運動の仕上げにとりかかったが、部員の誰かが耳打ちしたのだろう、高橋がむすっとした様子で近づいてきた。

「なにやってるんだ、こんなところで」

無視しようかとも思った。だが、黙っていてもしつこく問いただされるだけだろう。木曜日の体育の授業のあとも、正式にエントリーするのなら今日が最後だぞ、と念を押されたのだった。

おまえは膝の屈伸を終えて高橋に向き直り、「ジョギングします、これから」と言った。

「別の場所でやれ」

「でも、いつもここで走ってるから」

「邪魔なんだ。こっちは準備で忙しいんだから、別の場所で走れ」

「いやです」

「……大会があるんだぞ。車だって通行止めにするんだ」

「それは明日でしょ。俺は今日走るんです」

「屁理屈《へりくつ》言うな。いいから、あっちに行け」

「だから、嫌です」

高橋は一瞬気色ばんだが、感情の高ぶりを無理やり抑えた薄笑いとともに「走りたいんなら、明日走ればいいんじゃないか？」と言った。

おまえも薄笑いを返す。

「明日は寝てます」

高橋の顔がこわばった。

おまえは薄笑いのまま、「今日、五キロ走りますから」と言った。

穴ぼこのような目に――なっていればいい。

だが、やはり今度も、高橋はおまえの目つきを反抗的だと受け止めた。

「おまえ、陸上部に喧嘩《けんか》売ってるのか」すごんだ声で言う。「ああ？　嫌みなことやって、それが楽しいのか？」

おまえはもうなにも応《こた》えず、腕時計をストップウォッチに切り替えた。

明日のロードレースの優勝タイムを超える――。

勝負だった。闘う相手は、誰と名指しできる誰かではない。タイムを競い合うのとも違う。

この勝負に勝てばエリに追いつける、と思っていた。強い「ひとり」になって、二年前のエリと同じように、この町を出ていくことができる。

高橋はさらになにか言いかけたが、「失礼します」と会釈してそれをさえぎり、ストップウォッチのスタートボタンを押すのと同時に駆けだした。

「ちょっと待て！　邪魔するなって言ってるだろう！」

高橋の声を振り切って、一気にスピードを上げる。

コースは、スタート地点から長い直線がつづく。中央分離帯のついた往復四車線の、結局工事のトラックやダンプカーしか使わなかった広い道路だ。

西に向かう。陽が暮れかかって紫色に染まった空を見つめて走る。

ずっと先の方でエリのポニーテールが揺れる。赤いリボンを目指して、おまえは走る。

そのさらに先——平坦《へいたん》な干拓地のつくる地平線に、夕闇に溶けてシルエットになったシンボルタワーが、まるで朽ちた巨木のように立ちつくしている。

＊

おまえは快調に走りつづける。明日になれば百人を超えるランナーで埋まる干拓地の道路も、いまは、追い抜く車もすれ違う車もない。

コースには、五百メートルごとに矢印付きの看板が立っていた。おかげでラップを正確に計ることができる。それについては素直に、陸上部の連中に感謝した。

足が軽い。スタートの一キロほどは自分でも少しとばしすぎだと思ったが、ピッチは落ちない。息もまだ切れていない。ときどき苦しめられる脇腹の痛みも、体調を整えてきたおかげで、今日は違和感のかけらすらない。

このコースはいままで数えきれないほど走ってきたが、間違いない、今日がベストの調子だった。

いいぞ、と自分に言った。

エリのポニーテールまでは、まだ遠い。だが、それは、いつも——決して消えることなく、おまえを導いてくれる。

*

コースの半ばを過ぎたあたりで陽はとっぷりと沈み、街灯に明かりが点《つ》いた。広大な干拓地の寂しさが一日でいちばん際だってしまう時間にさしかかった。

昔のように水田が広がっていれば多少なりとも感じることのできる人間の暮らしの温《ぬく》もりも、いまはもう、ない。息絶えた土地の上空を、数羽のカラスが鳴きながら飛び交っている。

三キロ地点の看板を通り過ぎるとき、ストップウォッチを街灯に透かした。

十一分二十七秒。

よし、とおまえは唇を舐《な》めてうなずいた。自己ベストを更新するペースだ。あと二キロ。さすがに息はあがってきたが、ゴールと同時に倒れてもかまわない、とにかく限界まで走り抜くつもりだった。

鬼ケンのことを、思う。ただ一度だけ鬼ケンの軽トラックに乗ったときの、疾走感というよりさらに深い、風景を自分の体の中に呑《の》み込んでいくような心地よさの記憶をなぞる。行くあてもなく干拓地を軽トラックで走りつづけていた鬼ケンの気持ちが、最近、なんとなくわかるようになった。あのひとも「ひとり」だったのかもしれないな、と思う。鬼ケンの墓を、もう一度訪ねてみたい。今度はちゃんと花束や線香を持って。アカネと一緒に墓参りができたら、いいのに。

脇腹に、針で刺すような痛みを感じた。足の裏も少し痛い。だが、スピードをゆるめる気はなかった。エリのポニーテールに、まだ追いついていない。

宮原雄二のことを思う。宮原雄二は絶望そのものだった。絶望が鉄格子の中で飯を食い、小便をして、眠って、起きる。死ぬために食う飯はどんな味がするのだろう。いずれ死ぬ体から排泄《はいせつ》される小便にはなにが溶けているのだろう。夜、薄っぺらな毛布にくるまると き、宮原雄二はなにを思うのだろう。一日ぶんの命が延びた喜びなのか、一日ぶんの絶望が積み重なった苦しみなのか。朝、目覚めたときに思うのは、今日が最期の日になるかもしれないという悲しみなのか、どうか今日一日を生きて過ごしたいという祈りなのか。

宮原雄二は明日を思うことを許されない。なにひとつとして明日に託すことはできない。もしかしたら、死刑という刑罰の、真の意味での罰は、囚人を絶望そのものにしてしまうことなのかもしれない。

俺は違うぞ、とおまえは走りながら思う。俺は絶望なんかしていない、と腕を強く振って思う。

俺にはまだ明日がある。俺はもうすぐこの町を出ていく。世の中の隅っこでしか生きられなくてもかまわない。そこで必死に働いて、ぎりぎり暮らしていけるだけの金を財布に入れ、残りはすべて——そう、すべて、母親に渡そう。もうギャンブルはやめてくれ、と手紙を添えよう。現金書留で送ったら、母親はきっと驚くだろう。封を切って、いくらかの金を取り出して、手紙を読んで、そのとき母親は、笑ってくれるだろうか……?

三キロ五百メートルの看板が近づいてきた。ラップタイムを確認しようと顔を上げて左手の腕時計を覗《のぞ》きかけた、そのときだった。

道のずっと先のほうに、光がいくつか見えた。まぶしいというほどではなかったが、こっちに向いているのは確かだった。

やがて、音が聞こえてくる。いらだたしげにしゃくりあげるような、原付バイクのエンジン音だった。

おまえは顔を伏せ、くそったれ、と低くうめいて、走りつづける。

途中で右か左に曲がってくれることを期待した。邪魔しないでくれ、と祈った。今日だけは、俺の目の前に来ないでくれ。

だが、バイクのヘッドライトは、道幅いっぱいに蛇行しながら、ゆっくりと近づいてくる。

気づかれた。四台のバイクはさらにスピードをゆるめ、恫喝《どうかつ》するようにエンジンを吹かす。

道をふさがれた。エンジンの音の隙間を縫うように笑い声が聞こえ、ライトがいっせいにおまえに向けられる。

おまえはうつむいて走りつづける。ペースは変えない。変えたくない。強い「ひとり」になって町を出ていかなければ、ならない。

バイクが停まる。

「兄貴の代わりに赤犬やってるのか、おまえ」

誰かが——名前などどうでもいい、徹夫の取り巻きの誰かが言った。

「どこに火を点けてきた？」と別の誰かが言う。

無視して、バイクとバイクの間をまっすぐ駆け抜けようとした。

「犬狩りするか、おい」

徹夫の声を合図に、四台のバイクはゆっくりと発進して、二台がおまえの背後に回り込み、残った二台はまっすぐにおまえに向かってきた。

どいてくれ——。

声にならない。

走らせてくれ――。

ヘッドライトが目を灼《や》いた。迫ってくる。笑いながら、歩くより遅く、四台のバイクがおまえを取り囲む。

徹夫のバイクが突っ込んできた。おまえは思わず足を止め、頭を両手でかばった。

笑い声とともに、すれ違いざま、腰を横から蹴《け》られた。その場に倒れ込みそうになり、両足を踏ん張って体を支えたところに、また正面からバイクが迫ってくる。ぎりぎりのところで脇に逃げてかわしても、すぐに別のバイクが別の角度からおまえを追い詰める。

「怖いだろ、謝れよ、謝ったら許してやるから、土下座しろ！」

徹夫が怒鳴る。嫌だ――と答える前に、誰かに背中を蹴られた。

「やっぱりいいや、謝らなくてもいいから、逃げろ、ほら、逃げてみろよ」

バイクはわざと左右にどいて、道を空けた。

「早く走れよ、おまえ、犬なんだから」

ひゃははは、と徹夫は笑う。

「走りたいんだろ？　早く行けよ、てめえ、馬鹿野郎。追いかけてやるから走ってみろ、速く走れるぞ」

ひゃははっ、と三人の取り巻きも笑う。

「逃げろよ」

ほら、と徹夫のバイクが突っ込んで——急ブレーキで停まる。

道は空いている。どこまでもつづくかのようなまっすぐな道が、夕闇に吸い込まれている。

だが、もう、そこにエリの背中はない。

後ろからバイクが追い立てるようにクラクションを鳴らした。

おまえは動かない。その場にたたずんだまま、誰よりも速く駆け抜けるはずだった道路をぼんやりと見つめる。

「なにやってるんだ、早く逃げろよ！」

おまえは動かない。望みが、いま、断たれた。

目を道路から徹夫に移して、おまえは言った。

「俺、自殺しちゃおうかな」

バイクの空吹かしの音に紛れて、聞こえたかどうかはわからない。

「なあ」おまえはつづける。「俺、自殺しちゃうかもしれないけど、いいか？」

「……はあ？」

徹夫は大袈裟《おおげさ》に聞き返す。

「死ぬぞ、俺」とおまえは感情を込めずに繰り返す。

徹夫は黙っていた。

「おまえらが殺すんなら、それでもいいけど」

おまえは、ほら、と足を前に踏み出した。徹夫のバイクの前輪に膝《ひざ》が触れるほど近づいた。

「死んでやろうか?」

残り三人を見まわした。

「殴ってもいいし、蹴ってもいいぞ。俺、死ぬから」

なあ、と笑ってやった。きょとんとしていた徹夫たちの顔がひきつっていくのを、はっきりと見た。

「おまえらが殺せないんなら、べつにいいけどな……」

どうする? と尋ねるように、おまえは右足を上げ、徹夫のバイクの前輪に乗せた。

徹夫がブレーキレバーを離せば、それでいい。怖いと思う間もなく、轢《ひ》かれるだろう。途中でブレーキをかけたりハンドルを切ったりするのではなく、しっかりと轢いてくれればいい。

頭が割れてしまえばいい。

からから、からっぽ——。

脳味噌《のうみそ》がすべて流れ出し、全身の血が噴き出してくれれば、からから、からっぽになって、死ねる。

徹夫はハンドルを左右に大きく振って、おまえの右足を前輪から払い落とした。「腐る!」と子どものようなことを子どものような金切り声で言って、取り巻きに目配せしてバイクのアクセルを吹かした。

徹夫のバイクを先頭に、残り三台も、赤いテールランプを左右に振りながら遠ざかっていく。

「……俺が死んだほうがいいんじゃないのかよ」

苦笑交じりにつぶやいて、おまえはのろのろと歩きだす。

もう走らない。走ってもしょうがない。

エリの姿は消えうせたまま、どんなに目を凝らしても、戻ってはこなかった。

*

おまえはまだ気づいていない。

徹夫たちが気おされて逃げだした、ほんとうの理由を知らない。

*

土曜日、授業が午前中で終わるとすぐに家に帰って、県庁に電話をかけた。

「大会を中止にしないと、自殺するから」

電話に出た若い声の女に告げた。向こうが息を呑《の》んだのを確かめて、電話を切った。

だが、午後一時ちょうど、予定どおりスタートの号砲は干拓地に鳴り響いた。

おまえはそれを自分の部屋で聞いた。

二階の窓を開けると、ロードレースの様子が遠くに見えた。縦に長い集団になって、小刻みに揺れながら干拓地を走るランナーの姿は、行列をつくった蟻のようだった。

右手を目の高さに掲げ、ランナーたちを鷲摑《わしづか》みにして、ざまあみろ、とつぶやいた。

手のひらを開くと、そこにはなにもなかった。手を下ろすと、干拓地をランナーたちは黙々と走りつづけていた。

奴らはなにも知らない。

俺が神さまなら、おまえら、いま、握りつぶされたんだぞ――。

薄笑いの顔のまま、コードレスの受話器を手に取って、県庁にまた電話をかけた。

電話に出たのは、今度は男だった。

「なんでロードレースを開いたんだ」

「はあ？」

「朝の電話、知らないのか。自殺するって言ったんだぞ。すぐに中止させろ」

「……もしもし？　どういうことですか？」

「自殺するぞ」

「もしもし？　ちょっとあなた、名前教えてもらえませんか」

「すぐに中止にしろ。走るのをやめさせろ」

「……警察に連絡しますよ」

「すぐに中止だ」

返事を待たずに電話を切った。

干拓地をしばらく見つめたが、レースが中止になる気配はなかった。パトカーのサイレンも聞こえない。

やがて、ランナーの群れは視界から消えて、しばらくすると優勝者のゴールインを号砲が迎えた。

干拓地の上空を舞っていたカラスが、その音に驚いて、急に甲高い声で鳴きだした。

おまえは誰もいなくなった干拓地をぼんやりと見つめる。

気づいてはいなかった。

まだ、知らなかった。

おまえの目は、望みどおり、穴ぼこのように暗くなっていた。

（下巻へつづく）

引用文献
『聖書 口語訳』日本聖書協会

本書は、二〇〇三年八月、小社より刊行された単行本を上下に分冊し、文庫化したものです。

疾《しっ》走《そう》 上

重松《しげまつ》 清《きよし》

角川文庫 13802

平成十七年五月二十五日 初版発行
平成十七年十一月三十日 八版発行
発行者——田口惠司
発行所——株式会社角川書店
東京都千代田区富士見二—十三—三
電話 編集(〇三)三二三八—八五五五
営業(〇三)三二三八—八五二一
〒一〇二—八一七七
振替〇〇一三〇—九—一九五二〇八
印刷所——暁印刷 製本所——BBC
装幀者——杉浦康平

し 29-2 ISBN4-04-364602-X C0193

角川文庫発刊に際して

角川源義

第二次世界大戦の敗北は、軍事力の敗北であった以上に、私たちの若い文化力の敗退であった。私たちの文化が戦争に対して如何に無力であり、単なるあだ花に過ぎなかったかを、私たちは身を以て体験し痛感した。西洋近代文化の摂取にとって、明治以後八十年の歳月は決して短かすぎたとは言えない。にもかかわらず、近代文化の伝統を確立し、自由な批判と柔軟な良識に富む文化層として自らを形成することに私たちは失敗して来た。そしてこれは、各層への文化の普及滲透を任務とする出版人の責任でもあった。

一九四五年以来、私たちは再び振出しに戻り、第一歩から踏み出すことを余儀なくされた。これは大きな不幸ではあるが、反面、これまでの混沌・未熟・歪曲の中にあった我が国の文化に秩序と確たる基礎を齎らすためには絶好の機会でもある。角川書店は、このような祖国の文化的危機にあたり、微力をも顧みず再建の礎石たるべき抱負と決意とをもって出発したが、ここに創立以来の念願を果すべく角川文庫を発刊する。これまで刊行されたあらゆる全集叢書文庫類の長所と短所とを検討し、古今東西の不朽の典籍を、良心的編集のもとに、廉価に、そして書架にふさわしい美本として、多くのひとびとに提供しようとする。しかし私たちは徒らに百科全書的な知識のジレッタントを作ることを目的とせず、あくまで祖国の文化に秩序と再建への道を示し、この文庫を角川書店の栄ある事業として、今後永久に継続発展せしめ、学芸と教養との殿堂として大成せんことを期したい。多くの読書子の愛情ある忠言と支持とによって、この希望と抱負とを完遂せしめられんことを願う。

一九四九年五月三日

角川文庫ベストセラー

眠りを殺した少女　赤川次郎

正当防衛で人を殺してしまった女子高生。誰にも言えず苦しむ彼女のまわりに奇怪な出来事が続発、事件は思わぬ方向へとまわりはじめる……。

殺人よ、さようなら　赤川次郎

殺人事件発生！　私とそっくりの少女が目の前で殺された。そして次々と届けられる奇怪なメッセージ。誰かが私の命を狙っている……？

やさしい季節(上)(下)　赤川次郎

トップアイドルへの道を進むゆかりと、実力派の役者を目指す邦子。タイプの違う二人だが、昔からの親友同士だった。芸能界を舞台に描く青春小説。

禁じられた過去　赤川次郎

経営コンサルタント・山上の前にかつての恋人・美沙が現れた。「私の恋人を助けて」。美沙のため奔走する山上に、次々事件が襲いかかる！

MとN探偵局　夜に向って撃て　赤川次郎

女子高生・間近紀子（M）は、硝煙の匂い漂うOLに出会う。一方、「ギャングの親分」野田（N）の愛人が狙われて……。MNコンビ危機一髪!!

三毛猫ホームズの家出　赤川次郎

珍しくホームズを連れて食事に出た、石津と晴美。帰り道、見知らぬ少女にホームズがついていってしまった！　まさか、家出!?

おとなりも名探偵　赤川次郎

〈三毛猫ホームズ〉、〈天使と悪魔〉、〈三姉妹探偵団〉、〈幽霊〉、〈マザコン刑事〉。あのシリーズの名探偵達が一冊に大集合！

角川文庫ベストセラー

キャンパスは深夜営業　赤川次郎

女子大生、知香には恋人も知らない秘密が。そう、彼女は「大泥棒の親分」なのだ！　そんな知香が学部長選挙をめぐる殺人事件に巻きこまれ……。

冒険配達ノート
ふまじめな天使　赤川次郎
絵・永田智子

いそがしくて足元ばかり見ている人たち。うつむいている君。上を向いて歩いてごらん！　いつまでも夢を失わない人へ……愛と冒険の物語。

屋根裏の少女　赤川次郎

中古の一軒家に引っ越した木崎家。だが、そこには先客がいた。夜ごと聞こえるピアノの音。あれは誰？　ファンタジック・サスペンスの傑作長編。

十字路　赤川次郎

恋人もなく、仕事に生きる里加はある日見知らぬ男と一夜を共にすることに。偶然の出逢いが過去を甦らせるサスペンスミステリー。

〈縁切り荘〉の花嫁　赤川次郎

なぜか住人は皆独身女性のオンボロアパートを舞台に、一筋縄ではいかない女心を描き出す表題作では、亜由美に強敵恋のライバルも現れて……!?

怪談人恋坂　赤川次郎

謎の死で姉を亡くした郁子のまわりで次々と起こる殺人事件。生者と死者の哀しみがこだまする人恋坂を舞台に繰り広げられる現代怪奇譚の傑作！

三毛猫ホームズの〈卒業〉　赤川次郎

新郎新婦がバージンロードに登場した途端、映画〈卒業〉のように花嫁が連れ去られて殺される表題作の他、4篇を収録した痛快連作短編集!!

角川文庫ベストセラー

角川文庫ベストセラー

ダリの繭
有栖川有栖

ダリの心酔者である宝石会社社長が殺され、死体から何故かトレードマークのダリ髭が消えていた。有栖川と火村がダイイングメッセージに挑む！

海のある奈良に死す
有栖川有栖

〝海のある奈良〟と称される古都・小浜で、作家有栖の友人が死体で発見された。有栖は火村とともに調査を開始するが…!?　名コンビの大活躍。

朱色の研究
有栖川有栖

火村は教え子の依頼を受け、有栖川と共に二年前の未解決殺人事件の解明に乗り出すが…。現代のホームズ&ワトソンによる本格ミステリの金字塔。

ジュリエットの悲鳴
有栖川有栖

人気絶頂のロックバンドの歌に忍び込む謎めいた女の悲鳴。そこに秘められた悲劇とは…。表題作のほか十二作品を収録した傑作ミステリ短編集！

有栖川有栖の本格ミステリ・ライブラリー
有栖川有栖編

有栖川有栖が秘密の書庫を大公開！　幻の名作ミステリ漫画、つのだじろう「金色犬」をはじめ入手困難な名作ミステリがこの一冊に！

烙印の森
大沢在昌

犯行後、必ず現場に現れるという殺人者〝フクロウ〟を追うカメラマンの凄絶なる戦い！　裏社会に生きる者たちを巧みに綴る傑作長編。

追跡者の血統
大沢在昌

六本木の帝王・沢辺が失踪した。直前まで行動を共にしていた悪友佐久間公は、その不可解な失踪に疑問を抱き、調査を始めるが……。

角川文庫ベストセラー